落凤坡

杜阳林 何竞 著

四川人民出版社

图书在版编目（CIP）数据

落凤坡/杜阳林，何竞著. —成都：四川人民出版社，2019.8
ISBN 978-7-220-11573-8

Ⅰ.①落… Ⅱ.①杜… ②何… Ⅲ.①长篇小说—中国—当代 Ⅳ.①I247.5

中国版本图书馆CIP数据核字（2019）第161167号

LUOFENGPO

落凤坡

杜阳林 何 竞 著

出 品 人	黄立新
责任编辑	冯 珺
封面设计	张 科
版式设计	戴雨虹
责任校对	吴 玥
责任印制	周 奇
出版发行	四川人民出版社（成都槐树街2号）
网 址	http://www.scpph.com
E-mail	scrmcbs@sina.com
新浪微博	@四川人民出版社
微信公众号	四川人民出版社
发行部业务电话	（028）86259624 86259453
防盗版举报电话	（028）86259624
照 排	四川胜翔数码印务设计有限公司
印 刷	成都市金雅迪彩色印刷有限公司
成品尺寸	145mm×208mm
印 张	11.5
字 数	230千
版 次	2019年8月第1版
印 次	2019年8月第1次印刷
书 号	ISBN 978-7-220-11573-8
定 价	39.00元

■版权所有·侵权必究

本书若出现印装质量问题，请与我社发行部联系调换
电话：（028）86259453

大时代下小人物的
心灵史

改革开放以来,神州大地发生了天翻地覆的变化。这个"太阳每天都是新的"深刻变革的时代,对每一个普通民众都带来了冲击和震撼,甚至改写着他们人生的走向。《落凤坡》的历史跨度长达32年,从1987年写到2019年,选取的故事背景,便是改革开放的当代中国"千年之变"。

历史是由人民创造的,是伟人和民众共同书写的。《落凤坡》里找不出一个"大人物",它落笔于四川一个小小的村落——落凤坡,讲述了一群"小人物"的故事。这里曾因坡陡、山高、缺水而戴上贫穷落后的帽子,童谣唱道"有女莫嫁落凤坡"。在这个小小的村落,生活着勤劳善良的百姓,他们劳苦耕作,养儿育女,过着虽艰辛却不乏乐趣的小日子。可一场突如其来的疾病,改变了村中一家人的命运,从此,将两个原本相爱的年轻男女,各自推入了命运深不见底的漩涡,令他们受尽苦难,被伤害、被摧残、被折磨。即使跌入了深渊谷底,小说中的女主人公明远秀也从未放弃对生活的热爱与希望,她一次又一次奋力游过困境的深海,努力游往光明的彼岸。

明远秀与许志兴长达数十年的苦恋,为《落凤坡》谱写了浪漫与悲情的基调,但比男女主人公之间的爱情更为重要的,是一个乡村底层女性在大时代变迁下的成长史和心灵史。小说生动描写了明远秀从一个天真浪漫的女学生、一个悲悲切切的小寡妇,一步步成长为乡村果树种植带头人,成为带领全村人奔向小康的村干部。女性的成长,也许不那么轰轰烈烈,那么雄奇至伟,但更为细水长流、生动细腻。时光之刃,一刀一刀雕刻着她,她在困厄苦难中学会成长,表现得更加勇敢、坚毅和独立。

大时代洪流滚滚,有多少英雄豪杰、多少惊世之举值得书写和赞叹,但《落凤坡》的两位作者却将笔触直抵一群毫不起眼的小人物,以小见大,让一滴滴露珠闪耀太阳的光辉。在恢宏的历史潮流中,每个人的作用似乎微不足道,但正是这微不足道的力量推动着社会的进步和历史的发展。这也许是两位作者倾情于一群"乡村小人物"的缘由所在:在这些小人物身上,我们不仅能看到普通群众的奋发向上、积极进取,也能看到岁月荏苒,国家不断出台的好政策如同暖阳,将这个昔日贫瘠落后的村落,变成了今天富饶的"仙境"。时代改写着人们的命运,人们又以各自的方式参与着大时代的歌吟。

小的就是美的。除了"小人物"与"大时代"之间的完美融合,《落凤坡》还有一大艺术特色:书中所出现的每个"配角",都十分生动,血肉丰满。不管是"耙耳朵"果树专家余大海,还是爱占小便宜的蔡包子,抑或是心中时刻打着小算盘的媒婆五婶,还是连一句"台词"都无的哑巴叔,他们共同构成了"落凤坡群像"。这是一群既有七情六欲、悲欢喜乐,又有人性中崇高伟岸与自私短视交织的村民,他们和"完美"不沾边,但更像生活在我们身旁的普通人,热热闹闹,吵吵嚷嚷,有时善良,有时执拗,有时行事光明磊落,有时又只顾及自己的"一亩三分田","真实"得触手可及,生动地构筑了落凤坡这个"烟火人间"。他们在这里认认真真地生活,上演着普通人的悲喜剧。

关于这点,我和《落凤坡》作者之一的杜阳林先生专门交流过。他出生成长在农村,幼时饱受贫寒困苦,小小年纪,便对人性有着自己独到而深刻的认知。有些"素材",在他心底搁放了几十年,犹如水酿成酒,沙孕为珠,待他有机会提笔书写时,他告诉我,那些活生生的"落凤坡原住民",他们不是作者"凭空捏造"的,而是争先恐后,自动走到他笔下的,汇成了一条生活的活水。

《落凤坡》的故事告诉我们：小人物的命运更迭，与整个时代的跌宕起伏息息相关。这是一本"小人物"命运史、心灵史的真实写照。一个小小的落凤坡，折射出改革开放之后中国乡村社会几十年的历史巨变，乡村振兴是一条多么艰辛坎坷又光明正确的必由之路。

中国文艺评论家协会理事、四川省文艺评论家协会主席
李明泉

· 目 录 ·

第一章	改 嫁 / 001
第二章	初 约 / 023
第三章	高 考 / 042
第四章	出 嫁 / 061
第五章	小 星 / 080
第六章	非 典 / 100
第七章	内 贼 / 120
第八章	囚 犯 / 139
第九章	甜 枣 / 159
第十章	羊 倌 / 179

第十一章	玉 环 / 199
第十二章	远 归 / 219
第十三章	赌 桌 / 239
第十四章	尊 严 / 258
第十五章	斩 贫 / 277
第十六章	四 好 / 297
第十七章	仙 境 / 317
第十八章	春 晚 / 337

第一章
改 嫁

　　五婶只比垂头坐在床前的女人大三岁,但女人的哥嫂都恭恭敬敬叫她"五婶",女人刘素琼当然也这样唤她。五婶全身最厉害的,除了一张利嘴,便是一双电眼,素琼低头垂眼怕什么,比她更腼腆更寡言的女人,五婶也见识过。五婶迅速在肚里拼凑出对刘素琼的印象:脸色苍白、腰肢细软、头发微黄,看上去身子骨不那么强,但胜在五官秀气,这般苍白的脸孔,有了这样的五官,就让人忽略了她的细胳膊瘦腿,一心一意想要望望她秋水般的眼眸,看看里面除了哀愁,还藏着什么样的情绪。五婶为这个小三岁的"妹子"暗暗叹口气。她长得好看,五婶凭借着做媒人的直觉,一眼就帮许苦根相中了她。

　　素琼不说话,素琼的嫂子端来一碗溏心蛋,满脸堆笑地开了口:"五婶,不是我们怀疑你做媒的水平,四里八乡的,都晓得五婶做媒,比月老还准,那是错点不了鸳鸯谱的。不过,要真让素琼妹妹嫁到落凤坡去……"五婶的汤匙咣当一声掉进碗里,她直了直腰背,像是预备和素琼嫂子辩论一般,噼里啪啦抢了话头去:"落凤坡,落凤坡,有女莫嫁落凤坡,红苕牛儿打烂锅。她嫂子,你是要说这话吧?"素琼嫂子脸色不自然地一红,不知该不该递个讨好的笑过去。

五婶已推了推面前的溏心蛋,慢条斯理地从口袋里掏出一盒香烟与火柴来,点燃烟头,在素琼嫂子迷瞪瞪的眼神中,美滋滋吸了一大口,像轻薄的男人一般吐出个大大的烟圈来,眼瞅着素琼仍然像泥塑般一动不动。素琼嫂子呢,半张着嘴巴发了呆,嘴角一扯,意思意思地咧开半个笑,五婶这才冷哼一声,说道:"之前是有这个说法,不过,咱们落凤坡承包到户都好几年了,哪里还能翻这些旧皇历呢?那些懒得烧虱子吃的,自然是一年四季啃红苕当顿,但像苦根这种踏实肯干的,啧啧,他一身力气像蛮牛一般,咋会让家里的婆娘娃儿没有白米挂面吃?实话跟你说吧,她嫂子,如果不是苦根之前的婆娘拖累,他很能挣下一份家底的!再说了,现在你家妹子屁股后面也拖着一个小拖油瓶,好多坏良心的男人,还不肯替人养闺女呢!苦根可是跟我表了态的,如果娶到你家妹子,会把那小丫头当成自己亲生的孩子。"五婶一张利嘴,说得素琼嫂子插不进半句嘴,可巧这时院子里骤然响起一男一女两道尖锐的哭声,嫂子和五婶道个歉,麻溜儿去看自家那小祖宗又和素琼带回来的"拖油瓶"起啥纠纷了。

嫁出去的闺女泼出去的水,素琼嫂子收留夫家这个离婚回来的妹妹,已经两三个月了,说心头没一点絮烦,那是骗人的,这不,她将这两个头抵头像是斗鸡的孩子拉开,自家儿子真没出息,一张脸涨得通红,还抽抽噎噎诉说远秀的不是:"妹,呃,妹妹抢我玻璃弹珠。""你胡说,明明是你输了不认账,还说我抢!"远秀这丫头,倒还真当舅妈是裁判官,认起死理来,素琼嫂子心头火起,索性在两个小冤家屁股上各拍了不轻不重一巴掌,啐道:"屁大一点事,也值得哭哭啼啼的?"看自家儿子嘴一歪又要作势大哭的样子,素琼嫂子于心不忍,偏心地多说远秀一句:"叫你能,还没满七岁呢,一嘴儿的道理!赶明儿跟着你妈,一路改嫁到落凤坡去,舅妈再也管不了你!"远秀瞪圆了黑葡萄般的大眼睛,忘记了和表哥的小小纠纷,舅妈一走,她就拉着表哥衣摆问道:"落凤坡,那是哪里啊?"小表哥还在生气,袖子胡撸过鼻涕,不怀好意道:"管它是哪里,反正,你是要当你妈的拖油瓶喽。"远秀狠狠瞪了小表哥一眼,她决定自己去窗前听听,到底妈妈要作什么打算。

几个月前,妈妈终于和爸爸离婚,离开之前的家。除了远秀和几件换洗衣衫,她啥都没带,娘俩像是叫花子般,又是爬山又是过河,走得脚指头打水泡,硬是走到了舅舅家,舅舅自然是气的,大手掌像蒲扇,在桌上重重一拍,便是尘灰腾起,大声怒道:"素琼,十二属相你是不是都不占,专门属面瓜的?性子咋就这么弱?那混蛋打你骂你,自从你生了远秀,当闺女是个赔钱货,当你是扫帚星,又不干活又不顾家,包里有两个臭钱就去吃喝赌博,这样的男人,你咋不拿把菜刀把他砍了?砍成八段喂狗,看狗吃不吃!你和他离婚,连一个子儿都没要,这不是便宜他了吗?哦,这八九年时间,你刘素琼在他明家做牛做马的,没有功劳也有苦劳,他到底有啥本事,离婚倒叫你娘俩净身出门,他一分不给一毛不拔呢?"眼看素琼脸色惨白,眼中包两粒大大泪水,摇摇欲坠,舅妈赶紧拉住自己怒气冲天的男人劝道:"素琼妹妹命不好,你就不要再添油加醋说这些话了,你不看看,素琼脸色白得都像一张纸了,经不住你这些狠话!"舅舅这才作罢,暂时收留娘俩住在家里。

娘家毕竟不是自家,何况素琼父母前两年相继逝世,素琼带着一个女儿,天长日久地赖在哥嫂家,也不是个道理,所以,当嫂子小心翼翼说了媒婆过来"坐坐"时,素琼将头压得低低的,没吭气儿说半句反对的话,五婶这便上了门。

这一刻,见屋子只剩素琼一个,五婶索性抬起屁股,也往床边一坐,拉起素琼的手,语重心长道:"若是别的人,我五婶说媒还不会这么不惜力气,但那许苦根,真真是落凤坡百里挑一的好男人呐,素琼,听我一句话,跟了这样的男人,相当于女人头顶有了一片天,身后有了一个靠,五婶不会害你的。"

远秀看到,闷坐半天的妈妈将头抬起,水汪汪的眼睛对牢了五婶精光四射的眼,轻轻问道:"五婶,我听说许苦根的老婆,是得心脏病走的,是不是?"

第一章

素琼和苦根结婚那天,都是二婚,也没摆酒,也没宴客,不过苦根坚持一家人去镇上一家小食店,一人要了一海碗油汪汪的牛肉米粉,这便是"新婚大餐"了。远秀是第一次吃这么好吃的米粉,烫得小嘴一边呼呼吹气,一边忍不住又大口大口吃着,无奈眼大肚皮小,还剩半碗时,死活吃不下了,抱着肚子哎哟哎哟道:"再吃就爆炸了啊。"苦根的儿子志兴,这年该满十岁了,高了"妹妹"远秀半个脑袋,大概肚量也超过了七岁的妹妹,于是做出很不屑的样子,擦着额顶辣出来的颗颗汗珠大声说道:"这都吃不完,太没出息啦,爸爸,我就吃得完,吃完粉,还要把油汤都喝进肚子里呢!"苦根微微笑着在志兴后脑勺轻拍一记,表扬道:"你能干,不浪费粮食!"他这话一说,却见对面的新婚妻子脸色变得讪讪的,苦根虽然嘴笨,心却不粗,一下子就想到,自己莫不是得罪素琼了,他这不是变着法儿说远秀浪费粮食吗?但他真不是故意的,一时口快而已。

素琼胃口小,能勉强吃下自己碗里的米粉已算不错了,哪里还有能力帮远秀的忙?七岁的远秀晓得什么,看志兴真的端起海碗,将汤汁一滴不剩地都折进喉咙里,还开心地拍了两下手,说道:"哥哥你好棒!"两个孩子不生分,当即手拉手,跑外面玩去了。苦根大声叮嘱志兴:"看好妹妹,别摔着啊!"转过脸,他嘿嘿笑了两声,接着,干了一件令素琼吃惊不小的事:苦根端起远秀那半碗米粉,全部倒进自己碗里,然后埋下头去,好一番风卷残云,吃了个干干净净,也效仿他儿子,汤汁都喝尽了。苦根抹了抹嘴,抬头对素琼笑了笑。素琼也笑,笑出眼前薄薄一层泪雾。

素琼决定嫁到落凤坡前,嫂子心里忐忑难安,和小姑子彻夜长谈了一次,嫂子怕素琼多心,再三安慰她:"有你哥一口吃的,就不会短了你和远秀,你要想好啊,这落凤坡土干、坡陡、缺水、路远,种庄稼比不得平地人家,往前数,那儿还出过不少逃荒客!虽说你带着一个小闺女,但素琼你还不到三十岁,拾掇拾掇仍旧是个光鲜小媳妇,真的不用这么快就做决定,非要嫁到落凤坡的。"

素琼感激嫂子好意,也对嫂子推心置腹道:"嫂子,我不是嫁给落凤坡,是嫁给那个许苦根。"嫂子奇道:"哎哟,你连人家面都没见过,怎么就铁了心相上人家啦?"素琼脸皮微微发烧,声音也有些许颤抖,但她没有退缩,勇敢地说道:"许苦根是个好人,他老婆生下儿子没多久便得了病。这些年,许苦根一个人,又当爹又当妈,又主外又主内,硬是把老婆照顾到了头,他老婆寿数虽不长,却也是享了福,没有受苦的。"

嫂子还想多说两句,看素琼眼神灼灼的样子,掐住话头儿,叹口气道:"也是,我娘家有亲戚在落凤坡,这两天也找他们打听过了,村里人提起许苦根来,都翘大拇指,说他那死去的老婆前辈子烧了高香,嫁给这样的好男人,病到最后,她连梳梳头的力气都没有了,每天早上许苦根还要给她梳头洗脸,把她照顾得巴巴适适的才去下地干活,她死后,娘家兄弟气势汹汹地赶来,本来想着砸点东西泄愤——毕竟人年纪轻轻就没了嘛,但他们一见死鬼姐姐的样子,平和得很,宁静得很,卧床一年多,身上愣是没长一个褥疮,再想胡闹的心,也按下去了。"

素琼眼里的神采便更亮一点,忍不住说:"我在远秀爸爸那里,挨了不知多少拳脚,他凶起来,把孩子当面粉口袋拎起来就扔……我啥都不盼,就盼下半辈子找一个能疼远秀的人,比啥都强。"嫂子不说话了,搂住了素琼肩膀,姑嫂俩静静地沉默着。嫂子心疼着素琼之前的婚姻,比嫁给魔王还糟。素琼呢,她心潮起伏,想的却是另一码事:疼远秀,我将来在九泉之下,才会安心。素琼没有告诉哥嫂,她提离婚,哪怕净身出户,也不是那么简单容易的事。男人拳脚狠辣更胜往日,素琼挺过了这一场,到哥嫂家的路上,已经发现自己在咯血了,她不敢让任何人知道,却已抱着灰暗的心想道:如果将来我两腿一蹬不在了,远秀怎么办?

现在,素琼对远秀的未来,放下了担心。苦根吃喝了远秀的"碗底子",苦根没有嫌弃这个拖油瓶女儿一丝一毫!

苦根不知道短短时间内,素琼心里已经起了重重波澜,他只憨憨地觉得素琼好,小丫头远秀也好,她们娘俩住进来,家才像个家,志兴也有了妈。素琼这个后妈,不是做做样子地待孩子好。和苦根领证前自然见过了,那次没见到"儿子"志兴，素琼便向苦根细细打听了志兴有多高，穿多大码的鞋子。到了"一家四口"团圆时，素琼从包袱里一口气为苦根拿出了一套衣裤，一双鞋袜。那鞋，竟如同比着脚长短做的，志兴一看，高兴极了，赶紧脱下脚上那双前开口后露跟的破鞋换上，仰起小脸，甜甜地喊了声："谢谢姨！"叫姨，也是素琼主张的，她才嫁过来，不用马上改口，逼孩子喊妈，等到了时候，孩子想喊了，自然会喊。

苦根和素琼两人一前一后地走出小食店门口，两人像是商量好了，苦根大手在嘴前拢个喇叭，喊道："远秀，远秀，我们回家了！"而素琼喊的是："志兴，志兴快过来！"俩孩子手拉手从街角跑过来，一人嘴里塞一根棒棒糖——志兴今年的压岁钱还存着没动呢，拿来给妹妹买糖，他心里欢喜！

两个孩子走中间，大人一边一个，仗着马路宽，手牵手往家走。镇上有发财人家，买了收音机，偏要显显富，将音量旋到最大，一个热情如火的声音正唱着："你就像那冬天里的一把火……"远秀对志兴解释："这是今年春晚一个大哥哥唱的呢，我爸爸家里有台十四寸的彩电哦！我是在电视上听大哥哥唱歌的！"

志兴却一下子发了牛脾气，甩开远秀的手，指着苦根道："现在他才是你爸爸！"志兴丢下没头没脑这一句，仿佛自己受了天大委屈，跑开了。远秀冲着自己妈妈吐吐舌头，做个鬼脸，虽然嘴里嘟囔着"哥哥好小气哦"，却也撒开双腿，去追赶那个生气跑掉的志兴。

第一章

素琼曾经担心过,怕远秀不适应落凤坡的生活,毕竟,她亲生父亲所居村落是平地,比这儿耕种条件好得多。素琼的前公公婆婆两位老人又格外地能干,忙完了地里的活,还寻摸着搞副业。一家人奋斗了几年,竟办起了一个红红火火的蜡烛工坊。在1987年,农村好多地方都没拉通电线,县城里呢,三天两头都在闹停电,也不晓得是发电工人偷了懒,还是供电工人打了瞌睡,线路动不动就跳闸,这一断电,就得借蜡烛照明。于是,那两年素琼前夫家里,真是靠蜡烛赚了不少钱,连彩电这样的稀罕物事都备上了。可就算家财万贯又怎样呢?不就因为兜里有了两个钱,前夫才这么大吃大喝,又被人拉上牌桌,赌了几把,先是小赢,后来连连输钱,却就此迷上打牌,像是瘾君子找到了他的鸦片烟。素琼怎么劝说,对方都不肯"戒掉",不戒也就罢了,还动辄就对素琼拳打脚踢,大骂她是扫帚星,生不出儿子的瓜婆娘,如果不是她这么绝顶晦气,他在牌桌上哪里会输得那么一塌糊涂?

唉,过去的事,再想它干什么呢?不过是多添一分伤心罢了。素琼掀起衣角,擦了擦眼角,两个孩子已经头碰头地吃完了稀饭咸菜,该去上学了。志兴因为亲生母亲一直病弱,苦根对这个儿子的照顾称不上多下细,所以他去年才进学校读书。现在,比妹妹高半个头的志兴读二年级,远秀读一年级。

素琼担心远秀在落凤坡住不惯，真是多虑了，上学第一天，远秀就认识了好几个同龄的小朋友。他们都是土生土长的落凤坡人，对于这个外地来的明远秀，倒是格外友爱，争抢着和她做朋友，要远秀多讲一些落凤坡以外的事情给他们听。

毛谷川和周小方是男生，简春晓是女生，但他们还小，又是乡下孩子，没有太严格的"男女有别"念头。放学前，毛谷川和周小方就说了，要明远秀和他们一道回家。村小学离村民聚居的地方，中间还要翻一道梁子。简春晓是简云开老师的独生女，她跟着爸爸，就住在村小学里。这让周小方很羡慕，说全校唯有简春晓一个人，可以每天早上睡到打第一遍铃再翻身起床也不迟。毛谷川笑嘻嘻地捅了周小方一拳，说你以为都像你啊，懒得像小猪，老是睡过头。

简春晓呢，人家可一点都不领周小方的情，噘着嘴说："我宁愿像你们一样，住在梁子那边，这样，我就每天都能和远秀牵着手一道上学放学啦。"远秀抿嘴笑了，腮边现出小小梨涡，很好看。她也喜欢简春晓，女孩子在一起，拿一根细线玩"绷线"，你来我往，都能兴致勃勃地玩上半天，或者取一块小手绢，叠成小老鼠的形状。春晓手最巧，她叠的"老鼠"，摸摸背脊，可是会"跑"的哟。

远秀拉着春晓的手，两个女孩子还有好多悄悄话要说，不过眼看太阳要下山了，校门口杵着一个"旗杆"，已经等了很久。他想走过来催促远秀，却走了几步又退回原处，春晓抬头见了，逆光中此人细瘦，比他们个高，兀自吓一跳，捏捏远秀手轻声问:"远秀,那个是不是坏人啊?他好像一直看着我们这个方向。"远秀张了一张,笑着安慰春晓不必害怕:"那是我哥,不是坏人,他等我一起放学。"

志兴班上有同学嘲笑他,说他牛高马大还在读二年级。十岁的孩子,早晓得害臊了,志兴对这种话又无力反驳,只能闷闷地呆在那儿,上课像一块石头,下课像一根旗杆。放学路上呢,周小方和毛谷川,一左一右,像是哼哈二将,护送远秀回去,志兴就像一个落寞的武士,一言不发跟在后面。

小男生对比自己年龄长、个头高、力气大的男孩总是心里犯怵的,周小方先还兴致勃勃地让远秀讲电视机到底是一个什么东西,是话匣子吗?是拉着画片的收音机吗?为什么远秀说那里面有人唱歌跳舞?还演相声,相声又是什么东西?听起来怪里怪气的,难道比唱大戏还好听?周小方嘴巴不停地说啊说啊,往往远秀还来不及回他,他又扯到别的事上了。好不容易在自己喘气的间隙,周小方往后一瞥,打了个冷战,转回头小声对远秀说:"你哥好吓人哦,他一句话都不说,黑着一张脸,像是喜欢打架的样子。""你才喜欢打架呢!"远秀当即翻了周小方一个白眼儿,她不喜欢任何人说志兴哥哥的坏话。翻了白眼儿,远秀再加一句:"我不跟你们同路了,我要和哥哥一起走。"

远秀沉下小脸,站着原地不动,见她真生气了,毛谷川只好道声"明天见",拉着周小方往前走,周小方还嘴碎地评论:"看远秀哥那木头样子,他有话和远秀讲吗?"毛谷川拉着他袖子,小大人般地摇摇头。

志兴呢，看到远秀和他一道走，竟像是得了天大的恩赐，他三两下抢走了远秀斜挎的书包，背在了自己身上，一路小心地提点远秀"这儿有个坑""小心，那儿有道泥巴坎"，以此暗暗表达心中的好意。

四

远秀觉得落凤坡处处都好，爬坡上坎都有趣，但只是提起一家人，她小小的心里会有几分不舒服。那家人姓秦，可巧又是苦根家的邻居，两家中间只隔一堵土墙，墙角被雨水泡酥了，狗儿打个洞，能从那里自由出入。志兴告诉素琼姨："秦宝来心思最多，我妈还在的时候，在院子的枣树下晒太阳，他站在围墙边上，拿个晾衣杆子将结枣子的枝条拉过去，噼里啪啦打枣子，落到他家院里。我妈叫他不要淘气，他竟然骂我妈是瘫子，没有二两力，气得我妈心口更痛了。我讨厌秦宝来！"素琼也不太喜欢秦家一家人，但她刚嫁到落凤坡不久，心想邻居之间还是"以和为贵"更好，所以心里再不乐意，也教育志兴和远秀这对子女，要和九岁的秦宝来好好相处，毕竟孩子们年龄相仿，在一起玩的时候多。

远秀赶在志兴开口前大声说："妈，我才不要和秦宝来玩，他长着一双滴溜溜的老鼠眼！"素琼差点噗嗤笑了，她好歹忍住，正色道："不要乱说，你们去割点青草吧。"远秀一听就高兴地挎上小篮子，和志兴一道出门了。舅舅还是疼远秀的，前几天托人送来一只毛色雪白的小兔子，俩孩子爱极了，一放学就去河边给小兔子割新鲜的青草。

说起秦家，一共三口人：秦端公、曹金花，两口子四十岁才生了个儿子秦宝来，简直是捧在掌心怕掉了，含在嘴里怕化了。秦端公真名叫什么，远秀一直没弄清楚，问了苦根，苦根想半天，说秦端公继承的是"祖业"，秦家的老爷爷、老爸爸以前也是"跳端公"的，传给秦端公这一代，所以秦端公年纪轻轻就被称为"端公师傅"，大家倒忘了他本名叫什么。也不晓得是不是常和鬼神打交道，有什么冲撞，秦家两口子结婚二十年都没开怀，急得秦端公成天价又是开神坛，又是让媳妇喝符水，好歹在曹金花四十岁时，肚子慢慢鼓起来，十月怀胎，生下的又是一个带把的，让秦端公喜得跪倒在地，咚咚咚磕了三个响头，恨不得将儿子当成宝贝供起来。

大家是邻居，素琼嫁过来，不好不去曹金花家里坐坐，只去了一次，倒留下蛮深刻的印象。远秀听妈妈说，秦家堂屋的墙壁上，挂着些神仙像，什么"三清图""功曹图""马元帅图""师坛图"，图上的神仙都腾云驾雾，高高在上。大木桌上，放着牛角、马鞭、长长的鬼钱，还有雕龙身的祖师棍、刷有石灰的木大刀。那天素琼也恰好看到秦端公"作法"，村里有个小孩肚子痛，去过医院也没查出啥问题，小孩的家人病急乱投医，跑来求端公，秦端公便在自家院里为小孩画符念咒。只见秦端公一手提鬼钱，一手燃三炷香，冲着鬼钱指指划划，口中念念有词，之后点燃鬼钱，让香纸灰落进水碗中，叫小孩喝下去。素琼之前没看过端公作法,这会儿有点眼花缭乱,又看那符纸水黑乎乎脏兮兮的,她忍不住插句嘴:"娃儿肚子痛,还是要去医院检查一下才好啊,喝这水下去,会不会不太卫生?"这话一说,曹金花刚刚还和颜悦色的脸,立时就垮下来了。素琼怪自己多嘴,也不敢多坐,讪讪地告了辞。

素琼和苦根说起这件事,苦根苦笑着摇摇头,说自己从前也花了不少钱,让秦端公作法,帮忙驱走志兴妈凤英身上的"邪魔"。凤英身子骨一天弱似一天,秦端公还主张苦根将医生配的药都倒进水沟里,说"邪魔"不除,吃再多的药也没用。苦根后来坚决不听这些神神鬼鬼的话,秦端公也生了气,一墙之隔地住着,抬头不见低头见,秦端公却愣是有两三年不肯和苦根主动打个招呼说句话。后来凤英过世了,秦端公还在村里四处说苦根两口子心不诚,如果他们早点心诚去"请神",说不定人也不会走得这么早。素琼听了这话,倒吸一口冷气,觉得这近邻真不是省油的灯,凤英人都不在了,他们还说这样的话,岂不是往苦根伤口上撒盐嘛,从此也打消了和秦家亲密往来的念头,虽是近邻住着,却处得不咸不淡的。

曹金花何许人也,素琼当着病孩父母说出符纸水"不卫生",她就在心里记了人家一个大大的恨,又看这当拖油瓶跟过来的明远秀和她妈一样不识抬举,和她那个哥哥有说有笑的,一看到自家宝贝儿子宝来,立即收了声音,低下脑袋。不晓得他们是从哪里学的这种做派,气得曹金花直咬牙。

秦宝来其实很想和远秀一起玩,但远秀看到他,就像看到感冒病毒，躲得远远的。碰了几次钉子，秦宝来心里也来了气，想道：哼，你不和我玩，宁愿巴巴地割草去喂这只臭兔子，讨厌死了！这只臭兔子，死了才好呢！

秦宝来家里，还剩半包耗子药，他便用一根红萝卜做诱饵，引小白兔从墙洞过来，往兔子嘴里塞了一把老鼠药，再将兔子从墙洞塞回许家。秦宝来毕竟还是个孩子，一时冲动做下了恶毒的事，他自己先害怕了，在家里心神不宁，到底呆不住，拔腿往村口跑。今天秦端公去邻村作法，他想去迎接爸爸一道回家，爸爸连鬼神都不怕，和爸爸在一起，他心里才安定。

哪里晓得，秦宝来前脚走，曹金花后脚就从菜地拔了草回来，一看自家院子怎么跑来了一只毛茸茸的不速之客呢？她哪里晓得，小动物也有灵，这小白兔被强喂了一肚子毒药，现在痛得红眼冒金星，它唯一的记忆是那个该死的墙洞，便又从这儿钻进去，以为回到邻居家院子，便能止住疼痛。那曹金花一见脚步迟疑的小白兔，大喜过望，自语道："哼，这是你自己送上门的，可不是我故意害你啊！"一边这样想，曹金花一边提起了兔子的后腿。可怜这兔子力气稀薄，竟连多挣扎两下，都是不可以了。

那天秦端公作了一场"大法"，排场多，得的红包就大，他心里喜滋滋的，虽然比往常回去的时间稍晚，但想到了包里的钞票，脚步轻快，嘴里还哼起小曲来。走到村口大槐树下，看到踮脚等他的儿子，心情更是大好，夸奖宝来道："乖儿子，对你爸爸这么孝顺，长大一定有出息！"秦端公已接近半百，背不动扛不动了，只能拉着儿子小手，慢慢往家走。秦宝来亲手害了兔子，心头当然紧张，但现在拉着秦端公，像是得了依靠，眉心也舒展几分。秦端公呢，他正在兴头上，倒没在意儿子小手汗湿得厉害。

到了家门口，只听一墙之隔乱哄哄的，志兴在嚷："兔子，出来，出来！"中间还夹杂着远秀的细细哭声，秦端公没在意，头一昂进了门，大声喊："金花，今天我挣了不少钱，金花！"秦端公忽然愣住了，他呆呆地看着倒在饭桌旁地上的曹金花。她蜷着身子，鼻孔和嘴角都有血渍，手上还抓着一只没啃完的兔腿。桌上的红烧兔肉已经不冒热气了，凝了一层冷油，秦宝来看了一眼，便俯下头，大声呕吐起来。

曹金花死了，秦端公闯进苦根家，又打又砸，幸而村里人跑来，七手八脚地拉开了他。秦端公哭着大喊："许苦根，我日你八辈子祖宗！你是安了什么心，用毒兔子害我家金花？我从今和你势不两立！"苦根嘴笨，不知如何解释，村里到底有脑筋清晰、嘴巴伶俐之人，将问题抛给秦端公："这是人家许苦根女儿养的小兔子，怎么又会到你家餐桌上去，还把你老婆给毒死了？"这一问，秦端公顿时哑口无言。

秦端公想破头都想不明白，这只温顺可爱的小白兔咋会变成毒兔子的？他闹不清这毒从何而来，但内心认了死理：都是许苦根一家人害死了他的金花，兔子是他家养的，他们一个都脱不了干系！秦端公不但自己这样想，还将儿子拉到面前，叮嘱他道："许家没一个好东西！你妈妈就是死在他们手上，记住，以后少和他们来往！"秦宝来当然是频频点头，汗湿后背。

心里藏了一个大秘密，比背上驮了重负还累，这世上，只有秦宝来晓得是自己阴差阳错害死了自己的妈妈，但他不愿这么想，宁可像爸爸那么推卸责任，将所有事都推到远秀身上，恨得牙痒痒：如果不是那个讨厌的小丫头养兔子，他怎么会给兔子喂耗子药呢？兔子不吃耗子药，又怎么身中剧毒，被他妈妈捉来吃下，反而害死妈妈呢？

想到罪魁祸首是远秀，宝来心中一下子就轻松了。这天，学校课间休息，远秀才从茅厕出来，宝来看看旁边没有别的学生，他心中的恶念便冒出头来，再也抑制不住行凶的冲动，捡起地上一块石头，便往远秀头上砸。远秀哎哟一声，回头看到是秦宝来，不由得怒目相向，责问他道："你干什么？"秦宝来呲牙，跑来揪住远秀的小辫子，将她拖倒在地，拳头又慌又急地往远秀脸上身上打，远秀是"砂鼻子"，一拳下去，立马鼻血涌出，她尖声哭起来："救命啊，救命啊！"

茅厕和教室离得远，志兴并未听到远秀哭喊。倒是那毛谷川，他和周小方玩丢沙包，周小方那个笨蛋不小心丢得太远，落到田里，毛谷川便从茅厕这边过去捡，离田更近，正好看到秦宝来欺辱远秀，打得远秀鼻血长流的一幕。毛谷川虽比起秦宝来年龄小、个头矮，但他一点不怵，埋头弓背，像是一头愤怒的小牛，直直冲了过去，将秦宝来撞开，救下远秀。要论打架，毛谷川并不是秦宝来的对手，但他此刻气势吓人。而秦宝来，本来就不是什么"正义之师"，看到远秀鼻血流了满衣襟，自己先怯了三分，也无心恋战，恶狠狠丢下一句"你们全家都是杀人犯"，便匆匆逃跑。毛谷川扶起一塌糊涂的远秀，又找来清水拍她脖子，帮她止住鼻血。远秀哀哭："我没有害曹嬢嬢，不是我啊。"毛谷川像小大人一般安慰她："不是你的错，都是秦宝来坏！"

周小方左等右等，不见毛谷川捡沙包过来，遂跑来一看，被远秀这模样吓一大跳，晓得是秦宝来做出这样的坏事，捏紧拳头顿足："远秀，你讲一句，只要你讲一句，我和毛谷川帮你去打人，那秦宝来太坏啦！再加上你哥，我就不信，我们三个人，还打不过他一个！"此刻，远秀已止住了她的眼泪，懂事地说："你们不要打架，也不要告诉我哥。"顿了顿，远秀又伸手揩了一下腮上的眼泪道："我不想爸妈他们不高兴。"周小方还挽袖子绑鞋带，极力做出"出征战士"的样子，毛谷川拉住他，摇摇头道："听远秀的吧。"

周小方没打成架，噘着嘴回家，他家里也不太平，正闹得鸡飞狗跳。周小方的爸爸周幺鸡是个驼背，虽然他老婆蔡包子生得矮胖，在个头上并不占太大优势，但周幺鸡仍然觉得压抑，每次吵架，都要双脚起跳，几乎是蹦一下才能吵出一句来，不蹦不跳，嘴巴就连话都不会说了。

"你能干？还敢蹦蹦跳跳的！能干就让我们娘俩过这种日

子?吃泡菜已经吃了一冬,我现在满嘴犯酸水,还有人问我是不是又给小方怀了弟弟妹妹呢!"

"你再怀孩子?天哪,盐碱地还想打出粮食来?别说这种惹人发笑的话吧!难道是你一个人冒酸水吗?老子不也吃了一冬的泡菜,肚里连一分油荤都寻不到!"

"你寻不到油荤怪哪个?难不成还怪到我头上了?当年,你一个弹花匠,四处流浪,造孽兮兮的,都是我爹妈同情你,招你当了上门女婿,结果你这个驼背还不知好歹,一点不晓得感恩……"

"我感恩?天哪,摸着良心说话吧,你当时都二十好几了还嫁不出去,不是都嫌你躺着像冬瓜,站起像南瓜吗?搞得好像你嫁给我,还是我占了你家多大便宜似的,我要是不娶你,当时凭你那条件,能顺当嫁出去?"

连小小年纪的周小方都晓得,话赶话说到这里,该有哭声响起了。果真,揭人不揭短,打人不打脸,说到"蔡包子"这个绰号来历,从小被人叫包子,叫到现在,她难道不晓得自己矮自己胖?但周幺鸡这个背时的驼背就说不得,说了,她便往地上一坐,拍着大腿,伤伤心心哭了起来。

"大盖帽"拿着明晃晃的手铐,到村里带走了垂头丧气的周幺鸡。这事过去了好久,大家都还拿来议论,仿佛是一碟炒得喷香的黄豆，作为谈资，越嚼越上瘾。

蔡包子后悔极了，悔得肠子都青了，她怎么晓得呢？那周幺鸡，平时三棒子打不出个闷屁的家伙，他有啥本事去充英雄、扮好汉？他们两口子拌嘴，从周幺鸡入赘就一直拌到现在，她哪晓得这男人会被她几句话戳了"痛筋"，出门就干了这种傻事呢？世上当然没有后悔药卖，蔡包子就算把眼泪流干，男人还是坐了监牢。周幺鸡这个砍脑壳的不成器就罢了，这还连累了家里的婆娘娃儿，走出门去，就算村里人当面不说，但看他们那种躲躲闪闪的鬼样子，蔡包子就气不打一处来，天晓得他们在背地怎么嚼舌根子？为了堵住悠悠众口，蔡包子决定先发制人，她找到街坊邻居，开始了如同祥林嫂一般的诉说。

"你说，我哪晓得周幺鸡这个憨家伙，他能有这么大的气性？我们平时吵嘴是吵嘴，都不往心里去，吵完了，我还是给他捞泡菜、煮稀饭。对，他那天也赌气说不想吃泡菜了，吃得肚子都发了青，但皇天老爷呀，不吃泡菜，你还想吃肉不成？对，我就是那么问他了，问他是不是馋嘴巴想肉吃，又问他虽然背上多了一个罗锅，但还算顶天立地一男人，怎么就挣不了多两个钢镚儿，好给婆娘儿子割块肉吃？哎呀，他嫂子，我现在不敢回想，回想起来就要流眼泪，泪流多了，眼睛发痛，我怕小方还没长大，自己都成瞎婆子了。但是跟你说啊，那日他听了我这话，简直像斗鸡一般，眼睛瞪得那叫一个吓人，瞪着眼珠子，声音在喉咙口打滚：'放心，我这就出去找钱，一定割回十斤猪肉，让你和小方吃得嘴角流油！'天哪，我哪里晓得，他出门就跑去偷牛呢?我要是晓得,就算刀架在我脖子上,我也不会说出激他的话啊!他嫂子,你给我评评理,我这话是不是真伤了他的心,把他逼上了这条路?我想不通啊,呜呜呜……"蔡包子千篇一律地哭起来,那些津津有味听八卦的婶子大娘也千篇一律地劝她不要多想了,小心身子,还要照顾小方呢。哦小方,想到自己唯一的儿子,蔡包子又哭得直擤鼻涕。

村里那些女人,当面对蔡包子说"保重身体",回家后却幸灾乐祸。特别是到了夜里,夫妻俩熄灯上了床,头挨头躺一块儿,女人总要卖弄几分:"你看,妻不贤,夫招祸。这周幺鸡平时几多老实一个人,若不是受了蔡包子怂恿,哪里会想到偷牛卖了好割肉?就是蔡包子嘴馋,惹出这么大的事端!"男人自然是搂紧女人的热身子,一迭声地赞扬还是自家女人贤惠,自己运气比那蹲大牢的周幺鸡好上千百倍。

唯独素琼,她对苦命的蔡包子没有讥讽、嘲笑,蔡包子拉着她的手,絮絮叨叨诉说周幺鸡偷牛事件始末时,她静静听着,还陪蔡包子洒了几滴热泪。听完了,回家她在饭桌上对家里人说:"周小方的爸妈都不容易,就是一时糊涂才做下错事。"素琼又将脸转向一对儿女,叮嘱道:"你们出去,千万不能笑小方,欺负人家啊。"远秀放下粥碗,舔了舔嘴皮大声说道:"妈,您放心,周小方是我好朋友,我才不会笑他的!"志兴皱了皱眉头,没说话。

那几个念小学高年级的大孩子打周小方,逼着他往泥坑躺时,志兴刚好背着柴火路过,他原本想几步走过去算了,但那几个大孩子实在过分，他们不但踢了周小方几脚，还骂他是"贼种"，只配躺在泥坑里吃泥，不配上学。出于一种孩子气的恶作剧，他们竟然将周小方书包打开，将里面的书本、铅笔、橡皮等都往泥坑里倾倒。周小方哭了，身上的痛不算什么，但他的书本文具都被糟蹋了，他还拿什么来上学呢？

志兴顿时火冒三丈，哪能这样欺负人呢？他丢掉柴火，上前一推，便将其中一个大孩子也推到泥坑里。这下，大孩子们将目标对准了志兴，他只有一个人，双拳难敌四手，何况对方有三个人，而且都比他大，但志兴一声不吭，挨了火辣辣的巴掌拳头也不吭气，他的牛脾气犟到底了：今天就是要帮周小方，就是不让这些小坏蛋欺负周小方！

志兴以为今天难逃一顿饱打了，但头顶传来一个愤怒的声音："你们在干什么？"随即大孩子们像受惊的老鼠一般四下散开。志兴茫然地抬起头，看到简云开扶了扶跑得太快下滑至鼻梁的眼镜腿儿，伸手将周小方拉起。简云开将另一只手递给了志兴，但志兴没要老师拉，他自己从地上撑坐起来。简云开对志兴说："我晓得你是许志兴，我们班上明远秀的哥哥，是吧？你妹妹远秀特别聪明，脑瓜好使。"接下来，简云开又转脸安慰周小方道："小方，那不是你的错，他们骂你是不对的，你不要伤心了。"

"简老师，志兴哥，谢谢你们。"周小方眼里噙着大大的两粒泪珠，声音哽咽，说不下去了，他小小的心灵埋下了一粒种子：这两个人，都是他的恩人，将来，他一定好好待他们！

第二章

初　约

一

日头升起，太阳落下，月亮当空，星星归去；春叶萌芽，枯草萎地，蓓蕾初绽，雨打落红。一天又一天，一年又一年，不知不觉间，日子度过了十个年头。刘素琼每过一年春节，就要在心头叹一声"阿弥陀佛"。她不得不念佛啊，当初嫁过来，以为自己命不久矣，哪里晓得这儿水土好，在落凤坡呆了十年，倒活得比之前更加精神健旺了呢？自己身子骨一天天好起来，不咳血了，不用担惊受怕了，素琼却还是忍不住怕，怕自己现在太幸福，老天爷会不会收走这样的幸福呢？周六下午，她在家里一边剥新豌豆，一边止不住脑子里乱纷纷的念头。

中午吃罢饭，五婶过来了一趟，来借八角。她晓得刘素琼厨艺好，厨房里备的料足，找她借香料准没错。素琼果真有八角，爽快地包了十来个给五婶，五婶连忙说："够了，够了，足够给谷川烧一大块牛腩吃了。"

五婶的儿子毛谷川，也在县高中上学，高二三班，和远秀、春晓同班。这几个孩子，倒是从小玩到大，上学也总凑一块，三人成绩还特别好，不是你考第一，就是我占榜首。高二三班的同学都开玩笑，说你们落凤坡来的人，就像"落凤坡三杰"，我们这些县城学生，倒怎么用功努力都赶不上你们了。这话说得当然是三分矜持三分崇拜还有四分酸溜溜，但五婶和素琼这两个母亲听了，却是赛蜜糖般甜丝丝的。县高中管得严，这才高二呢，每周也只准休一天，只不过周六晚上不上晚自习，五点多放了学就能回来。每每到了孩子们要回来的时间，这些当妈的早就准备好香喷喷的饭菜，就等着慰劳一周未见的孩儿。

五婶自报菜名，又觉得有点不好意思，于是伸头打量素琼灶前，看到她正在热水里噗噗煮一块腊肉，便说道："煮给远秀吃啊？"素琼笑笑，手底不停，依旧在一颗接一颗地剥豌豆："不是呢，我那女子吃两片腊肉就嚷着饱了，她哥喜欢吃，吃了腊肉好，男娃娃更有劲。"说着又指指绿得像一团春雾的豌豆角："远秀爱吃这个嫩豌豆，她爸也舍得，大把大把摘回来，让远秀吃个够，哪年不吃伤呢？"

五婶啧啧两声，的确，现在正是城里人肯花大价钱吃嫩豌豆的时节，苦根宁愿少卖点钱，也要让"女儿"远秀吃好甚至吃伤，啧啧，这做派。五婶做媒多年，是个爽直人儿，有话便讲了:"素琼,我当年给你拉这个大媒,没有害你吧?苦根就是话少点,是个可靠男人吧?"素琼大大方方地别一下自己头发道:"是,他们父子都好。"五婶笑一笑,没说什么,拿着八角回去给宝贝儿子烧牛腩了。

志兴在县高中读高三,和从小读书就厉害、被称为"女秀才"的妹妹不同,他成绩一直在班上倒数十名左右徘徊。他晓得自己不是读书的料,当时中考,别的考生15岁,他倒有17岁了,坐在那群"小雏鸡"中间,像是乱闯进来的一只长脚鹤,别人多看他两眼,他就觉得臊得慌,心中别扭。和爸妈商量,不想念书了,要留在家里,帮爸爸种地。苦根平时不言不语,这件事上却态度鲜明,将反对的道理说了个头头是道。先是从自己出发,诉说自己当了一辈子文盲的苦楚,又说凤英如果在世,也希望看到儿子多念两天书。其实,话说到这分上,志兴的心早就软了,他也希望像爸爸说的那样,肚子里的知识学得越多越好,这样亲生母亲都跟着他荣耀。不料苦根还逻辑分明地推出了第三层意思:远秀成绩好,一年后肯定能顺顺当当考上县高中,到时,志兴这个当哥的还要多帮衬帮衬,因为学生住校,一周才回来一次,志兴不帮着妹妹,谁帮?

就这样,志兴仿佛是为了苦根、凤英和远秀,以刚刚压线的分数,就读于县高中。

志兴班上有男生情窦初开,小公鸡开了嗓,恨不得四处喔喔啼,看上了低一级的明远秀,晓得远秀是志兴妹妹,好奇问他,为啥他们兄妹一个姓许一个姓明?志兴回答得很模糊,说我们一个是爸那边的,一个是妈那边的,小公鸡便自作聪明地打个响指,说道:"懂了,你们一个跟爸爸姓,一个跟妈妈姓,对吧?"志兴听了不置可否。待到那小公鸡哼哧哼哧写下一封情书,要请志兴帮忙转交妹妹远秀,志兴才像被蜜蜂蜇着,弹了起来,一巴掌将小公鸡熬夜写就的情书揉成了纸团儿,大喝一声:"你敢!"小公鸡吓了一大跳,他还不明就里,以为许志兴这人简直是走火入魔的"护妹狂人",将他宝贝妹妹看得这么紧,连封情书都不肯转交。

　　志兴不帮那些跃跃欲试的小公鸡递信,却每周都要帮远秀跑趟邮局寄信,他只晓得远秀的笔友叫"唐之蓝",是个和远秀同岁的女孩,却搞不懂从没见过面的两个女孩儿,哪有那么多话,每周都要为对方写一封厚厚的信?不过志兴对搞明白女孩之间的情谊并无兴趣,只要晓得和远秀通信的是个女孩儿就够了,别的他都不想管。但为什么笔友唐之蓝是个女孩儿,志兴就安心呢?他那时没往深里想,也许想半天,他也想不出个子丑寅卯来。

　　高二和高三放学时间不同,高三还要多上一节课,加上课间休息,晚放学五十五分钟,等到走出校门,都六点多了。从县高中到村里,至少要走一个多小时路,志兴便让远秀不等他,先和春晓回去。他总是这么说:"先和春晓走,我走得快,说不定还能从后面追上你们。"他从不说毛谷川,好像那个男生是个隐形人,周六放学后不曾和两个女孩同路。这"落凤坡三杰"在路上都走得很热闹,不是抽背英语单词,就是讨论古文，功课讲得累了，他们就玩"脑筋急转弯"，笑嘻嘻地走回村。村小早就合并到邻村小学了，春晓也搬回到村里住，顺路走。他们三人，倒是远秀先到家，接下来一小段路，是春晓和毛谷川同行。每次送远秀回到家中，春晓都会莫名有点激动，想着和毛谷川两个人要走一段了呢。毛谷川呢，他想的却是春晓为啥不像从前那样住梁子那边？这样，他就有机会和远秀单独同路了。

远秀才是毫无心事的那个，一推开门，便脆生生地喊爸喊妈，喊得锅里嫩豌豆香味扑鼻。但肚子再饿，她都坚持等着哥哥回来再开饭。

远秀没见过唐之蓝，她曾想过，干脆她们约好，下次每人都在信里夹一张自己的照片，这样，她们不就能知道对方长啥样子了吗？但她很快又打消了这个念头，因为不管唐之蓝长什么样子，她都会像信中说的那样，那么喜欢她，和她做好朋友。

有时，远秀也会偷偷将唐之蓝和简春晓对比，她觉得这两个好朋友，一个像是热情的夏天，一个像是沉静的秋天，一个是清脆的蝉鸣，一个是缄默的银杏。

说起来，远秀和唐之蓝还真是有缘，当时学生们都喜欢看一本名为《中学生》的杂志，要是谁的习作能变成《中学生》

上的铅字，那定是无上荣耀。某次，远秀有一篇散文，唐之蓝写的一首小诗，同时发表于《中学生》上，在文末，留有作者的学校和班级。巧的是，远秀看到唐之蓝的小诗，喜欢得紧，觉得像是从自己心底流淌出来的诗句；唐之蓝呢，看到远秀的散文，心弦仿佛一动，觉得自己和写这篇文章的人八百年前就认识。于是，远秀抄下了唐之蓝的地址，当时还不知人家是男是女，就写去了一封情感真挚的信，问唐之蓝，我们能不能做朋友？唐之蓝几乎同时给远秀写下一封热情洋溢的信，刚去邮局寄了信，回到学校，竟在传达室小黑板上看到有自己的信，而最奇特的在于，这封信是远秀寄来的！

　　唐之蓝在后来的信中描写过自己当时可被大大地吓了一跳，她还下意识往后张望，以为自己被什么"天外来客"盯上了，但展开远秀的信纸，唐之蓝立马就眉开眼笑，开心得不得了，觉得自己长这么大，从未遇到过这样奇妙的事。想想吧，你喜欢的人，竟在同一刻，告诉你，她也是相同感觉，还有这么巧的事吗？兴奋与激动充溢着两个好朋友的心，她们在接下来的几封信中，都反复探讨过这个问题，后来还不无唯心地认为：也许上辈子，她们就是好朋友呢，所以才会这么一见如故。远秀纠正唐之蓝道：还没见，已如故。

　　远秀和春晓从小就要好，现在又是同班同学，按理说她俩关系更为密切，但可能是姑娘长大了，心事多了，更何况春晓这种从小就爱琢磨书本，又受到教师父亲熏陶的女孩儿，也不晓得什么时候开始，她变得没有那么爱说话了，常常一个人发呆想心事。远秀认真观察过几回，发现自己和春晓两人在一起时，春晓要活泼得多，健谈得多，一旦她俩与毛谷川一道结伴回家，春晓举手投足，都比平常紧张局促。他们互相抽背英语单词，或者一人一句接背古诗词，春晓有时忽然嗓音尖细，有时又忽然情绪低落，让远秀好生奇怪。

十七岁的远秀，真的还是个孩子，她要感谢志兴，有他这个哥哥挡驾，雪片般送给她的情书都被扼杀于摇篮之中；但她又应该怪怨志兴，就因为有这么一个身材高大、唇上已有微黑须根的哥哥，远秀还不知情为何物，一味的天真浪漫，心思单纯着。

对于远秀来说，生活中处处都有阳光，都有快乐，她有什么理由不开心呢？她可是每一天都过得有滋有味啊。在学校读书，村里人都说这些孩子辛苦，悬梁刺股的，高考好比考举人。远秀却不这么想，念书多开心，老师在课堂上讲授的知识多有意思啊，读书哪里辛苦了？回家来，那更是幸福，虽然是乡下姑娘，父母疼她，每年下地的次数也有限，帮着家里干点活，倒像是在玩办家家；洒把碎谷子喂鸡，她要念"咯咯鸡快来吃哟"；一瓢猪食舀到槽里，她要对猪儿嘱托"不要抢啊，好好吃，抢食不是好孩子"。她那么天真纯洁，家里人都爱着她，疼着她，护着她，就像对待一朵花儿一般对待她。哪怕她七岁之前，受过亲生父亲不少打骂、不少委屈，但后面的爸爸和哥哥待她这样好，她早就忘记了那些苦楚，一心一意享受着现在的好日子。看到她的无瑕笑脸，素琼就忍不住眉心舒展，觉得有这个女儿，真是上天赐予的厚礼。

　　妈妈对待女儿细致又贴心，晓得学生爱干净，刚听到远秀脚步走到家门口，素琼已经将一盆温热的洗脸水兑好了，脸盆上搭着干干净净的旧毛巾，旁边放着苹果绿的香皂盒。远秀拧了一个毛巾把，舒舒服服地搽脸，一边洗着一边和妈妈说话："妈，闻着咋这么香？今晚有豌豆吃吧？"素琼帮女儿将一绺头发别到耳朵后面，柔柔地笑："咋会没有呢？你爸晓得小馋猫要回来，今儿一早去园子里摘了一大篓，嫩气得很，就怕你像去年那样，吃到最后捧着肚子喊痛，竟然豌豆都能把自己吃伤。"远秀做个鬼脸："妈，去年吃伤了怕什么，今年我照常吃，今年吃伤了，明年又吃。对吧爸？"后一句话是对苦根说的，苦根正扛了锄头，从地里回来，看到女儿，晒得黢黑的脸上顿时展露笑颜。

　　苦根本来就瘦，这几年，家里供两个学生读书，开销不小，他下了狠地在田间地里忙活，倒比之前还瘦上几分了。但庄户人家，胖了才被人笑，瘦了却是很庄重的一件事，仿佛下了苦力的表现。所以苦根变瘦，枕边人素琼竟不觉有异，倒是远秀说了一句："爸，您怎么看上去比上个月还瘦？您在家要多吃点好东西，别老把好菜留给我和哥哥吃。"

　　志兴放学一溜小跑，走得飞快，他怕妹妹等他饿着肚子，所以一跨进家门就先喊："妈，可以开饭啦！"素琼连忙答应着，让他先洗手，志兴就着远秀的洗脸水来使，撩起水来泼在脸颊上，素琼叫起来："哎哟，那水是远秀用过的！"志兴却当听不见，拧自己的毛巾细细擦了耳朵背后，这才端起水盆一泼，将水泼进院子中。

五月，对于毛谷川而言，真是个"火热的五月"。

等了多少年，盼了多少载，香港真的要回归祖国怀抱了啊，校长在周一朝会上眼含泪水、感情澎湃地讲着，说着，忽然，叫起了高二三班毛谷川的名字。原来，毛谷川参加了《中学生》杂志社主办的"迎香港回归征文活动"，他的一首长诗获得了一等奖！校长激动极了，毛谷川的班主任也跟着颜面生光，他们都不晓得毛同学投稿参加征文的事，竟然还被他拔了头筹！听说，这次参加比赛的，不仅有各校学生，甚至一些早已成名的诗人也参加了，但最后的胜利，归于高二学生毛谷川。向来端严的校长也忍不住在全校师生的朝会上大大地表扬了毛谷川，不但有口头奖励，还有物质奖励——当着大家的面，奖励他两张"毛爷爷"。

朝会一解散，高二三班的男生们就像一锅沸腾的水，围着毛谷川兴奋地说嚷起来，这个打他一拳道："好小子，真看不出来啊，平时只晓得你德智体美劳全面发展，哪晓得还有写诗这一手呢？"那个接嘴道："你傻啊，毛谷川写诗，那是为了和明远秀看齐，人家明远秀，高一不就在《中学生》上发表文章了吗？毛谷川，是不是，你也想和明远秀上同一期啊？"再来一个混说的愣头青,眨巴着眼儿嘻嘻哈哈:"毛谷川想和明远秀好,那还不容易?人家毛谷川的妈妈是远近闻名的媒婆,妈妈出马,一个顶俩!"这话说得太过分,毛谷川忍不住沉下脸"嘿"一声,那些猴子才肯噤声,却还不死心地拉拉毛谷川袖子,这不,对面走来的,不就是明远秀和简春晓吗?明远秀不晓得自己刚刚做了人家的谈资,还冲毛谷川甜甜一笑,大大方方道:"祝贺你啊,一等奖!"两个女孩都走远了,毛谷川才红着脸回了轻轻一声"谢谢",男生们怪叫一声,哄地散开了。

十几岁的女孩子,表达友谊的方式很单纯,就是一个走哪,另一个也要跟着,像是明远秀和简春晓,她们连上厕所也手牵手,同路而行,而且春晓并不想上厕所,她等在洗手台处,怔怔地发呆,倒像是忠心耿耿的贴身侍卫。远秀过来洗手,笑话她:"你的魂儿被猫叼走啦?"春晓却莫名其妙问她:"远秀,你觉得毛谷川怎么样?"远秀不懂她什么意思,甩着手上的水珠反问:"什么怎么样?我们大伙儿认识都十年啦,大家向来都是好朋友呀。"春晓垂下眼帘,嗯了一声:"是,好朋友。"远秀觉得今天春晓有点反常,但她并没往心里去,春晓平时爱读书,看书入了神,时时会为书中主人公的悲欢离合掉眼泪,像是贾府的林妹妹一般心事满腹,远秀也弄不懂她那么多弯弯绕的心事,但很快,远秀也有了自己的烦心事。

远秀的烦心事,来自一张从天而降的纸条。

不知是上头开恩,还是自己本校学生夺了征文比赛一等奖,令校长心情大快,竟然临时决定,五月四日青年节那天,

第二章

全校学生放半天假。这可是天大的好消息,县城的学生们大喊"乌拉",他们住得近,连午饭都不肯吃,背起书包就往家里跑。那些农村的学生,像远秀这样的,却有点措手不及,不晓得这突然多出来的假期,是该回村,还是留在学校复习功课。

纸条递到远秀手里,毛谷川是花了心思的,他避开了春晓。为什么要避开春晓呢?多年后某个月光如水的夜里,毛谷川在办公室加班,做完了手里工作,点燃一支烟,静静地吸。在烟雾之中,他忽然就看到了十七岁的那个少年,给女孩子递的第一张小纸条,当然,也是最后一张。他自幼和简春晓、明远秀一起长大,为什么要避开熟稔的春晓,递纸条给远秀呢?那时他太年少,看不清自己的心,现在呢,却又太成熟,隔膜了如烟往事。

纸条上只有短短两句话:远秀,下午和我一起去看电影好吗?周星驰的《大内密探零零发》。

这部电影,远秀早就听过,去年在省城电影院上映,听说去看电影的人多得要命,连第一排都坐满了人。县城凡事都要慢半拍,省城刮过的"流行风",要等上几个月才会吹到这儿来。周星驰呢,搞怪的周星驰,好玩的周星驰,远秀心里痒痒的,仿佛已经听到了星爷招牌式的大笑,像是拖拉机一般摧枯拉朽的"哈哈哈哈哈"。

"远秀,你在想什么呢?一个人傻笑。"春晓走过来,在远秀前排位置反身坐下,竖起两只胳膊支在桌上,微微笑着望向远秀。远秀忙将纸条塞进文具盒里,摇晃两下脑袋说:"正在想多出来的半天怎么过，春晓，你呢？"

"我啊。"春晓好古怪，面皮兀自红了，她仿佛下了天大的决心，先是低头揉搓衣角，低垂眼眸，接着长吸一口气，猛然抬头对远秀讲道："远秀，我想请你帮我个忙。"

春晓这样郑重其事的样子，远秀倒是第一次见到，她觉得自己也应该态度认真一些，腰肢挺直，脑袋前倾，换了庄重语气："到底什么事？愿闻其详，乐意效劳。"

可当春晓递给远秀一张纸条时，远秀彻底不晓得，这个忙该怎么帮了。

四

春晓请远秀帮她将纸条递给毛谷川，好闺蜜倒是不瞒远秀，纸条儿也大大方方让远秀看了，写的是下午约毛谷川去县电影院看《大内密探零零发》。又是周星驰！远秀心慌慌地将纸条拿在手里，她第一反应，竟是冒出一个幼稚的念头：要不，下午我们三个一起去看电影吧。但她只用了一秒钟，就打消了自己这个念头，她也说不清，为啥那么快就否决了这想法。就算她心思再单纯，也是十七岁的大姑娘了，面前春晓下垂的眼皮和晕红的脸颊，让她骤然间仿佛明白了什么，又仿佛一无所知。

接下来，远秀做了两件事，第一件，她将纸条退回原主手中，对春晓说声对不起，刚刚她哥才到教室来找她，说妈妈生病了，重感冒难受得很，正好多出半天时间，好回去看看妈妈。第二件,她心如乱麻,也管不了春晓到底信不信了,将桌上的文具盒、书本胡乱往书包一塞,拔腿就往楼上的高三教室跑。春晓也慌慌地跟在远秀后面,倒不是不信好友,而是一时还没回过神来,她俩向来又是形影不离的,春晓这也是下意识跟在远秀身后。

"哥,你不是说咱妈重感冒起不了床吗,快走啊,我们赶紧回去看看。"远秀几乎是扑到了志兴桌前,心中祈祷着:哥,你可千万不能说漏嘴啊!感谢志兴,一个眼神就懂得了妹妹是向他求助,从桌肚里拉出书包,爽利说声"走",便和远秀步出门外。春晓手拢个喇叭,在后面叮嘱他俩:"路上小心点。"

在回村的路上,远秀向志兴坦白了她这场"戏"的前因后果,志兴比她想象中表现得更冷淡一些,他从地上扯了一条甜草根,衔在嘴里嚼着,冷冷道:"哼,那毛谷川不是刚得了两百元奖励吗?就嘚瑟得请你看电影吃饭了。"远秀奇怪地看她哥一眼,顺嘴说道:"奖励咋啦?他的确有本事,才得了这钱。"没想到,简单一句话,竟让志兴一屁股坐在地上,表情有些莫名的恼意,他呸地吐掉甜草根:"那你后悔的话,现在回去和他一道看电影呀,还能看你喜欢的周星驰!"远秀觉得她哥今天真是怪得出奇,大概是自己临时拉他撒谎,他心里不乐意吧,想到哥才帮自己解了大围,远秀又于心不忍地放柔声音轻轻讲道:"我不去,让春晓和毛谷川看电影更好一些嘛,你说对吧,哥?"这许志兴,今天真是吃错了枪药,看妹妹这般柔声软语的,他竟然还蹬鼻子上脸了,又多哼一声:"我不是你哥！""那你是谁啊？"远秀这时也有些生气，口气变得硬硬的。志兴从地上一撑而起："我是志兴！"说了这没头没脑的话就走，害得远秀在后面忙不迭地追。

"啊，怎么桥断了？"兄妹俩赶到小河边，远秀望了望河里朽断的木桥，将视线投向志兴，志兴依旧绷着脸，仿佛今天谁欠了他五百吊钱似的。脸色虽不好看，志兴还是认真看了看四周，说道："这桥原本就是一块朽木，早晚也要坏掉的。村里不是说了今年要修桥吗，可能下次回来，我们就能走新桥了。"远秀愁眉苦脸叹气："下次是下次，但今天怎么回家啊？"志兴还想多说两句气话，看远秀嘟着小嘴，也不敢造次，稍一沉吟，有了主意："水不深，我背你过去吧。"

伏在志兴背上，远秀才觉得这个哥哥可爱，他刚刚还和远秀一脸别扭，这会儿又乖乖的，"俯首甘为孺子牛"了。

"哥，水凉不凉？"

"不凉。"

"水里的鹅卵石滑不滑？"

"不滑。"

"我重不重？"

"重啊，像小猪。"

"哥你真讨厌，讨厌讨厌……"

"哎哎，别闹，小心从背上掉下来，当一个落汤鸡！"

"你才落汤鸡呢，落汤哥！"

兄妹俩正在拌嘴时，志兴忽然停下脚步不动了，此时他刚走到河道中间,此处水流最急,虽然像他所说,水并不算太深,但也到了大腿处,挽起来的裤脚,下部已被河水浸湿。志兴忽然在这里站定,不挪步子,远秀真不晓得他要干什么。

志兴什么也不干,只是忽然不走了,像被方士施了"定身咒"。他后背驮着远秀,脖子上挂着两个书包,还有自己一双鞋,到底年轻,也不觉得重,水流湍急也不觉得急,他一字一顿,将憋在心里的话,选了这么个时间、这么个地点,清清楚楚说了出来:"你能不能不要叫我哥?"

如果没有那两张招惹是非的纸条,如果没有在回村时遇到木桥朽断,志兴会说这样的话吗?会让远秀听到他心底的声音吗?也许不会,只要妹妹永远那么天真单纯,永远那么开开心心,喂鸡时喊"咯咯鸡",喂猪时唤"乖乖别抢食",他呢,愿意看到妹妹无忧无虑的样子。但现在,腔子里是住了一个不听话的魂灵吗?一定是的,是"他",而不是志兴说出了这句话,这句在他心中存放已好久的话。

时间仿佛凝固了,脚下哗哗流淌的河水凝固了,轻轻拂脸的春风也凝固了。五月的河畔,水草丰茂,野花点点,满目都是春景。志兴的话,像是落在这春水中的一张帕子,激起了温柔的涟漪。远秀怔了一会,才开口小声问:"不叫你哥,叫你什么?"

"叫我志兴!"那个答案就守在嘴边,等她来问,像是等了好久好久,久得海洋都能变成良田,久得撒下粒粒种子如今已秀树满园,繁花朵朵。

"志兴。"细细柔柔的声音,仿佛打开了凝固的"结界",志兴眼前金光闪耀,蜂蝶飞舞,花香四溢,心中柔情轻漾,如饮蜜甜,他抬起脚,在水中行步,如履平地,几步就到了岸边。

过了河,志兴放下远秀,他头还低着,闷闷地要求:"再叫一声吧。"

"志兴。"对面那人,头比他压得更低。

七月底,知了在树上叫得声嘶力竭,志兴满头大汗地从外面回来,掀起布褂子擦脸上的油汗,远秀赶紧舀一瓢凉水给他,他咕噜咕噜大口喝下。她等不及他放下葫芦瓢,小声问道:"考起了?"

"没有。"志兴抬手横抹了一下嘴巴,眼里平平静静的,没有歉疚,也没有失落,他高考落榜,是自己意料之中的事,并不奇怪,在1997年,他这样的成绩若能挤过大学那座独木桥,才真叫奇怪呢。远秀并不是不知道他的实力,但心中总是存在一丝侥幸,万一呢?志兴没有实现这个"万一"。

周小方别说考大学,中考成绩还不如志兴,当时连县高中都没考上。他爸爸周幺鸡当年一时糊涂,当了偷牛贼,坐了几年牢出来,觉得在乡间生活,人人都笑话他,明里暗里指戳他的痛处,他宁愿去城里打工,但年龄大了,又有"案底",城里的活岂是那么好找的?周幺鸡晃荡一番,终究还是回到乡下,依旧是驼着背,默默干活。如今,他的背更驼了,之前和蔡包子还有吵有闹,现在常常是蔡包子揪住一件小事,呜里哇啦吵嚷指责,他半天才侧过脸"啊"一声,表情明明白白告诉她:不好意思,自己没听懂她嚷的是什么。

周小方呢,初中毕业,也去了城里,一开始人长得矮小,去给人家端盘子洗碗都没人要,他别的事上软弱,这件事上倒咬牙争气:不管怎样,都要留在城里,莫让人看扁了去。咬牙坚持了两年,这次回家收麦,倒像换了一个人:头发做成了一个"鸡窝",染了黄毛,本来就矮瘦,穿了条裤裆快拖到膝盖的"时髦裤",更像腰下无腿了。

可不管周小方外表变得如何怪异,在内心,他一直是把志兴当哥哥的,这次专程回来,干活时没出两下力,倒惹得蔡包子生气,说他在城里啥都没学会,只学会了偷懒的本事!他也不恼,抽冷子将志兴拉到僻静处,从兜里掏出一把剪子一把梳子,诚恳地问志兴:"哥,要不你跟我走吧,我如今拜了师傅学手艺。志兴哥,你比我聪明,肯定能更快出师,到时咱哥俩盘下一个理发店,自己当老板做生意,多带劲!"

志兴却摇摇头,表示自己对当老板一点兴趣都没有,周小方不死心地劝说:"我就不信,这世上没人不想当老板!志兴哥,我和你说啊,这男人,一定要有事业,有钱景,如果男人兜里没了钞票,那可糟糕了!小心以后连媳妇都寻不到。"志兴哑然失笑:"你小子,现在发育完全了吧?满嘴媳妇媳妇的,给我瞅瞅,你媳妇到底在哪里呢?"周小方个头矮,只能仰脖子说话,神色倒一派认真:"志兴哥,那你说说,下一步有什么打算?难道今后都不想去城里吗?"志兴微微一笑:"不是我不去,只是现在不去,可能吧,可能一年后要去的。"周小方在他鸡窝乱发上胡扯了两下,他没弄懂,为何一年后去?难道做个决定,也需要一年时间吗?这样看来,他从小崇拜的志兴哥,其实做事也这么婆婆妈妈的,这是有性格短板啊。

  周小方回来几日,志兴高兴,另一个朋友到家中来做客,远秀更高兴,那人便是唐之蓝。唐之蓝家住绵竹,说起来是邻县,隔得并不远,但她俩之前一直是用信函交流,这一下笔友要真正相见了,远秀激动得不得了。唐之蓝来的前几天,她就在家中大扫除,将犄角旮旯的灰尘都清扫干净,在柜子角落,找到了一个布包,里面有几个褐色小药瓶,还有几板白白圆圆的药片,远秀奇怪这是什么,苦根看到,忙接过去,说是凤英之前吃的药。一边说着,一边将布包接过去扎扎紧。那时远秀心中只闪过一丝奇怪,想着志兴妈妈已经去了十来年,怎么还收着病人当时吃的西药呢?就算留个念想,也不该留下药啊,乡下人嘛,总觉得药和病痛息息相关,收着亡者这样的东西,不吉利。但那时远秀满心都是好友唐之蓝要来看她的欣喜,也没将这小插曲放在心上。

  唐之蓝竟然就是远秀设想的样子:个子高高的,身形苗条细瘦,脑后扎一个马尾巴,走路时头发一甩一甩的,特别精神,说话声音又脆又亮,像是黄莺开嗓一般。唐之蓝一把就抱住远秀,笑得眉眼弯弯:"我的好远秀呢,通了这么久的信,才晓得你是这样漂亮的女孩子！就跟九妹一样！"唐之蓝和信纸上那个爽朗明快的女孩子如出一辙，她竟然随口就哼唱起来："你好像春天的一幅画／画中是遍山的红桃花／蓝蓝的天和那青青泥巴／花瓣飘落你身下／画中呀是不是你的家／朵朵白云染红霞……"她刚唱到"红霞"时，志兴和周小方一起从外面回来，周小方反应极快地热烈鼓掌："好听，太好听了！远秀，介绍一下，这是哪里来的女歌神？"远秀嘻嘻笑，指着周小方介绍道："这是周小方，我们小学初中都是同学，他现在在城里发大财呢。"又指着志兴说："这是志兴哥。"唐之蓝忽视了周小方殷切伸出的手，径直向志兴问好："志兴，你好，我早就听远秀说过你，今天才见到真人。"志兴难得开玩笑："怎么，和想象中的许志兴不一样？"

"不，不是的，远秀和你，都与我想象中一模一样！落凤坡也和想的一模一样，你们这儿真美啊，美丽的落凤坡！"唐之蓝说着，情不自禁展开手臂，如同小鸟儿一般，在院子里转了几圈。她这快活的神态惹得素琼欢喜又怜爱，唐之蓝既然是女儿的好朋友，也就相当于自己半个女儿啦！素琼撩起围裙摆，抹了抹眼睛，她愿意看到远秀开怀大笑的样子，愿意远秀像现在这样，也张开双臂，和唐之蓝背靠背转圈圈，脸颊上洒落黄昏金色的余晖，远秀在说呢："之蓝，落凤坡这么好，你不要走了好不好？"

这个讨人喜欢的女孩儿爽朗地回答："好！下次我一定来了就不走！"

第三章

高 考

―

"妈，北京秋天枫叶红了，满山遍野都像一簇簇火在燃烧，特别美；上海呢，黄浦江畔有许多老房子，是租界时代留下的，哦，我们课本里就有这个图片呢，看上去特洋气；广州呢，听说那儿的冬天都不用穿棉袄，有种特别好吃的点心叫叉烧包……"

素琼在给女儿洗头发，远秀有一头又长又浓密的黑发，周末回家，她最喜欢赖着妈妈帮她清洗头发。母女俩一人一张小凳子，坐在院子中间，暖暖地晒着太阳。素琼用漱口杯舀水，一杯一杯地顺着头发浇水，将一头秀发，清洗得如同黑缎一般。

远秀一脸兴奋地说什么枫叶什么黄浦江，当妈的哪能不明白?这孩子,是在憧憬将来到底考到哪个城市的大学啊。虽说只是落凤坡的农家女儿,但远秀成绩好,应试心态稳定,她的班主任雍老师在家长会上多次表扬过远秀是个好苗子,这让素琼满心欢喜、脸颊生光,她怎会不希望女儿将来能有一番作为呢?心里的喜悦和疼爱快要溢出来,素琼却故意和女儿淘气,揉搓着她头发开玩笑:"哪里好呢?那些大城市再好,也是千好万好不如自家狗窝好,是不是?在妈眼里啊,落凤坡最好。"远秀哎呀了一声,撒娇道:"是是是,妈说落凤坡最好,唐之蓝也说落凤坡好,赶明儿她嫁过来,我们正好娘仨凑一台戏,在落凤坡热热闹闹地唱。"素琼笑得眼泪都快流出来了:"你这个瓜女子,你呀,和人家唐之蓝要好,咋,还想当人贩子,拐人家过来不成?"母女俩都大笑,差点踢翻地上的水盆,阳光金灿灿地折进水里,洗发香波的味道飘了满院。

　　正当远秀和妈妈说笑得欢时,门外跑来个叫大辣子的新媳妇,抚着跑得闷痛的胸口,一惊一乍喊:"远秀妈,你还在这儿傻笑什么?你家苦根哥在田里晕倒了!还不快去看看?"大辣子这嗓门,敞亮得赛小喇叭,她这一嚷,周围邻居都听到了,婶子嬢嬢们赶紧去拉素琼,给她摘掉围裙,推她出门,又相跟着去帮忙。唯有那一墙之隔的秦端公,托着个收音机,原本在自家院子里美美地晒太阳听戏,得知苦根无故晕倒,他扯起了公鸭嗓,摇头摆尾地捏着喉咙唱将起来:"大闺女要偷吃我的鸡,我给她说个婆家到山西,一辈子不能走娘家,急死你恼死你,恼死大闺女你个孬东西……"

志兴跑进院门时，远秀正被秦端公荒腔走板的"王婆骂鸡"唱段气得掉泪花花，看到志兴，如同见救星："快，快帮我把头发上的泡沫淋一淋，我好去扶爸爸！"志兴先是隔墙狠狠瞪了隔壁那个幸灾乐祸的秦端公一眼，再试试水温，舀水浇淋，说道："你莫慌，我回来就是跟你说，爸爸没事了，可能早上没吃啥东西就下地，肚里空得慌，才会在地里晕倒。这会儿已经醒转过来，妈陪他休息一会就回来。"远秀这才放下心来，两手抓握头发拧水，委屈道："这个秦端公，太讨厌了，看不得我家有一点好，心地这么不善，我就想不通为啥还有人敢请他跳端公！"志兴对那秦端公，自然也没有好印象，附和远秀开玩笑："他呀，成天和恶鬼处多了，我看他身上早就有了恶鬼性格，算了，人哪能和恶鬼一般计较。"

是啊，此刻别说一个心不端人不善的秦端公，就算来上十个秦端公，志兴也无暇和他们计较。他此刻握着远秀头发，嗅着淡淡发香，指尖顺滑如丝，一颗心，不知怎么就突突跳将起来，跳腾得那么厉害，几欲撞得肋骨发疼。

远秀并不知道此刻志兴心中慌乱，清水温温热热地滑过长发，水珠落在地上，溅起小小水洼，远秀眼睛就朝着那小水洼说话："志兴，现在你在家帮衬着爸干活，要多劝劝他，不要那么劳苦了，该歇着要歇着，该吃饱要吃饱，你看，今天很可能就是低血糖吧，老师不也说过吗，不吃早饭，危害很大，干体力活更容易发晕。"志兴耳朵嗡嗡的，他啥都没听清，"嗯"一声，只为那个"志兴"。现在，他俩单独相处时，她会这样喊他，喊一次，他的心仿佛是被一块绸帕子包起来，向着暖暖的春阳上抛一次，那种失重的微醺感，他之前从未有过，如若远秀多喊两声，恐怕他也要"低血糖"了。

　　远秀刚用手绢将头发包起来，苦根和素琼，一前一后跨进了院门。苦根没有让任何人扶着，他稳稳当当走得飞快，倒是那新嫁娘大辣子，还跟在后面热心地讲说："苦根哥，慢一点，你跑这么快干什么？刚刚忽然倒地，可把我家余大海吓死了，他这个怂男人，胆子只有针尖大，竟然没力气跑来告知素琼嫂子，哈哈哈哈，还是苦根哥你厉害啊，这会儿走得咚咚咚有力气，一点都不像刚醒转的人⋯⋯"被大辣子嘲笑的"怂男人"三步并作两步已经追上他家新媳妇了，上前拉住大辣子的手，礼貌地对素琼说道："嫂子，既然苦根哥没事，我们就先回去了。"大辣子便和余大海手牵手，两口子欢天喜地地回家了。

　　这大辣子，虽说是新嫁娘，但当新媳妇时，已经虚岁三十，在农村，绝对算得上"大龄女青年"了。她五官还算周正，又不像蔡包子那样，有先天的身材缺陷，那么为啥个人问题这么难解决呢？问题大概就出在她一张嘴上，她这张嘴巴，除了吃东西和睡觉，每天嘟吧嘟吧，就没个空闲的时候。而且，即使吃东西，大辣子也有本事边吃边说，她就曾一边嗑瓜子一边聊天，瓜子皮嗑得满天飞，两样事一点都没耽误。倒退十年，大辣子的爹妈就想把女儿嫁出去，媒人倒也肯下力，但每次大辣子和人家一见面，兴高采烈地自顾自说天论地，十二个小伙倒有一打都"敬谢不敏"，打了大大的退堂鼓。

落凤坡

大辣子嫁给余大海,也算是天作之合,因为这余大海平时见人老爱犯紧张,一紧张说话就磕磕巴巴的。他长得又瘦又高,站着活像一根竹竿儿,这样的小身板,着实算不得壮劳力,因此家中的地种得马马马虎,日子过得将将就就。再加之他家母亲死得早,只有一个老父亲,两爷子都是闷葫芦儿,余老爷子看着儿子一天天年龄大了,心里急是急,却寻不出一个好主意,去年冬天,想着心里忧急何以排解呢?唯有去村口小卖部买酒喝,不料结冰路滑,摔了一跟头,竟一下子见了马克思。

余大海悲悲戚戚给他老爹办丧事,八百年没见的亲戚都来吊唁,其中一个表姐,带来了夫家一位邻居妹子,那妹子便是大辣子。她是"十处打锣九处都有她"的角色,邻居亲戚家办丧事,她竟然也要来轧这个热闹,但也要感谢她如此好热闹,否则,怎么会和余大海一下子看对眼呢,也不顾人家屋里刚办了白事,风风火火就急着嫁过来,当了落凤坡的新嫁娘。大辣子嫁来之后,仍旧是"哪儿敲锣哪有她",这不,连报告苦根晕倒这种事,她都要赶头一个。

周日下午早早吃过晚饭,远秀又要回校了,高考在即,大家都冲刺得昏天黑地,难得她还空出心思来,揪住苦根细细叮咛:"爸,以后早上千万要吃了饭再去干活,看您现在都瘦成什么样了啊,您真的太辛苦了,让志兴哥多干点活嘛,他不是从小就说自己有一身牛脾气,也有一身牛力气吗?"家人都被远秀的话逗笑了,志兴脸上一红,将远秀书包背起来,说道:"我送你,走吧远秀。"

两个孩子离开家,素琼给苦根倒了半碗温开水,舀一勺蜂蜜,在水里划开,慢慢搅动,完全融化了才递给苦根。苦根喝了一口,放下来:"给我喝这个干什么?恁浪费了,留给远秀喝吧。"蜂蜜是素琼娘家人送的,这么多年,素琼哥哥心里其实一直有个结,他担心妹妹嫁到落凤坡,没有过上好日子,想妹妹第一次嫁人时,就是他这个当哥的没把好关,害得她多么狼狈辛苦!所以,在给妹妹挑第二次姻缘时,素琼哥哥原本打定主意,不怕花时间,慢慢挑拣,他愿意就这样养着妹妹和远秀,直到寻着合适的男人再嫁。哪晓得落凤坡的五婶跑来说第一个媒,素琼就答应了人家,从此当了苦根的屋里人。哥哥心头牵挂,一年总要差侄儿来落凤坡跑一两次,亲眼看看素琼和远秀过得好不好,这蜂蜜,便是侄儿上次带来的礼物。

素琼劝苦根多喝两口蜂蜜水,绞了一张帕子擦他额角的汗,说道:"苦根,要不咱们还是去医院瞅瞅吧?你看你现在冒虚汗冒得厉害,这还不到五月份,脱下来的褂子,竟有那么多汗。再多喝两口吧,出汗多,多喝点水总是好的。"苦根便皱着眉,小口小口地,听话地将蜂蜜水全都喝下肚去,但他喝的仿佛不是甜丝丝的水,而是苦沉沉的药,喝得眉头都拧到一起,摇摇头道:"不去医院,我好端端的,去医院干什么?出汗多,大概和你们女人家一样,是到那个什么期了。"

苦根说的是"更年期",他一时忘记这名字,而素琼呢,也有点糊涂,不晓得是不是男女到了五十岁上下,都要来这么一"期",看到苦根倔强的眼神,又见他瘦是瘦,脸颊倒像刀砍斧削的线条,硬朗得很,便在心中对自己说道:苦根哪有什么病?别自己吓自己了,可能,真是远秀女子说的那样,干农活累着他了,慢慢将息将息就好。

菜地还有些活儿要干,素琼执意不让苦根去干活了,逼着他上床躺一躺,给他盖上被子,她才放心地担起水桶出去。苦根脸朝门望去,他可能真是老了,眼神先不济,素琼挑桶出门,只是一个模模糊糊的影子,吱呀一声门响,家里只剩下了苦根一个人。

其实,就算素琼不逼他躺着休息,他怕自己也难从骨头缝里搜出二两力气来。刚刚那半碗蜂蜜水,喝下肚里,竟像是半碗钢针,扎得他苦楚难安,他脑袋晕沉沉地搁在枕上,竟又像搁在了刀尖之上,身体一会儿滚过寒流一会儿滚过烫热。恍惚之中,他仿佛被拽进了一个梦,对,不是他心甘情愿去梦的,而是被一双厚掌推搡着,强迫他堕入梦中,虽然梦中,有他想要见到的人。

凤英离开十来年了,还是当年的样子,脸上光光生生,头发梳得一丝不乱,这都是他的功劳。他晓得凤英爱干净,每天下地干活前,都会先将凤英打扮齐整,虽然凤英很多时候梳洗了,也只是在床上躺着,望着蚊帐顶发呆,但苦根和凤英都固执地认为：如果打扮得整洁一点，阎王派来的小鬼见了，也会觉得这人阳寿未尽，大手一挥且放她一马，倘若已经邋里邋遢，那便是离走死路不远了。

看到凤英，苦根一点都不怕，心中还回荡着当初对结发妻子的一腔柔情。他走过去，面对面看她，又伸手捏了捏她衣服袖子，说道："凤英，还没入夏呢，咋穿这么少？"凤英淡淡一笑，随口答道："在我那儿，这样穿一点都不冷的。"她也学着苦根样，捏住他袖子，但捏住就没松手，眼里依旧是笑笑的："苦根，你还记得我在哪儿吗？我是在那边的人。"

即使在梦中，苦根也感到心头一痛，几乎坠下泪来，他哽咽着讲："我知道的，知道你在那边，凤英，你走了这么多年，都没来梦中见过我……"凤英轻轻摇晃他袖子两下："苦根，莫这么说，我不来梦中见你，并不是不牵挂你……我都看着哩，看到你后面娶的这个媳妇，是个好女人，她待你好，待我们儿子也真心好，我感谢她，晓得你过得好，哪能来打扰呢？"苦根条件反射般问出口："那你现在就肯来见我一面了？"

凤英没说话，只是凄楚一笑，笑得太苦，眼泪顺着脸颊流下来，蜿蜒得像条河，将苦根脚下地面打湿了，淹没了……他高声叫着"凤英"，满脸热汗地从梦中挣扎坐起，素琼跑过来，握住苦根一只手，眼睛慢慢蓄满了泪水。

他们两口子没有说话，嫁来十余年了，这是素琼第一次和一个死去的女人吃醋，她自己都觉得自己反常。

二

大辣子回到家中,盘腿往床上一坐,拿过一包五香瓜子来,边嗑边眉飞色舞地对余大海说道:"大海,我看那个许苦根不对头。"余大海自从娶了媳妇,打了三十多年光棍的他头一次尝到有老婆的滋味,他将大辣子麻雀般叽叽喳喳说个不休也当成幸福享受,此刻便很陶醉地也从大辣子手中拈过几颗瓜子来嗑,配合大辣子的侦探派头,讨好地问道:"怎么不对头了呢?不就是没吃早饭饿晕了嘛。"大辣子撇着嘴角嘿一声,指尖在余大海脑门一点:"你呀,白生了个聪明相!"余大海听老婆夸自己聪明,顿时高兴得如同获了皇帝嘉奖,两眼都迸出光来。他为人胆小,平时和人交往不多,闲下来便喜欢琢磨书本,特别是关于农技方面的书,看到就挪不动脚。大辣子在这方面真算得上亲亲好老婆,宁愿少吃两袋瓜子,也要让大海买下他想要的书。大辣子夸完自家男人,赶紧又来夸自己:"如果我连他是有病无病都看不出,那真是小学四年级的水平,不说了。"大辣子这样说着,还以手为扇,连连摇摆,她之所以这样说,是因为她是读到小学五年级才离开学校的,自然有理由看不起四年级。

大辣子问余大海:"你有没有注意到,那个苦根哥,他瘦得只剩一把骨头了,脸色惨白惨白的,特别是眼睛下面,注意到没有?眼睛下面一片青黑!看着就不对头啊,你连这都看不出来?"余大海挠挠后脑勺,露出一脸傻相:"哎呀,我真没注意到呢,你看,我也一直这么瘦,咋吃都吃不胖,快帮我看看,我脸色好不好?这这……这两个月都没睡好觉,我眼下青黑不青黑?"大辣子啐他一口瓜子皮,附送星星点点唾沫飞溅:"你和他咋一样,你是当了新郎官,能睡好才怪,他是真的一脸病相!"余大海得了老婆这一记"唾沫飞镖",却像是得了天大赏赐,涎着脸靠过来,倒像个春心荡漾的小媳妇,就差靠在大辣子宽厚的肩膀上了:"就是,媳妇说得是,媳妇永远正确,有了媳妇,我夜里不用睡,也照样精神!"大辣子再多啐他一口,但还是舍不得将腻腻歪歪的余大海大脚踢开去。

其实,看到许苦根不对头的,也不只大辣子一个人火眼金睛,毛瘸五不但看出点端倪,他还在苦根晕倒前两日,和他在大树下坐定,拿烟叶卷了纸烟,哥俩美美地分享了几支烟。毛瘸五和苦根年轻时就要好,这也是为何当年五婶势在必得要将素琼的思想工作做通,让素琼同意嫁到落凤坡的原因之一——她很理解自家男人和许苦根之间这份兄弟情谊,也不愿许苦根这样一个好人,下半辈子衾冷被寒,一个人孤零零拉扯志兴长大,枕畔连个说知心话的都没有。媒婆五婶,既然识人眼毒,一眼相中了刘素琼,当然是费九牛二虎之力也要将那柔弱女子的心说动,月老牵红线了。这些年来,苦根也打心眼感谢着毛瘸五和五婶两口子,嘴上不说,心头那份感激,一直都在的。

毛瘸五小时候闹过"小儿麻痹症",乡下郎中不知胡乱配了什么药,后来人活下来,倒瘸了一条腿。也许残疾人在看人时眼神更为犀利,他早早就敏锐地发现苦根和之前不太一样了,他干活握锄头时,身形仿佛更僵硬,动作仿佛更用力——就像从肋巴骨里努力寻摸出力气,才能挥锄。

"苦根,你身上要是有哪里不松快,就尽早去看看医生,千万别拖,像你老哥这样,小病拖成残废,后悔都来不及。"别人多瞅瘸腿一眼,毛瘸五心里都会不高兴,但面对苦根时,他毫无顾忌,反而是自己挑起话头,边说还边拍了拍自己那小腿肌肉萎缩的左腿。苦根深深吸吐了几口烟,慢慢地开了口:"五哥,我去医院看过了。"毛瘸五心里滚过一阵不好的预感,他又卷好一支烟,在擦火柴时擦了好几下都没擦燃,全然不察自己手指头抖得厉害,苦根接过火柴棍儿,嗦一声帮他擦燃,点了烟头。毛瘸五稳了稳神,问道:"医生咋说?"

苦根眼睛往远处望,他儿子已经长大了,脱得只剩一个汗背心,正在田里干得欢呢,虽然儿子没考上大学让他心生遗憾,但志兴为人忠厚,对父母孝顺,做事不惜力,这样的好儿子,他还苛求那么多干什么呢?毛瘸五以为苦根没听到自己的问话,刚想再问一次,苦根轻轻答了他:"医生么,给开了些药,让我回来吃。"

毛瘸五哦了一声,心想医生都是这样的,上次谷川一个小感冒,送去看医生,不但花了上百元的药钱,还让谷川吊了两天盐水针,把孩子折腾得够呛。这也是五婶坚持的,五婶就只有这么一个儿子,从小将谷川看得比自己命还重,她生孩子前最怕也生下一个小瘸子,孩子落地,一岁多学走路,两只藕节般的小腿别提多有劲了，五婶悬着的心，这才稍稍往肚里收一点点。可孩子但凡有个头疼脑热，她都坚持去看医生，看她能寻到的最好的医生，她是怕啊，怕谷川因为耽误治疗，落入和他爸一样的命运。毛家一直都是五婶当家，为了贴补家用，五婶从没间断媒婆副业，她将赚回的钱，几乎都用在儿子身上了。

后来的后来，毛瘸五很后悔，想着那天如果他再多问苦根几句，说不定苦根就说了，但苦根说了又怎样呢？他是对自己身体情况最清楚的那个人，已经有一段时间了，他默默吃着医生配给的药，一个字都没对家人说。

该填报志愿了，老师发了表格下来，让同学们周末回去填好，和父母多商量商量。毛谷川倒好，他自来熟地将远秀当亲人，跑来问她："志愿准备报哪儿？"远秀用食指指头按揉两边太阳穴，做出头痛状："哎呀，这真是个技术活，我还没想好呢。"毛谷川不肯死心地说："那，等你想好了，咱们回校时你告诉我一声吧，反正表格要等周一才交的。"远秀心不在焉地嗯一声，她忙着收拾书包，还要赶紧回家，和父母、志兴商量一下呢。

那天照旧是远秀先到家，等远秀进了门，春晓才低声问毛谷川："毛谷川，你想好报考什么大学了吗？"毛谷川用力甩甩脑袋："我也不知道，不过，我对历史最感兴趣，读史，不但能知过往兴衰，还能鉴今日得失。"春晓眼神崇拜地望向毛谷川。多年后，春晓不时回望这个遥远的夜晚，稀松平常又意义深刻的夜晚，十八岁的他们，都面临着高考志愿填报。那时的春晓，还是一个没找到自我理想和人生目标的女孩，或者，对她而言，全部理想都放在毛谷川身上，那时她看他，熠熠生辉，后来她看他，依旧宛如在漆黑夜空眺望最闪亮的星。

春晓回家，向简云开讨主意，简云开手里持一把蒲扇，悠悠然然地摇着，听了女儿的话，他微微一笑，这样说道："春晓，这个，爸爸为你做不了主。要看你自己的心，首先你要想好自己将来想选择走的路，先选定专业，再来选择你想要去的城市。"春晓埋头想了很久，她再度抬头时，眼里有了信念的光芒："爸爸，我想去学农业科技知识，今后，我想让落凤坡的果树，能结出又香又甜的大果子！"至于想去的城市，春晓很晚才睡，在床上辗转反侧，却一直没想好，到底去哪儿呢？他，到底会填哪个城市的大学呢？

远秀跨进家门时，已经觉得几分奇怪了，因为平时的周六晚餐，是一家人约定俗成的"盛宴"。一家人围坐着吃一顿好饭菜，各自聊聊一周以来有趣的事，当然，大家多是听远秀聊，之前她和志兴都是"学生"，但父母和志兴心甘情愿当她是众星捧的那个"小月亮"，远秀说的话，同学之间发生的小趣事，他们都认真地竖耳聆听，当成不得了的大新闻。

今天太奇怪了，屋子黑黢黢的，远秀差点被门槛绊一跤，她下意识地先喊了声"志兴",屋里传来妈妈沙沙的嗓音:"远秀回来啦?你哥他去医院了,你先过来坐。"

远秀耳根一红,第一反应是担心妈妈听出她话中的破绽,没有喊"哥"而是喊"志兴",可当她摸到墙上的灯绳,点亮电灯时,她看着妈妈凌乱的头发,红肿的眼皮,冷清清的堂屋,失声问道:"妈,哥到底怎么了?他生病了吗?他怎么会去医院?"

"远秀,来,坐在妈旁边。"素琼拉着远秀的手,眼睛不看远秀,只盯着虚空中的一点,仿佛那儿有一只会发光的飞蛾,吸引了她的全部注意力。她语气平板,但声音嘶哑,远秀不知道,在等她回来的时间,妈妈已经哭了多久,才让嗓子变成这个样子。

"远秀,你不要急,莫慌,不是你哥,是你爸爸。"素琼觉得说出口的每个字,都是烧红的钉子,烫得她喉咙发痛,但她不得不说,她明知道,接下来还会对远秀说出更残酷的话,她多么想时间就停滞在这刻之前啊,哪怕是突然发生地震,或者泥石流,只要来一场史无前例的大灾难,阻止她以母亲的身份,对远秀说出这样残忍的话,她都心甘情愿在灾难中殒命。可惜,人的命运哪里就由得自己做主了?既然必须要活着,必须要直面这样的苦难,她哪里能够逃避半分?

从得知苦根病情的那一天,素琼一直在哭,现在,已经是第四天了吧,如果眼泪流成河,就能清洗他身上的病痛,她刘素琼就算哭瞎一双眼,也愿意为他积一条泪河!但是不可以,她哭她的,他病他的,而且病势如此滞重,她恨自己,为何提前没有察觉一丝一毫,为何苦根要抢着走在她前面,为何眼看儿女长大要过轻松逍遥日子了,他却要离她而去呢?

她最悔的,就是身边人日日夜夜忍耐这噬骨钻心之痛时,她丁点都未能为他分忧啊。

当时苦根再次晕厥,而且咳吐出血,素琼再不敢耽搁,与志兴一道,赶紧将苦根送到县医院,医生过来一看,叫起来:"你这个病人,咋这么不听话呢?上次就和你说了,让你和家人商量,你这种情况,住院治疗更好一些,你却只开一点药就回去,让你复诊也不来,现在出事了吧?"那时,素琼脑袋还糊涂着,她一下子没能摸清状况,竟还天真地抓住医生的手,声泪俱下地哀求医生:"大夫,求求你救救他,他还没满五十岁啊,他不该死,他受了那么多苦,你一定能救他的对不对,他并不是得了绝症对吧?"

志兴拉抱住已迷失理智的后妈,在素琼耳边轻轻说:"妈,我过去问问医生的情况,你先去病房陪陪爸。"过了一会儿,志兴面如土色地回来,素琼坐在病床边,仰望他的脸:"志兴,医生怎么说?你爸只是小病吧,很快就能出院吧?"志兴艰难地摇了摇头。他击碎了妈妈所有希望,其实,从医生刚刚怪怨苦根"不听话"时,她已模糊猜到了,如果不是身患绝症,苦根怎么会瞒住家里所有人?他将所有的苦,都咽进肚子,一个人承担了。

素琼连连哭了好几天,她和志兴没想好怎么对远秀说,他们竟一直浑浑噩噩地拖着,到了周六下午,还是志兴提醒她,先回落凤坡,远秀要回来,她这才如同一个提线木偶,面色惨白地回到家,准备告诉远秀一句话,一句女儿听了,可能会恨足当妈的一辈子的,残忍无比的话。

素琼艰难地抬起视线,去找女儿清澈如水的眼睛,远秀的眼睛多明亮多纯净啊。她那么忧心忡忡地望着妈,心里瞬间滚过了一万种不好的预感,爸爸病了,难道,爸爸的低血糖那么严重吗?哦,爸爸为了这个家,实在是太操劳了,我能为爸爸做点什么呢?爸爸啊,请您快快好起来吧!

素琼的视线,已经爬升到远秀的眸子中,母女俩眼神对牢,她的声音像是在沸腾的黑血中滚过几遍,带着几丝疼,一针又一针,刺痛着远秀耳膜:"远秀,大学,你就不要上了吧。"

怔忪之间,远秀没有听懂,她呆呆地望着母亲,没有任何反应,过了几秒,才微微侧头,将右耳递向母亲方向,脸上浮现出梦游般的神情:"妈,您说什么?我没听清。"素琼疲惫的眼眶,哪里承得住失重的泪,此刻,泪水成串,从她脸颊烫烫地滑落。她咬着牙,因为用力,手指足尖都在跟着发颤,她闭了闭眼,狠心再次说道:"孩子,别上大学了。"

"为什么?"远秀腾地从板凳上挣起,撞翻了凳子,她不敢相信自己的耳朵,对面说出这种可怕命令的,是自己亲生母亲吗?难道,是自己走错了房子?还是自己妈妈被人偷换了身体,这不是妈妈而是陌生、坏心肠的妖魔?

素琼紧紧握住远秀的手,不让女儿逃脱,也不让她躲藏,既然命运注定要让他们一家人遭逢苦难,远秀身在其中,无法逃避。素琼硬起心肠:"孩子,你爸爸得的是……癌,家里要给爸爸治病,没钱送你上大学了,你……可怨妈妈?"

远秀如被雷电劈中,什么,爸爸竟然患了……癌病?这不是真的吧?爸爸平时那么健壮,干活时一个顶俩,他怎么会得绝症?一定是弄错了,对,有时医生也犯糊涂的,这次肯定也是医生不小心弄错了,爸爸不会有事,是妈妈故意开玩笑吓唬自己的……

但远秀一看到妈妈面色死灰的脸,她所有侥幸的期盼,全都如纸张落水,瞬间泡软,不堪一击。

"妈,难道我没有别的路了吗?"远秀喊出这句话时,感到喉咙一阵腥甜,她并不知道,自己已挣破了喉咙的毛细血管,这句话,是她的血泪之泣。但妈妈何其狠心啊,平时视她为掌上明珠的妈妈,竟然轻轻点头,她还要远秀认命,远秀怎么肯认命呢?她悲痛至极,短促号哭一声,甩开妈妈的手,夺门而出。

素琼双手捂住脸,更多的泪,从她眼中跌落,她该怎么告诉远秀呢,十多年前,她刘素琼差点被前夫活活打死,咬碎银牙艰难离了婚,住在哥哥家,她深知寄人篱下不是长久之计,但要让她再嫁一个像前夫那样的男人,她宁愿喝农药去死!但她死了,远秀怎么办?一个不足七岁的小丫头,让她在世上怎么活着?与其说当年她是为自己找个男人,不如说她想为远秀寻个心地良善的后父。她刘素琼真是幸运啊,竟然会遇到许苦根这样的好人,她还记得,新婚之夜,许苦根拉着她的手,唤她妹儿,说妹儿啊,我今后照顾你,可能不像照顾志兴妈那么体贴仔细,但我发誓,心里一定会有你和远秀的,今后,你们和志兴一样,一直在我这里。苦根说着,将她的手拉至自己胸口,让她手掌覆在那颗突突跳动的心房上,感受着他的真心与诚意。

多少年了,刘素琼只要想起新婚夜里那一幕,心中都会滚涌出热烫的暖流,苦根没有食言,这些年,他对远秀有多好,素琼一一都看在眼里,记在心上。如今,他生了病,遭了难,但凡素琼有点良心,都该将他放在第一位考量啊。可惜,要救苦根,就得舍弃女儿的梦想,这又让素琼心如刀割,疼得她按住胸口,踉踉跄跄地追出去。她要告诉远秀啊,告诉她,她的妈妈曾经多么自私,妈妈当日嫁到落凤坡,念想的是苦根心善,即使将来自己有什么变故,苦根也不会不管远秀,这样自私的妈妈,终究是得了报应啊!

素琼没追几步,事实上,远秀只跑到院门外,便停了下来,她蹲在地上,脑袋埋进胳臂里,无声痛哭。

素琼站在远秀面前,她不敢伸手去拉女儿,却是远秀抬起头,仰着一张皱巴巴的泪脸,哽咽道:"妈,带我去看爸爸好吗？我们现在就去医院好吗？"素琼扶起远秀，帮她擦拭脸上泪痕，点点头："你不哭，我们就去。"素琼知道，善良的女儿，已经在瞬间做出了决定，哪怕这决定令她承受剜心之痛，她也无怨无悔。

　　跳将起来的，却是志兴，他在病房外抓紧了远秀肩膀，逼问她："你是开玩笑吧？你现在告诉我，不想参加高考了，你就这么一点出息吗明远秀？"远秀没有流泪，她真乖，是妈妈的乖女儿，答应妈妈不会哭，她能忍受这一切，忍受志兴的责难，忍受全世界的不理解，只要爸爸能好起来，她愿意做更多事。所以，面对志兴此刻的暴怒和问责，远秀表现得很冷静，她也太冷静了一些，视线像蝴蝶的翅膀，轻轻拂在志兴脸上："是真的，我没开玩笑，高考，我放弃了。"

　　志兴握紧拳头，猛然一击，重重捶在远秀身旁的白墙上，粉尘簌簌落下。

第四章

出　嫁

一

远秀放弃高考，除了志兴，不理解的人还有很多，比如毛谷川，比如春晓，他们苦口婆心地劝远秀："远秀，你能上重点大学，为什么要在最后一刻放弃？"春晓知道许家爸爸生病的事，便握住远秀的手苦劝她："我晓得你是担心医药费，但我问过我爸爸了，等你考上大学，就能向学校申请助学贷款，还能勤工俭学，找兼职工作，怎么都有办法完成学业啊，远秀，你不念书，太可惜了！"

春晓说的这些，班主任雍老师专程过来家访，一五一十都告诉给远秀听，还给她带来了一叠打印下来的相关政策文件。远秀晓得，国家对她这样的贫困学生会有帮扶，到时也能先借钱，再读书，不用过多考虑学费的事，但真的还要在妈妈和志兴肩上多压一副重担吗？他们已经太辛苦，承担了太多太多压力。病来如山倒，短短数日，家里的微薄积蓄都交到医院收费处，现在还倒欠不少医药费，家里半大不小的猪儿卖了，十几只母鸡也卖了，家里原本就算不上富裕，如今更显得寒酸。倘若远秀要念书，志兴肯定会鼎力助她，他会熬干自己的心血，累垮自己的筋骨，他无悔，远秀呢？远秀将来一定会痛恨自己的自私，在家里陷入这样绝望的境地时，她只想到自己，一丝一毫都没想过家人的利益。

面对毛谷川和春晓的痛惜神情，远秀唯有轻轻摇头，一言不发，态度执着。

众人之中，只有唐之蓝一人，没有一见远秀面便拼力劝她改变主意。之蓝得知消息，匆匆赶来县医院，找到照拂病人的远秀。远秀和妈妈对望一眼，妈妈点点头，让远秀和之蓝出去走走。之蓝是第一次来县医院，不知她怎么就凭着感觉，领远秀一口气爬上了医院背后的一座小山坡。在山坡最顶上，立着一个小小的凉亭，这会儿山坡只有晚风飒飒，吹动得亭前几棵野树枝摆叶舞，却不见一个人影。唐之蓝在凉亭中踱了一圈，舒口气道："这儿挺好。"远秀不知她到底什么意思，这些天来，她守在爸爸病床前，衣不解带地照顾他。在医院呆久了，连她这家属，眼神都是木木的，神情呆呆的。

唐之蓝才不管远秀木不木，她取下背后的双肩包，从里面掏出一瓶透明液体，递到远秀手上："喏，来一口。"远秀接过，看清塞进手中的是一小瓶白酒。此前，远秀从未喝过白酒，但现在，她不知为何，就是很想喝。唐之蓝也喝，她又掏出一瓶，率先拧开瓶盖，大大喝了一口，辣得眯眼皱眉，张嘴吐舌："哇，竟然这么辣！"

辣才好，远秀现在就是要火辣辣的，喝下去像烈焰，将五脏六腑都燃烧干净才好。她也紧跟其后，猛喝一口，喝得太急，呛得猛烈咳嗽，蹲在地上，感受着喉咙被火灼烧的痛苦，却有另一种忘我的痛快。唐之蓝也蹲下来，轻轻抚拍远秀的后背，说道："远秀，想哭就哭吧。"远秀肩膀耸动几下，她却没有哭，猛然站起，双手撑着座椅的扶栏，对着外面已近暮色的天空，对着野树黑鸦，粗着喉咙建议："之蓝，我不哭，我们唱歌好不好？"

远秀唱的，是这年在春晚上由两位"歌神姐姐"演唱了便迅速风靡大江南北的《相约九八》。她手握酒瓶，就当那是麦克风，忘情地唱道："来吧来吧相约一九九八/相约在甜美的春风里/相约那永远的青春年华/心相约心相约/相约一年又一年/无论咫尺天涯……"唐之蓝的声音和远秀合在一起："无论咫尺天涯……"远秀的泪，终于滚滚落下，她抱住之蓝，一通大哭。

唐之蓝不但为远秀带来了白酒，让她的悲伤、压抑得以发泄，还为志兴带来一个晶莹剔透的玻璃罐儿，里面是满满一罐子五颜六色的千纸鹤，许愿让许叔叔早日康复。志兴粗心大意，转手将千纸鹤又送给远秀，若不是远秀细心，打开一个千纸鹤，看到纸背面写着两个名字，画着一颗心，名字是"唐之蓝"和"许志兴",又有两条红线,系起了心与名字,恐怕志兴永远都不晓得这其中奥秘。远秀心情复杂地将千纸鹤展给志兴看,志兴竟冲动地说:"远秀,如果你不喜欢这玩意儿,我带到后山去埋了就是。"远秀赶紧将玻璃罐儿抢过来,紧紧捂在怀里。

唐之蓝会对志兴动心,远秀并不意外,上次来落凤坡,之蓝就大大方方表示过,她喜欢落凤坡,希望今后能一直呆在这儿。但也许,这不是一个合适的时间,合适的空间,就连人,也不是合适的那个,之蓝只是做出了一次错误的表白。远秀并不责怪之蓝,相反,在她内心深处,觉得和这位朋友的感情更深一分了。在十八岁时,明远秀真是这样想的:她喜欢的男孩子,如果好朋友也恰好喜欢,这只能说明她俩是真正的好友,连喜欢一个人的眼光,都如此相似,心意相通。

远秀将自己的高考梦想,葬在了一九九八,在春节联欢晚会上听这首歌时,她以为自己会遇见甜美的春风,会有飞扬的青春年华,在六月的医院后坡凉亭,她生平第一次一边喝酒一边狂歌时,她已经为自己无忧无虑的少女时代,画上了句点。

这一年,唐之蓝考上一所专科学校,就读设计专业;春晓考上了省城的农业大学;毛谷川如愿考入南京一所高校的历史专业。而远秀,这位老师同学眼中极具潜力的未来"天之骄子",在七月七日、八日、九日那三天,当别的同窗在考场上流汗奋战时,她静静坐在病房,给爸爸轻轻摇扇子、赶蚊虫。待苦根知晓远秀为自己放弃高考时,他心痛得连连捶床,恨不能当即死掉，免得拖累远秀。远秀伏在病床前，对苦根说道："爸，我是心甘情愿不去念大学的，只要您能好起来，我心里就欢喜，爸，您一定要好起来啊！"

不知是远秀的话起了作用，还是家里人的悉心照料，送院时情况危急的苦根，病情竟稳定下来。虽说全家人都瞒着他，他也晓得这些日子以来，为了他花了太多的钱，他执意闹着要出院。素琼去找医生商量，主治大夫扶扶眼镜腿，叹道："许苦根不肯做手术，继续呆在这儿，也没多大的用，现在第一疗程的化疗已经结束，他先回家养息也好，等做下个疗程时再过来吧。"

一家人送苦根回落凤坡的当晚，听到村里有喜庆的鞭炮声响，邻居告诉素琼，是五婶家的谷川考上了，五婶特意买来的"六千响"，寓意六六大顺。真的响了好久好久啊，远秀听着遥遥的激动人心的鞭炮响，听得眼前蒙上一层薄薄的泪雾。

村里人都说苦根有福，他偶尔出门在村里走一走，人们仔细端详他的脸，察看他的气色，夸赞苦根倒被素琼养得白胖了一点。看来那癌病，也不是什么大不了的，广播上不是还说有人"抗癌三十年"嘛，如果苦根再带癌活个三十年，他也是八十岁的人了，绝对算得上老寿星，一辈子还有啥不知足的呢？

苦根不能拂了乡邻的好意，配合地微微笑着，但层层叠叠的苦,他都折进了心里。素琼千方百计瞒着他,其实穷家早已债台高筑,欠了外面不少钱。一晃眼,两年时间过去了,这两年,素琼带着两个孩子,拼命挣钱还债,为了多攒点钱,他们夏天天不亮就担着西瓜去卖,数九寒天志兴还跟着修路队的叔叔大伯们干活,伸出一双手来尽是血口冻疮,远秀之前没怎么下过地,现在也成了家里的主劳力,被太阳晒脱一层皮,再脱一层。日子这般艰难,一天接一天地往下挨,苦根听着村人的好话,还是会有片刻的沉醉。他一边沉醉一边又自责,心事比谁都沉重,但不管咽多少苦,苦根最终还是用素琼的话来劝慰自己:活着就是最好的事,只要他活着,一家人整整齐齐的,就是最大的幸福。

在万般苦楚中小心翼翼尝一点甜的苦根,并不知道他仅有的"一家人整整齐齐"的幸福,很快也要被打破了。

五婶识字并不多,但作为一个经验丰富的媒人,她拥有常人难及的敏锐第六感。这也是为什么五婶站在自家门口和邮递员随口聊了几句,就会鬼使神差截下那封来信的原因。

可,那真是鬼使神差吗?难说五婶作为一个爱子如命的母亲,之前会没有一点隐隐的直觉。那封信,是从南京寄来的。邮递员和五婶十分熟稔,他老婆也是当年五婶介绍的,结婚后两口子感情甚好,邮递员自然对五婶存一分感恩戴德之心,几乎每次来落凤坡送信,遇到五婶,都要淡下脚步扯几句闲篇。

自从送儿子上了大学,五婶见到邮递员就问:"今天有我家谷川的信吗?"邮递员在绿色邮包里细细搜捡一番,笑眯眯道:"是有毛谷川一封信,不过不是写给家里的。"五婶一下子挺直后背,装作漠不关心地哦一声,才放平声音问:"那我家谷川是写给谁的啊?"邮递员选出那封毛谷川寄给明远秀的信,指着信封皮给她看:"喏,寄给明远秀嘛,好像她是毛谷川的中学同学吧?"五婶嗯了一声,也许纯粹是媒人的本能,令她瞬间拿定了主意,笑眯眯地伸手捏住那封信,对邮递员说道:"你还要赶着去下一个村送信吧?这信,我等下帮你交到明远秀手上嘛,这会他们一家人都不在,陪着远秀爸去县医院拿药了。"邮递员稍一考虑,既然是熟人开口,他自然不好推拒,便谢过五婶,又骑车往下个村子赶去。

五婶手抖抖地拆开信封口,像是拆着儿子一层层包裹的心思。她的直觉没有错,反复读了三遍,还拿起毛谷川以前用过的《新华字典》,将不认识的字和词细细查了一遍。弄清意思,她叹一口长气,信纸滑落在地上。

这是一封表白信,又热情,又忐忑,又炽烈,又青稚。五婶自诩有一双火眼金睛,谁和谁"登对",谁和谁"不配",她有这么多年的"职业素养",哪里会看走眼?谷川啊谷川,你是妈妈的命根,从小,妈妈是怎么把你养大的?给你家中最好的吃,最好的穿,就算你要天上的月亮,妈妈都会命令你的瘸子爸去搭梯子,可你呢,是怎样来回报父母的?父母辛辛苦苦,供你读了那么好的大学,将来你是要成龙成材的,你怎么就这样鬼迷心窍,要在明远秀那棵歪脖子树上吊死呢?明远秀她连大学都没念,将来就是一个黄泥巴裹脚的乡下女人,还不说她家里负担多重,欠了多少外债。她明远秀当年就是一个小拖油瓶,跟着改嫁妈来到落凤坡的,根基不稳,又没有什么依靠,要我答应娶这样的媳妇?不不不,不不不,她和我们家的毛谷川,就是天上地下的区别,横看竖看,没有哪一点相配!

捏着信,五婶先是气愤,恼自己儿子不争气,竟然恼得红了眼睛,但她很快就不恼了,她从烟盒里抽出一支烟,点燃,深深吸一口,稳下神来,心中渐渐有了主意。

镇上有家姓宋的,一个多月前就托五婶帮他家儿子找找对象,而且,五婶大概不是他们托的第一个媒人了,他们对五婶既予以厚望,又担心连五婶都办不好这差事,于是特别说明一条:如果哪家闺女愿意嫁给他们家的儿子宋国梁,他们愿意将国梁表妹邱桃香嫁过来,不收嫁妆,还附一笔丰厚彩礼。

五婶慢慢吸着手中这支烟,望着渺渺烟雾,心中一个念头,也在逐渐成形。这镇上的宋家,倒像是为明远秀准备的"天作之合"啊。

过去多少年了,五婶说话时,素琼竟然还是当年的姿态:半个屁股坐在床沿,头埋得低低的,双手端端正正搁在膝上,如果不是轻轻的出气声,简直如同木刻石雕一般。

五婶今儿上门来,先不说什么大媒,张口讲的,是"冲喜"的故事。

第四章

"素琼，你嫁过来晚，不晓得后山凹子有个叫李老三的，有年得了怪病，家里请了郎中来看，吃的药渣子能堆一人高，恁是没半点起色。后来眼看人要没了，他家老娘心想死马就当活马医吧，跑到庙里去给菩萨烧香，恭恭敬敬拜了佛，这才去庙门外找个'神算子'，给她儿掐算一番。那'神算子'是个天生的瞎子，但眼瞎心明亮，将李老三的怪病看得清清楚楚呢，告诉李家老娘，李老三是冲撞了山神，才无端降下祸端来，要解厄也很简单，家里办场喜事，冲冲喜就好了。那李老三，大儿子那年刚满十八岁，家里人急急匆匆做主，给李老三的大儿子寻了个新媳妇，比李家大儿大三岁，真是'女大三，抱金砖'啊，嫁过来的当天，病得奄奄一息的李老三就从病床上坐起来，说着肚饥，问人要馍馍啃。待新媳妇给公爹端端正正磕了三个响头，那李老三竟不用人扶，自己稳稳走几步，坐上了席座的主位。这事，你要觉得是我诳你，随便你素琼抓住哪个落凤坡的老人问一问，他们只怕会讲得更详细。"

五婶讲完了"李老三冲喜"，特意顿了一顿，自己掏出香烟来吸，给素琼留下了一点思索时间，又才开了口："素琼，我看你家苦根，去年好像身体情况好转许多，但今年又见虚弱了！照我说啊，那医院，是能医人的病，但要转人的运，还是得'大喜'临门才行呢。"

素琼听到这里，抬起头，她脸上满是挣扎的神色。五婶看在眼中，不由得冷冷一笑，知道这个女人是将话听进去了，她的心原本就善得像个面团团，哪里经得起五婶这张巧嘴的劝说？果真，素琼迟疑地开了口："那要怎么'冲喜'，才能让苦根病好呢？"

五婶眼里一亮，她坐直身子，拿出了职业媒婆的派头："镇上有家姓宋的，老两口以前是东北人，当年建设'大三线'嘛，千远万远到了咱们西南这个小地方，退休后就留在了镇上住。听说还有个女儿，早就嫁回东北了，膝下这个儿子，是老两口四十多岁才得的'幺儿'，从小爱得不得了。现在宋国梁二十多岁，长得倒也一表人才，老两口怕幺儿受委屈，一心想要寻个温柔懂事的好媳妇，我看你家远秀，就正是合适。"

素琼刚想插嘴，五婶手一挥，自顾自讲下去："这宋家老两口仁义，他们家还帮着养了一个孩子，算起来是宋国梁的表妹，那姑娘长得秀秀气气，脾气爽直干脆，名字也好听，姓邱名桃香。邱桃香小时候，家里父母闹离婚，打得乌烟瘴气，宋家老两口看不过眼，索性接了邱桃香到他们家来住，住着住着住习惯了，桃香便一直跟着宋家生活，就当是宋家女儿一样。人家宋家说了，如果你肯将远秀嫁过去，他们愿意让桃香嫁到落凤坡，而且还会给远秀付一大笔彩礼钱。你想想吧，素琼，五婶什么时候骗过你害过你？这事是不是一举三得？既能让远秀嫁到镇上，寻个好婆家，又能让志兴娶回新媳妇，孩子俩同时办喜事，能给苦根好好冲喜啊。再加上一笔好彩礼……素琼，你不说我也知道，这两年，为了苦根的病，你在外面拉了多少饥荒！"

五婶这番话，滴水不漏，说得素琼几乎动了心，但作为母亲,她还是有着一种护儿的本能,这本能令她发问:"既然这宋国梁条件这么不错,他家又在城镇,为啥要寻个农村姑娘?"五婶身经百战,晓得作为媒人,在这种事上打不了马虎眼,就算她现在肯撒谎,只要那刘素琼到镇上一打听,谁还不晓得宋国梁的底细啊?但她有本事将问题轻描淡写,说得轻轻松松:"你说得对,如果宋国梁是完人一个,也不会有这等好事等着来砸你家的门了。"素琼刚想张口对五婶解释,自己嘴拙,不是这个意思,五婶伸手压了压素琼肩膀道:"莫急,听我说,素琼,那国梁嘛,身体的确有一点点小毛病。"

素琼心底一沉,眼前一黑,难不成,五婶要介绍一个瘸子、独眼龙、断手、癞子给远秀吗?五婶冷眼看素琼脸色忽变,她不疾不徐,从衣服兜里掏出一张五寸彩照,递到素琼手上,照片上的小伙子,四肢健全,精精神神,白白净净,鼻梁上架着一副眼镜,活像一个大学生。这样体面的小伙子,到底会有啥问题呢?

五婶替那宋国梁叹声长气:"这宋家的孩子呀,一辈子吃亏就吃亏在太爱学习了!"素琼惊讶地"啊"一声,她没想到爱学习竟然还会变成一种毛病!可不就是嘛,宋国梁念高中时,成绩不好不坏,但他用功得很,简直是"悬梁刺股"的典范,发狠一定要考上大学,要不就誓不为人!也不晓得是他给自己的压力实在太大,还是他的天资就只有那么多,第一年,宋国梁和录取分数线差了十分,便失之交臂,落了榜。他不信这个邪,父母自然也支持儿子重读,但复读后参加高考,这次竟然差了三十多分,他说这一年题出得太偏,超纲了,要求再考,父母那么疼他,哪有不同意的份儿?就这样,他不知是考了五次还是六次,最后一次,刚出考场,他就当街哈哈哈哈大笑起来,一边将钢笔、橡皮、尺子什么的扔了个天女散花,一边笑得呛咳,对着满街的人宣告:"我考上啦!我考上清华啦,我考上北大啦!"街上的人一听,顿时觉得这孩子八成是疯癫了,他才刚刚出考场,咋就晓得自己能上清华北大了?再说,看他至少二十多岁,在一干考生中老相得很,就这疯疯癫癫的相貌,清华北大肯要?

但五婶为她的说媒对象打了一个漂亮总结:"这宋国梁,也并不是脑子时时都不清楚,大部分时间,他还是正正常常、斯斯文文的。就算闹病,也是嚷着去上复读班参加高考,算不得'武疯子',这点,素琼你大可安心,远秀嫁过去,绝对不会吃苦。"

可素琼能安什么心呢?将自己女儿嫁给一个脑筋有问题的男青年?她现在脑子乱成一锅粥,千万种思绪都在其中沸腾,只听门外一声断喝"远秀不嫁"!志兴气咻咻地站在门外,横眉瞪眼,倒像是一尊怒目金刚。

"不行,远秀不能嫁!"志兴还从未这样顶撞过素琼。人家都说"天底下没有好心的后妈",志兴却遇到了一个例外,自

第四章

从素琼来到他家,他再也没穿过烂鞋子破裤子,就算衣服再旧,素琼也给他浆洗得干干净净,挺挺括括地穿在身上,竟比亲妈尚在的时候还体面几分。他从喊"姨"到"妈",中间走过了两年时间,就算一口一个"姨",素琼也拿出了一颗母亲的真心来待他。他是个识好歹的人,改口之前,早就将素琼当成生命中第二个妈妈了。但不可以,素琼不可以这样残忍,想将远秀嫁出去,那是他的远秀啊!

志兴只嚷嚷远秀不能嫁给脑筋不清爽的人,更为重要的一句话,就噎在他嗓子眼,他喊不出,吞不下,塞得他好难受。他想对全世界喊:"远秀是我的,谁也别想抢走她!休想!"

远秀,只要远秀说一声,他愿和全世界为敌。

但让志兴最想不通的是,远秀竟站了出来,语气平静地对她妈妈说:"这桩婚事,我同意。"素琼反而不放心了,再三追问:"你要想好,婚姻是大事,儿戏不得。"

志兴无法再掩饰自己心头的怒火,他抓紧远秀一只胳膊,像是拎小鸡般将她拎到了屋后的缓坡。远秀仿佛失了神的空心人儿,任由他推搡。他们爬过缓坡,远秀跟跟跄跄地跟着志兴,顺了一条小路走到头,便是国有林,这儿树木参天,枝繁叶茂,幽僻得很,平时来的人很少。

"远秀,你疯了吗?你知道对方是啥人?连五婶都说了,他脑筋有问题,这种精神病,你也敢嫁?"志兴抓掐着远秀双肩,他并不晓得自己有多用力,指甲尖已掐进她肩膀的肉里,掐出两道血痕。她吃痛,但忍着不说,只是眼中渐渐蓄了泪:

"如果不这样做,你能顺利娶媳妇吗?家里欠的一大笔债怎么办呢?"

志兴松手,狠狠一推,差点让远秀跌坐在地,他怒气冲天道:"这都是我许家的事,自然有我这个儿子来承担责任,你往身上揽什么揽!"

哪知这句气话,成为打开远秀眼泪闸门的阀子,她眼泪一下子就铺了满脸,大声道:"是!我没资格往身上揽!但你们许家,给了妈妈和我多少关爱多少照顾,我这辈子哪里还得清!现在,就当我是为爸爸报一点点恩,可以吗?"

"不可以!"志兴吼声如牛,震得头顶树叶也一阵簌簌响动:"我说了,一切有我,远秀,你咋就这么傻,这么固执,听不懂我的话呢?"

志兴靠近一点,他想拉住远秀的手,但远秀闪开了。他以为自己伤了女孩的心,内心如同油煎般难受,他绝对想不到,远秀不是生他气,而是翻来覆去在想自己偷听到的苦根爸爸的一番话。

媒婆五婶上门的当晚,素琼没提这茬事,只是在打水给苦根洗脚时,摸着他瘦骨嶙峋、只剩一张皮的脚,悲从中来,压抑着心头乱纷纷的思绪问苦根:"苦根,你心里有没有啥愿望?"苦根这段时间化疗效果很不好,之前一度稳定的病势,仿佛又有卷土重来之势,他日渐衰弱,自己也晓得可能快到了油尽灯枯这一天。他并不害怕,病了这么几年时间,他吃够苦头,心境反而豁达许多。听素琼问起,他微闭眼睛,仿佛在脑海中仔细打捞愿望,过了一会睁开眼,难得略带撒娇地讲:"你别生气,我才说。"素琼撩水,轻轻抚摸苦根大脚,一双枯瘦的脚,天知道为这个家,托起了多少生活的重担,才变得如此粗拙不堪。素琼真心真意道:"我不生气,你说吧。"

苦根便说了:"我这段时间,老是梦见凤英。"听他兀自提起这个名字,素琼的心咯噔一声,但她面上纹丝不动,拿脚帕细心地擦拭脚上水珠,半低脑袋只嗯了一声。苦根放了心,大胆讲起来:"素琼,这两年我拖累你太多,可能,也是到了凤英喊我走的时间了。不过,在梦中,她跟我说,我不是一个称职的爹,我没有亲眼看到孩子成家,就急匆匆要走她当年走的路,她为这事生气。素琼,你说这能怪我吗?就算现在我们替志兴找对象,从托人开始,又要好长一段时间,我都不晓得自己能不能熬到那个时候……"

门里,素琼用脚帕包着苦根两只大脚,抱在胸前,她不敢开口,一开口必定泪落如雨。门外,拎了水壶准备来加点热水的远秀怔在原地,无法挪步。

这世上,到底有什么是不能放弃的呢?妈妈说,人要懂得感恩。为了报恩,远秀两年前放弃考大学,已经放弃掉她半条性命了,现在,她又即将放弃自己的感情。她太年轻,还意识不到,这将对她的人生带来怎样的影响,让她的命运陷入怎样的境地。在她心里,她也没想弄懂这一切,苦根爸爸对她的养育之恩,难道还抵不过一点小小的牺牲吗?

五

"换亲冲喜"，许家又是嫁女儿，又是娶媳妇，匆忙准备着。但这么大的喜，两个当事人面上毫无喜色，心中尽是悲戚。志兴甚至有些恨远秀，她这样武断地砍掉了他的真心，他的爱意，难不成，她之前并未有过那么一点点动心吗？甚至于，她现在这样急不可耐地想要嫁到镇上的殷实小康之家，只是为了对后父报恩吗？难道她明远秀就没有一丁点攀高枝的心？志兴晓得自己不该这样猜忌远秀，将远秀想象得这般不堪，但他控制不住自己的怒火，它们每分每秒仿佛都在心头燃烧，稍不注意，可能就会忽然腾起，烧灼得他体无完肤。

婚期越临近，志兴越不想看到远秀平静如水的脸，她静得让人害怕。她快乐吗？她选择嫁给宋国梁这个精神病，到底是为报答许家养她十余年的恩情，还是自私地只想尽早跳出这个穷家破户？志兴将脑袋仁都想疼了，他好多次都想抓住远秀问一问，但问她，又能问出什么呢？像那天在国有林，她冷淡地躲开他的手，仿佛单方面给他下了绝情通牒，他一个男子汉，难道还要跪地哀求她，求她施舍给自己多一点点爱意不成？

唐之蓝是从学校急匆匆赶来的，她收到远秀的信，一刻都没耽误。当晚没了班车，她就搭人家货车，搭了一路，又走了一路，还坐了一段拖拉机，赶到远秀身边时，已经是晚上九点多。她蓬乱着头发，衣服上沾着稻草和泥巴，看上去可一点都不像个大学生。面对爱情，唐之蓝是勇敢的，她直接找到志兴，三言两语表白真心："邱桃香不要彩礼，我也可以的，我也不要。"志兴愣了一愣，半天才弄懂唐之蓝说的到底是什么意思。但唐之蓝的真心，永远都用错了时间、地点和对象，这次亦然。志兴听懂之后，竟然恼羞成怒地用力挥挥手，大声回答："我不可以！要我娶一个不喜欢的女人过一辈子，我情愿出家当和尚！"

那晚，唐之蓝和远秀两人共用一个枕头，挤着睡了一夜，她们压根没睡着，前半夜，是唐之蓝在哭，她很委屈，难道自己就这么讨人厌吗？为何志兴要用这种方式来伤害她？后半夜，是远秀在默默流泪，她比任何人都明白志兴的心，但明白又怎样？在世人眼里，他们是兄妹，更何况，志兴从未当面对她起过什么誓，当面表白过什么。

当年，如果当年志兴勇敢一点，当着父母的面，说出自己对远秀的心意，他们后面的人生，会不会顺畅一点？会不会这样一步错步步错呢？远秀不知道，多年后的她，既无法重回二十岁，让年轻的自己再做一次抉择。她也不晓得，就算是近二十年之后的她，能否在理智和情感之间，取得巧妙的平衡？

唐之蓝第二天一大早就走了。这个爽朗明快的女子，曾说过自己喜欢落凤坡，和落凤坡有缘，但这天她从落凤坡离开时，满心灰败，满眼萧瑟。落凤坡，也不过是一个丑丑的村落罢了。

在筹备婚礼的十来天时间里，志兴像个易怒的爆竹，他将全部心思都放在了怨恨上面，恨远秀的自作自为，恨父母强逼他成婚，恨五婶为啥来他家说媒，他恨来恨去，丝毫不记得某天去磨坊挑面粉时，有个女子向他问路，他心不在焉地指了指方向，担起面粉就走了。此时的志兴，年轻体壮，虽说皱着眉头，无精打采，但他的模样生得端正，浓眉大眼，宽肩长腿，浑身上下洋溢着阳刚英武之气。那女子瞅着他的背影，发了好一会呆，待志兴走到拐弯处，背影彻底消失于女子眼帘，她才收回视线，莫名其妙地对自己点了两下头，然后朝着志兴指的反方向走去。她看到答案了，心收进了肚子里，可以安心地回镇上了。

　　那女子叫邱桃香，她虽一开始答应了换亲，但很快又生了悔意，害怕自己嫁的男人，也像表哥一样有什么缺陷。她在镇上坐立难安，决定自己亲自来看一看。这一眼，竟让她瞬间就倾心于志兴。这个相貌端正的男子，真的会是自己未来丈夫吗？在回镇的路上，桃香已经开始了无休无止的甜美幻想。

　　志兴没有对这个偶遇问路的女子留下任何印象。桃香进门后，还故意给他多方暗示，他却始终想不起在哪儿见过她。桃香为这件事发了一次脾气，摔打了两个碗，志兴给了她一巴掌。啪一声下去，她被打蒙了，志兴也愣住了，幸好那时，苦根已经进入终日昏睡的最后光阴，听不到房中儿媳的哭闹吵骂。

　　志兴躲到外面吸烟，他现在学会抽烟，也学会喝酒了，对，还学会了打老婆。志兴将自己右手伸出，举到眼前细细打

第四章

量,他心头的悲哀,像落水的秤砣一般往下沉,往下沉,一直往下沉……深不见底的深渊,竟是他日后的每一夜,每一天。而那个深渊,正是被远秀捅出来的。她让他的内心,多出了一个深不见底的黑洞,竟然就不管不顾,拍拍屁股一个人嫁到了镇上。远秀,远秀,你解脱了,你离开了这个家,我呢?我怎么办?志兴狠狠抽着烟,将烟头扔在地上,碾进泥土,带着那让他难以名状的痛苦。

换亲一个月后,苦根平静地离开人世。村里的孤老人哑巴叔,论岁数还比苦根大将近十岁,因为哑巴残疾,一辈子没讨上媳妇,就这样凑合过着。他心地极善,但凡村里谁家有白事,谁不情愿干的事,都愿意顶上去。这次,他也跑到前面,甩开膀子为苦根挖墓地。毛瘸五腿脚不便,挖不了墓坑,就亲手折了一大口袋的元宝,口中念叨着:"苦根,你在人世受了一辈子的苦,这下要去好地方了,你别舍不得花钱,等这些元宝花光了,你托个梦,我再给你叠,再给你烧……"

毛瘸五絮絮念叨,远秀回来奔丧,听到瘸五叔平淡无起伏的声音,竟像小刀在她肚腹中搅转。她再也按抑不住心中奔涌的悲怆,跪倒在地,两手死死抓着枯草根,脸伏在泥土上,哭得声嘶力竭。

苦根的亲生儿子,远远站在远秀身后。他眨巴了两下眼睛,泪没有落下来,但他发现自己没有那么恨远秀了,远秀帮他,将泪都流干了。

第五章
小　星

一

　　苦根去了，素琼找人放大了一张他的照片，这还是远秀考上县高中那年，家里出了两个县高中的学生，苦根心里欢喜，他们四人特意去照相馆拍了一张全家福。办丧事时，素琼找来找去找不到苦根的单人照片，最后只能请人从全家福中截下苦根头像，重新冲印放大，装了黑框，挂在土墙上。夜深了，素琼抬头看看苦根的照片，心里才肯安定一点。

　　桃香刚嫁过来时，苦根病势沉沉，素琼全部心思都放在病人身上，的确怠慢了新媳妇。桃香自小在亲戚家里长大，现在成人了，也洗不掉当初寄人篱下的隔膜感，心思比旁人更敏感十分。原本她是满意志兴的堂堂相貌，倾心于他，心想嫁过来后，守着这么一个英俊健壮的男人是莫大福气，小日子肯定过

第五章

得美美的。但真的嫁进门呢,别说志兴一天到晚垮着一张脸,婆婆素琼也围着公公转,几乎人人当她是空气,她桃香哪里是吃素的呢?婆婆这么不体贴,连句温柔体己的话都没讲,这是摆明了不把儿媳妇放在眼里啊,桃香心头的怨愤,就这般滴水汇溪,聚沙成塔。

桃香和志兴第一次争吵,摔了家里的碗,志兴竟然敢用巴掌直接呼她的脸。打过她之后,志兴气咻咻冲到门外抽烟,桃香捂着脸坐在床边嘤嘤痛哭。她心里又气又恨,不晓得自己是触了啥霉头,咋会遇到这样一家人。咬牙恨着,桃香又怨起了宋家老两口,都怪他们!如果不是因为他们生了一个精神病表哥,又怎么会想出换亲的馊主意,将自己当作一件货物,去交换明远秀这个媳妇呢?福气?啥福气呢?自己真傻,结婚前专门去磨坊外相看志兴的模样,还暗自高兴能嫁这么一个好看的男人,好看又有啥用?他成天到晚,脸色阴沉得能拧出水来,自己是到他家给他当媳妇的,瞧他看她的眼神吧!不是凶巴巴就是冷冰冰,倒像是借了他家谷子还了糠!

桃香恨志兴,恨宋家老两口,恨来恨去,竟然心念一转,专心专意恨起刘素琼这个婆婆来!哼,她刘素琼算哪门子婆婆?自己是后妈,顶多算桃香半个婆婆,但这半个婆婆,在桃香眼里,真是可恶无比。想想吧,你一个当婆婆的,如果听到儿子媳妇屋里吵嚷得鸡飞狗跳,又是摔碗又是打耳光,你该不该拿出一点长辈的样子、长辈的态度来管一管呢?可惜刘素琼就那么麻木地置身事外,结婚才几日啊,就任由志兴大巴掌打老婆，她这是存心和桃香过不去吧？

桃香和素琼之间的婆媳关系，这才刚开始，便走上了一条歧路。

但说句良心话，桃香真是冤枉素琼了，素琼那时满心都是苦根的病情，满眼只看得到苦根的病容，她哪里分得出半点心思来管儿子媳妇是否和睦？直到苦根下葬，她找人冲印了苦根的黑白照片，挂在墙上，她机械地做着这一切事，精神却是恍惚的，睡着醒来，都仿佛在梦游。

苦根下葬了，素琼两天两夜水米未打牙，来家里忙着办丧事的人都走了。远秀本来想多住几天，但害怕国梁在陌生环境呆久了，忽然又犯病，公婆请她还是早点回镇上，远秀再不舍，也只能一步三回头地走了。现在，家中空荡，素琼只有望着墙上的黑白照片，才感觉自己还有一丝活气。但就这点小小的心愿，桃香也看不过，想要残忍地掠夺和摧毁。

父亲去了，志兴成了家，他被逼着在一夜之间长大，再也不是可以纵情任性的男孩了。他现在是挑起一家之主重担的男人，理应像父亲一般，肩负再多压力，咬碎牙齿，也不叫一声苦。

整个丧仪，志兴都表现得很沉稳，有条不紊地做着事，哑巴叔比比画画"讲"给毛瘸五看："志兴长大了。"毛瘸五读得懂老伙计的"话"，重重点头，心中却更怜惜志兴。转而又想到，当年葬凤英，也是他们几个老伙计帮忙办的丧事，如今轮到苦根，不知啥时就是自己啊？毛瘸五眼睛湿湿地向哑巴叔张

第五章

了一张,忍不住想,和哑巴比起来,自己还算是幸运的,有个后人,而且这谷川还是个孝顺孩子,有出息,考上了那么好的大学,哑巴今后可怎么办?身后连个端茶倒水的人都没有。唉,还是别想那么长远了,走一步看一步,今后,能帮衬哑巴的,就尽量帮一把吧。

这天,志兴前脚刚出门,他想给哑巴叔和瘸五叔送些糕点红糖,他们帮着志兴送了苦根最后一程,却执意不要一分钱报酬。志兴过意不去,便将远秀带回来的东西分了两份,准备送给父亲的两位好朋友。志兴刚走不久,桃香就踱到堂屋来,手里捧着一把瓜子,倚着门框嗑,嗑了一地的瓜子壳。

按理说,桃香现在不该嚼这些小食,毕竟公公刚走,她就吃得满嘴喷香,怎么看都不合礼仪,但许家先办了两场红喜事,又脚撑脚地办一场白喜事,桃香咋算都是新媳妇,她欢喜嗑瓜子,谁也管不了她一口好白牙。

光是嗑瓜子还不算,桃香倚门框冷着脸看堂屋,她越看心里越不舒服:堂屋主墙的正中,挂着公公一张大大的遗照。苦根生就一张瘦脸,照片放大,更显得颧骨突出,眼睛大大。那双眼,仿佛透过玻璃镜框,直直地盯着桃香,桃香竟不敢与之"对视",看久了,背心一阵阵发凉。她心底莫名腾起一股怒意:这是干什么?她好歹嫁进门还不到两个月呢,就挂一个死人的照片在墙上恶心她,她邱桃香是不是一个软柿子,人人都想来捏一捏?连这死了的人都敢拿眼瞪她!她可不吃这个暗亏!

桃香是个有了主意马上行动的人,她将手中剩余的十几颗瓜子往地上一扔，没看堂屋椅子上那个哀伤单薄的身影，气昂昂地对着苦根遗照下了命令："你不能呆在这儿，晦气。"

一开始，素琼没听懂。桃香也不在意这个只比死人多口活气的婆婆到底有没有听懂，她的意思表达了，接下来便是行动。于是，桃香噔噔噔几大步走过去，搭张小板凳，双手举着，往上一托，相框后面的绳子脱离了钉子，整个落入桃香的掌控之中。待桃香将这遗像全然摘下，素琼才意识过来。她坐了太久，呆呆望着苦根遗像太久，猛然起身，腿脚发麻，往桃香迈步时差点跌一跤。

"你，你在干什么？"素琼指着桃香手中的黑边相框，她脑袋还迷糊着，不晓得儿媳妇为何好端端地将遗像从墙上摘下。

"我不干什么，这相，不能挂墙上。"桃香烦躁地皱了皱眉头，她不想和婆婆啰嗦，但那讨厌的老女人已经贴了过来，两只瘦鸡爪般的手，还想去抢桃香手里的相框，哼，也太自不量力了吧。

"松手，你松手，别逼我不客气啊。"桃香被她婆婆弄得心烦意乱，啧啧，看吧，老女人有啥招数嘛，不就是哭哭啼啼，不就是拉拉扯扯吗？要论哭闹功夫，桃香年轻力壮，哪里会输给这么一个老女人！但老女人也有老女人的赖皮功夫，她两手紧紧攀住相框，便死不松手，一味哀哭道："桃香，你还给我

第五章

啊,你还给我啊。"

大辣子不请自来,她对地里的活一点兴趣都没有。她家种的庄稼,村人送个绰号叫"天照应",她的勃勃精力,都用在走家串户,四下传播八卦是非上。那余大海枉自个儿高,竟也是一段"空心竹",瘦身板实在搜刮不出几两好力气。幸好这两年,余大海因为爱琢磨果树种植方面的书,自己开始试种果树,到了年底一盘算,竟比种庄稼来钱多!大辣子看余大海长进了,高兴地在他左右腮帮子响亮地各亲一记,亲得余大海心花怒发,心尖尖都在打战,从此余大海更加支持老婆串门子寻热闹,大辣子更加心安理得地当起了甩手掌柜。

大辣子眼见素琼、桃香俩婆媳争抢一张遗像,脑袋一热,二话不说,也伸一双手去抢遗像,不但抓得牢牢的,嘴里还大嚷大叫开来:"来人啊,救命啊!"

大辣子这一嚷,将左邻右舍都招来了,自然有热心乡邻跑去给志兴报信:"志兴,你还不回去,你家妈和媳妇都打起来了!"志兴脑子嗡的一声,拔腿就往家里跑。

志兴赶回去时,二个女人还抓着父亲遗像不放,他也不晓得咋就成了这糊涂局面,出于本能,志兴站在素琼这头。到底是年轻男人,力气够大,轻轻一推,那两个女人就摔在地上,特别是大辣子,摔下时额角不小心挂着桌子,立时起了个青包。

在大辣子的哎哟声中,志兴总算弄清了原委,当他晓得桃香不准自己父亲遗像被挂在堂屋,他气得浑身发抖,指尖戳着桃香鼻子,气得没了别的言语,只从胸腔中挤压出两句:"你滚！你滚！"

桃香捂脸号哭一声，跑出门外。大辣子没趣地拍拍屁股上的灰，噘嘴也走了，回去对着余大海自然又是好一通洗耳朵*。大辣子神情严肃地教育余大海："你可不能学那个许志兴，刚结婚就打老婆。"余大海吓得连连作揖告饶："姑奶奶，我哪里敢啊？"看余大海那做小伏低的样子，大辣子心里总算平衡了一点，张嘴又骂他不灵醒，看到老婆头上撞恁大个青包，竟然也不晓得倒点清油在棉花上，轻手轻脚揉一揉？余大海得了指令，赶紧翻箱倒柜地找棉花。

桃香跑到林子里，才悲从中来，抱着自己双肩，痛痛快快大哭大骂："许志兴，我日你全家祖宗！"她骂得没头没脑，身后传来一声嗤笑："嘿，你现在是许志兴老婆，你日他祖宗，相当于日你自己祖宗，真是厉害。"

"谁？哪个砍脑壳的在后面偷听？"桃香一骂，便骂出一张油光水滑的小白脸。

秦宝来笑嘻嘻说道："桃香，我是真心同情你啊。"

桃香咬牙切齿："你算哪棵葱？老娘不要你同情！"

秦宝来笑得眼角皱纹牵起："是，我算不上啥葱，只不过和他许家隔壁邻居地住了二十多年，多多少少了解他们家一点事，你啊，可惜一朵鲜花插在牛粪上了。看你生得漂漂亮亮的，收拾打扮一下，不比挂历上的人儿差吧，你咋就昏头昏脑

---

* 洗耳朵：四川方言，指传话，类似"嚼舌根"。

地嫁了许志兴这种人!"

桃香心中虽怒怨满溢,但她还是牢记住自己是志兴媳妇,现在听这秦宝来口气恶毒地说志兴坏话,她拧起眉头,抬袖子打横抹了一下脸上的眼泪鼻涕,口气硬硬道:"要你多管闲事!"

丢下这句,桃香转身往小路走,她走得飞快,走了几十米才停下往后看,还好,那个秦宝来没有跟上来。但被这人一搅和,她心里的委屈,仿佛又滞重一倍,其实,秦宝来的话未尝没有道理啊,她咋就嫁了许志兴?还不是宋家舅舅舅妈做的好事吗?为了让自己的宝贝儿子能寻个媳妇,他们就这样忍心卖了她!她跑,又能跑到哪里去呢?别的女人,受了男人的气可以跑回娘家,她邱桃香早就没什么娘家了,自家父母各自成了家,又有了自己儿女,她邱桃香,没人疼没人管,就算跑回宋家,有人会疼她,给她做主吗?没有,她命苦,不配有这样的好福气。

桃香又抽噎起来,眼看天渐渐黑了,坡下传来志兴的声音:"桃香!邱桃香!"她心一软,两粒泪珠滚出眼窝,心想兴许志兴也不是那么无情,如果没有婆婆那个讨厌的老女人,他们小夫妻也许过得更自在!

和桃香嫁到落凤坡不久,就闹得鸡飞狗跳不同,远秀进了宋家门，是真被当作女儿对待的，私下，宋家老两口还眼泪花花地议说："这个媳妇，真是娶对了！"

远秀读书时就是"女秀才"，她的天资不知比国梁高出多少，国梁呢，脑子清醒一阵糊涂一阵，但就算他糊涂着，远秀也有本事让他乖乖的，不闹腾，不惹事。远秀的方法很简单，她从书店买了好几本大书，有的是"历年高考真题集"，有的是"各科模拟试题"。国梁一有发作的迹象，远秀就从书中选出题目来，让他解答，国梁果真就被难题吸引，攒眉弓背，回到了高考冲刺阶段，伏在案桌上老老实实写写算算。他读书时就不算特别聪明，又病了这些年，脑子更不灵醒，解不出题。眨眼望着远秀求助，远秀在纸上写写画画，将答题要诀揉碎咬烂了讲给他听，很快，拔了国梁脑中的"塞儿"，通了他的"经脉"，他高兴得抓耳挠腮，佩服得五体投地，心情舒快了，自然又像正常人一个。

宋家公婆看在眼里，对远秀暗暗感激，因此，更是百般对她好。远秀在婆家的日子过得不算差，心境渐渐平和，回落凤坡看望母亲，并给苦根爸爸做"周年祭"，烧纸焚香，远秀偷眼看妈妈，却骤然心惊：这才一年时间，妈妈咋会老了这么多，精神也不太好。做女儿的看在眼里，心中怎能不酸楚疼痛？

祭拜苦根，桃香自然也去了，可她一脸冷淡，跟在志兴身后，素琼和远秀跪倒在墓前恸哭时，她只干咳了几声，眼角连一点泪痕都没有。

第五章

自从一年前大闹一场，素琼便将苦根的照片挂进了自己小屋的墙壁上。那时，志兴咬着后槽牙又要打桃香，被素琼千辛万苦地劝住了，她说："志兴，你这么逼妈，是不是不要我活了啊？"志兴痛苦地喊："妈！"素琼眼中含着点点泪光说道："你爸一辈子没有和任何人争过啥，现在他不在了，更不会争啥抢啥的。桃香刚嫁过来，每天低头抬头都看到公公的遗像，也难怪她心头害怕，你不要怪她。"志兴攥握拳头："妈！可那是我的爸啊，她是我媳妇，她有啥好害怕的，我们是一家人！"素琼有气无力地点点头："是的，志兴你说得对，我们都是一家人，那就更该好好包容桃香了。她来咱们家才多久啊，和你爸还没来得及熟悉起来，你爸没福气，先走了一步……很多事情，桃香还不理解，以后慢慢就好了。"志兴长叹一声，日子要一天一天过下去，不妥协，还能怎样呢？

素琼和志兴让了一步，在桃香眼中，却不像是取得了阶段性胜利，躺在床上思来想去，反而觉得是志兴与他后妈两人合谋，形成一道坚不可摧的统一战线，同心同德地对付她。他们又不是亲母子，志兴又不是喝她奶长大的，他干嘛那么听她的话啊？

桃香自己都没意识到，她硬要曲解婆婆的好心，硬要从丈夫那儿抢走对婆婆的亲情，这是一件多么荒谬的事！她抢得越厉害，反而将志兴推得越开了。

都是年轻夫妻，到了夜里，熄灯上床，总会有些热被窝里的小亲昵。志兴并不拒绝桃香的热身子主动贴过来，他一翻身就将她压在下面,天雷勾动起地火。但如若是桃香闹别扭,因为芝麻绿豆大一点小事,又和婆婆寻不痛快,她冷着脸弓着身拿屁股与志兴相对,志兴竟也不哄她求她,任由她在那边虚张声势地气哼哼,他平平躺着,几分钟工夫,已经沉入梦乡,鼾声四起。

这将桃香恼得牙痒痒,明明是大辣子跟她咬过耳朵啊,女人要学会去"降住"男人,靠的是什么?就是靠女人这热乎乎的好身子,这是一件无比奇妙的"武器",有啥想让男人做的事,男人不做?哼,不要紧,那你有本事别挨老娘的热身子。只等他火烧火燎,再也控制不住自己,再给他一点甜头尝尝,学会这招,男人咋不被管得死死的啊?桃香从大辣子那儿得了"真传",也曾如法炮制用在志兴身上,但这愣头志兴,咋都不接招,最后,还是桃香自己"控制不住了",心头欲火与怒火齐燃,又去主动示好,志兴呢,倒像是恩赐一般,来者不拒。这让桃香的心,百味杂陈,又是恼怒又是失落。

她在夜里和志兴的较量中,占不了上风,白天便对婆婆作脸作色,不是挑剔婆婆汤烧咸了,就是猪喂慢了。好你个刘素琼,最最阴险了,当着我桃香的面,连个屁都不敢放,但天晓得和那个好继子咬了些啥舌根呢?又加上志兴成日甩着一张晚娘脸,进进出出不和桃香打个对眼儿,让桃香心头的浓黑怨怼,又深一分。

桃香把日子过得这么别扭、拧巴,难道素琼就会甘之如饴吗?当初桃香因为遗像一事,在家中鸡飞狗跳闹了一场,不但成了四邻笑话，刘素琼好多天抬不起头来，她还深深自责，自我检讨，觉得是自己对不起桃香，没有体贴照顾好儿媳妇，不是一个好婆婆。从那时起，素琼在面对桃香时，小心翼翼，生怕惹她不高兴，让志兴夹在当中难做人。可怜素琼这份苦心，看在桃香眼里，竟然又成了一桩老女人假模假样装可怜博同情的罪证。

苦根忌日，远秀回落凤坡祭拜，看到了母亲骤然苍老的神色，嫂子眼中的戾气，还有志兴，他在第一眼看到远秀时，眼里一亮，但很快就别过脸，换上一副冷冷的神色，说话声气也十分冷淡。让志兴不高兴的，是远秀回落凤坡就回落凤坡吧，身后竟然还跟着一个跟屁虫宋国梁。那么大的男人了，肩不能扛手不能提，还靠自家父母退休工资养着，活在世上白白拖累人，有啥脸面跟着远秀来祭拜先人呢？

当然，志兴对国梁打的这些肚皮官司，决计不会告诉他人，就像远秀看到母亲过得并不舒心畅快，她也不好捅破这层窗户纸，只能关上门和妈妈说上几句贴心话，旁敲侧击一番。

"妈，有没有想过，以后的事啊？"远秀抬手，轻轻将妈妈一缕花白的头发别到耳后。妈妈以前头发多黑亮多浓密啊，拨着这缕白发，远秀心中凄楚。她回想自己还是个小丫头时，跟着妈妈到了落凤坡，有次，苦根爸爸抱着她，带她去看村口那棵皂角树，指着高高的树冠跟她说："闺女，你看到没，那棵就是皂角树，皂角树上结什么呢？对，就是皂角，咱们把落到地上的皂角捡回去哈，悄悄的，这是给妈妈的一个惊喜！"七岁的远秀正在换牙，缺了两颗门牙，一说话就漏风，她好奇地问："爸，地上捡的东西也能当惊喜吗？"苦根斩钉截铁地回答："能，当然能！"果真，收到"惊喜"的妈妈一脸幸福。苦根真体贴，他将皂角洗净捣烂，用纱布包着，煮了水，然后坐在阳光明亮的院子中，舀皂角水给素琼、远秀母女俩洗头发。七岁的远秀，头发不太好，细细的软软的，是名副其实的黄毛丫头。这样洗了十来年，她也有了妈妈那么秀美的一头乌发。但她长大了，妈妈呢？妈妈曾经的美丽去了哪儿？头发上的光泽去了哪儿？

往事总让远秀甜蜜又酸楚，迎着妈妈的不解目光，远秀咬咬牙，将心里的话说出来："妈，有没有想过，以后和远秀一起过？"听了这话，素琼面色平静，远秀心里便有了底，晓得这念头对妈来说，并不突兀，说不定她早在心里，翻滚过千百次了。素琼微微一笑，也抬起手，帮远秀抿了抿头发，轻轻说道："远秀，你长大了，嫁人了，有了自己的家庭和生活，妈妈不能跟着你一辈子啊。"

"怎么不可以呢，妈？"远秀脱口而出，"妈，我是您的女儿啊。"

"妈也是我的妈，我一定会好好照顾妈，你不用担心。"一个硬邦邦的声音插进来，远秀吓得手一抖，泼洒了半杯茶。她有些愠怒地瞪了志兴一眼。如今的志兴,和她记忆中的哥哥,实在相差太远了,他为何会变成如今这个样子?在爸爸的葬礼上,他不掉一颗泪,周年忌,他也木着一张脸,难道男人结了婚,会让自己心肠变得铁硬吗?那可是从小含辛茹苦抚养他长大的亲生爸爸,他对自己爸爸,都没有感情了吗?

志兴并不理会远秀的这一瞪,他甚至连视线都不肯与她交接,只看着素琼的脸说道:"妈,您答应过我的,要由我这个儿子照顾您,为您养老送终,对吧?落凤坡才是您的家,是吧?"

远秀生气地腾地立起:"哥,你不要逼妈,如果你真的孝顺,就要让妈自己做出选择,过她想过的生活,而不是强迫她做什么事。"

"不要叫我哥!"志兴的声音并不大,但响在远秀耳中,却将鼓膜震得动了一动。

素琼拉住远秀的手,她晓得女儿从小就有这个习惯,她一生气,手心就会渗出冷汗,现在的远秀,手心便是冰凉冰凉。素琼开口道:"远秀,你听妈说,妈自己愿意留在落凤坡的,妈在这儿已经生活惯了,到了妈这个年龄,人活得就像一棵树,要是连根拔起,再移到别处去,说不定水土不服,适应不了。"远秀委屈地喊一声"妈",眼泪在眼窝里打转,素琼对牢她双眸,轻轻摇摇头,远秀的泪就落了下来。

这次回落凤坡,让远秀心里疙疙瘩瘩的不舒服,但她并没放弃当初的想法,她替妈想了很多:论起来,她才是妈的亲生女儿，志兴不过是继子，他媳妇一看就是争尖占强的，婆媳关系处得不顺畅，别说是继子了，好多亲生儿子都徒叹奈何，还不如早早离开更好。远秀真是想不通，妈为啥不听她的话，跟她住到宋家？当然，她也晓得妈有多善良，不愿给女儿添麻烦，因为远秀的婚姻有点特殊，她是嫁了人，但嫁的这男人，至今没有一份工作，一份收入，还靠父母养着，住的也是父母房子，妈是不愿意来当女儿的拖累，当亲家的拖累啊。

到底怎样才能让妈搬到镇上住呢？小星的到来，给了远秀一个充足的理由。

怀上小星，一直到生下这个孩子，远秀都有一种不踏实的感觉，仿佛这一切不是真的，她竟然也会有自己的孩子？国梁的病，时好时坏，他们虽已结婚一年多，但真正同房的次数，十个指头都能数得过来，但就在这屈指可数的其中一次，他竟将一颗神秘的种子，种在她的温润土壤之上。十月怀胎，艰辛分娩，当远秀望着襁褓中一张皱巴巴的小脸时，泪水夺眶而出。

她给女儿取名叫小星，宋小星，小星就是她远秀生命中的星子呀，不管再漆黑的天空，有了小星，都会明亮起来。宋家公公婆婆自然欢喜得嘴巴都合不拢，他们再次感到，远秀这个儿媳妇是佛菩萨送来照拂他们的，给他们带来了太多太多的感动和喜悦。桃香和远秀妈妈处得不太好的流言，就算是镇上的宋家老两口，多多少少也听到一些。因此，当远秀提出，坐月子时，想请自己妈妈来镇上住一个月时，宋家公婆忙不迭地点头应允:"这种时候,我们就是千盼万盼亲家来呀,我俩岁数太大了,再加上国梁身边又离不得人……远秀,咱这就叫个车去接你妈妈。"

素琼将外孙女抱到怀里,亲了又亲,将眼泪悄悄抹在婴儿的包被上,抬起一双擦得红红的眼,努力笑着对远秀说:"小星长得和你小时候一模一样!看看她这小嘴、小鼻子,太可爱了!远秀,好像昨天你还是抱在妈妈手里的小宝宝,怎么一眨眼,你也当妈妈了呢?"远秀狠吸一口气,抑住泪,怕惹妈更伤心,她也笑,笑得春光灿烂:"妈,远秀长大了嘛。以后,远秀也能照顾妈妈了。"

亲家对素琼好,远秀自不用说,就算那个时不时犯病的姑爷,在清醒时也是彬彬有礼,一口一个"尊敬的妈妈",虽说听起来不伦不类,但能感受他语气中的尊重之情。全家人都对素琼好,可伺候远秀坐完月子,素琼却打了一个电话给志兴,让他来镇上接自己,回落凤坡。

远秀恋恋不舍,也不管刚出月子能不能吹风,她抱着小星,将妈妈送了很远很远一段路。素琼看到旁边小店有卖婴儿奶嘴的,想再给小星买两个,下次来看外孙女,不知是啥时候了。素琼进店选奶嘴,远秀和志兴面对面站着,她眼皮有些红肿,头发凌乱,怀抱孩子,竟真像一位庸常大嫂了。

志兴默默无语地看着她，她忽然就红了眼圈："你为什么要从我身边，抢走我妈妈？为什么要做这么残忍的事？"

志兴一怔，下意识抬起手来，想要揩远秀腮上的泪，但离她脸颊还有三厘米时，他颓然地放下手指，叹口气，之前凶巴巴的眼神不见了，此刻柔软得像一只挨了主人打的狗，声音也那么低哑："远秀，难道你还不明白吗？是妈自己想要留在落凤坡的，她的心在那儿，住在那儿才能心安。"

像是有人在远秀头上不轻不重敲了一棍子，她豁然明了：志兴说得不错，亲生女儿远秀的苦苦哀求，留不住妈妈，那么可爱的外孙女小星，留不住妈妈，并不是妈妈不爱她们，而是她也有一份苦守的爱情，执着坚持，为此甘愿承担生命中的一切沉重与苦痛。

直到这一刻，远秀才站在女人的角度，理解了另一个女人：苦根爸爸不在了，在安葬他时，妈妈的心也跟着下葬了一半。妈妈当年执意要让苦根葬在凤英旁边，他们生前是夫妻，死后也同穴，但自己呢？自己不过是苦根后面娶的妻子，没有呆在他旁边的资格和福气。既然早早已经看出，百年后不能和苦根在地下牵手，素琼也想任性一点，在活着的时候，能守着苦根的村落，苦根的家。

远秀狠狠擦了一下眼皮，郑重说道："你要好好待妈。"

志兴的手终于伸了过来，他想放在远秀肩上，迟疑了一下，指肚落在了小星粉嫩的小脸上，他轻轻回答："如果我做不到，天打雷劈。"远秀身子猛然一抖，却不敢看志兴，转过头去。素琼已经买好一堆奶嘴、围嘴,拎着袋子,站在商店门口看着他俩,眼神默默。

得知远秀生孩子的喜讯,一些朋友来看小星,祝贺她当了妈妈,她们晓得远秀男人的事,祝贺了远秀,背转身又嚼起舌根子,说不晓得远秀这娃儿会不会受遗传影响?长大后会不会精神也出问题?所以,春晓在亲眼看到小星之前,已经听了满耳朵的流言蜚语。

念大三时,春晓专程坐车去了南京,毛谷川倒是友善周到地带她逛了夫子庙,喝了鸭血粉丝汤。春晓不傻,她和同龄女孩一样,有着一颗敏感的心,她怎会看不出呢,对于她的突然到访,毛谷川并无太大欣喜,甚至,不超过重逢一个老朋友的喜悦。在临走前一晚,毛谷川寝室同学请春晓吃饭,毛谷川早早就喝醉了,他们寝室老大是个好人,敬了春晓一杯酒,喊她简妹子,说简妹子,你晓得去年毛谷川失恋那段时间,他真是难过得差点跳楼!既然你是他中学同学,欢迎以后多来南京玩,多多开导开导他。好心的寝室老大,是想为春晓和毛谷川牵线搭桥呢,却不知这句无心之言,像块大石头砸进春晓心中,激荡得她心神一震。

春晓再细问两句,寝室老大挠挠脑袋,说别的我也不清楚,只晓得是你们家乡的一个女孩吧,毛谷川去年写了信给她,苦苦等来信,等了一个多月,却传来那女孩忽然嫁人的消息。他受了刺激,有段时间不愿吃饭不愿睡觉,更别提上课学习了,那学期还挂掉两科考试呢!后来好歹缓了过来,看起来像个正常人了，就是不敢让他喝酒，喝酒必醉。春晓扭头瞅了瞅醉倒的毛谷川，内心五味杂陈。

春晓送来了粉嘟嘟的婴儿服，望着怀抱孩子的年轻妈妈，春晓心中的疑问，如同渣滓般沉淀了下去，她忽然觉得，自己不用问远秀任何问题了，既然远秀已经有了自己的孩子，有了稳定的生活，何必再撕开从前的伤口，让她多受一分伤和痛呢？

春晓便和远秀聊自己的打算："毕业前，我不知道继续读研，还是选择就业，也不知自己走哪条路才对，我将苦恼一股脑儿都'倒'给爸爸，爸爸帮我分析了很多，他劝我不要忙着现在去找工作，我需要积累更丰富的知识，将来才有更大的能力，为家乡做出贡献。所以，我听爸爸的话，考了我们农学院的研究生。"

"真好啊！"远秀由衷地为春晓感到高兴，能继续攻读硕士研究生，四年前的远秀，是否也有过这样的梦呢？可惜，这永远只能是梦了，现在她就是一个头发蓬乱、衣襟上点点奶渍的"带儿婆"。那些金光闪闪的梦想和雄心，遥不可及，仿佛是上辈子的事了。

春晓握着远秀的手，不知该说什么才好，她这时才后知后觉地想道：我说自己读研干什么呢？这话会不会刺伤远秀的心，让她更难过？

幸而远秀并未沉浸于失落的斑驳旧梦中，她很快浮起一朵微笑，一边解衣给小星喂奶，一边问道："毛谷川呢？你们现在还有联系吧？我很久都没有他消息了，也不知道他过得好不好。"

春晓脑子嗡了一声，毛谷川寝室老大说，毛谷川写了一封信给家乡女孩，但她没有回信，速速嫁人了……难道……春晓不敢往深想，她赶紧截住自己的念头儿，语气平板地说道："毛谷川考上公务员了，听说好像就分在咱们镇上吧，以后可能在街上都能见到他。"

"是吧？"远秀说完，舌头在上腭轻轻一弹，发出"得儿"一声，逗小星哏哏一笑。她的神情温柔如水，无波无澜。

第六章

非 典

一

国梁当了爸爸,他的病情仿佛也比平日减轻几分,家人害怕他伤着小星,一般不让他抱孩子,他偶尔笨手笨脚地抱了一抱,年迈的父母都急焦焦心慌慌地叮嘱:"小心,小心!"国梁不高兴了,他听进耳朵里,父母叫的是"小星,小星",他嘟着嘴仰着头翻他们白眼:"小星我抱着呢,又没有弄丢,你们喊啥子嘛。"但全家人的神经都绷得紧紧的,看得死死的,小星长到几个月了,国梁和自己女儿亲近的次数却很少。

远秀嫁过来几年,她早已认了命,也死心塌地将国梁当作自己一生一世的丈夫,打心眼同情他,关爱他,虽然这和爱情无关。国梁爱小星,想和小星玩,公婆却万般担心,远秀看在眼里,心头也不是滋味。她想,不管国梁精神是不是有问题,他都是小星的亲生爸爸,这是无从改变的事实,爸爸和女儿之间亲近,是天经地义的事。可怜的国梁,却连这点心愿,都难以达成!

这天,公婆原先单位工会召集退休老员工聚餐,公婆原本不想去,远秀劝说他们:"爸,妈,你们尽管去就好,有我在家,国梁和小星都没事的。"婆婆仍旧犹豫不决,摇晃两下脑袋:"算了,让你爸去就好,我还是在家陪你吧,远秀,你一个人,怕到时忙不过来。"远秀浅浅一笑:"妈,您就放心吧,我肯定把家里照顾得好好的,再说了,您和那些老朋友好久没见一面了,这次好不容易有机会在一块坐坐,您可千万要去啊。"公公也来劝婆婆:"老婆子,听远秀的吧,反正我们吃了午饭就回来,下午不跟他们打牌,就几个钟头,你莫太担心了。"

公婆这才离开家。远秀将小星放在床上,床边用枕头和被子,给她做了一个"围栏",她将脏衣服抱进洗衣盆,对国梁说:"小星爸爸,你去陪小星玩一会嘛。""我?我真的可以陪小星玩?"国梁有点不自信地拿手指了指自己鼻尖,声音发颤地问道。远秀将一缕头发别到耳后,对他微微一笑,语气肯定道:"当然啊,你去陪小星玩,等会我再来喂她喝奶。"

国梁两眼放光,他轻手轻脚走到床边,看着几个月大的女儿,像是一个粉团团的洋娃娃,他双手在裤子上连擦了几下,不敢伸手去抱。反而是几个月大的孩子,还不会说话,也许本能地觉得面前这个高个子眼镜男人很亲切,小星主动伸出双臂，嘴里发出咦咦哦哦的声音，她在请求爸爸抱抱她呢！

国梁哈的一声，有一股热气冲出眼眶，他赶紧咬紧嘴唇，又取下眼镜，撩起衣摆擦了擦，重新戴上，极力调整自己表情，挤出一个笑脸。小星一看，小手小脚弹动得更欢了，她竟然咯咯笑起来。

国梁小心翼翼地抱起小星，小星自来熟地亲近他，爱他。柔嫩如玫瑰花瓣的嘴唇擦着国梁脖子，痒痒暖暖的好舒服。国梁学着远秀的样子，左手兜着小星屁股，右手轻轻环着女儿后背，脚步在地面缓缓划动，内心如同被激情满满地拥塞了，说出来的话，仿佛每个字都在空气中发颤："小星，哦小星，你是爸爸的乖女儿，你快快长，长大了，爸爸教你做算术题，爸爸教你写作文，你高考一定会考得很好很好的，爸爸相信小星会考上一个好大学的，名牌大学，考上清华考上北大，是不是啊，小星？"

远秀到卧室来了一回，她在围裙上擦了擦肥皂泡，看到国梁对着小星轻言细语的样子，放心了，微笑着对他说道："你先陪小星玩，我要到楼下拿封信，邮递员在下面喊我名字呢。"国梁看起来很正常的样子，点头催远秀："你快去，快去吧。"

信是唐之蓝寄给远秀的，她从专科学校毕业后，仿佛一直在跳槽，一两年时间，倒换了八九个公司打工。不过，不管怎么换工作，她一直保持着学生时代和远秀通信的热情，而且越是生活动荡得厉害，来信还越是频密，她要讲给远秀听的话，实在太多了啊。

远秀前脚走，国梁怀中的小星后脚就努起小身体，皱紧小眉头，国梁不知所措地望着女儿，待他闻到小星婴儿裤里传来臭臭的味道，才知道小星这是拉大便了。她立马小眉头一皱，小嘴巴一扁，脸上迅速晴转雷雨，哇哇大哭起来。

怎么办呢？国梁抱着小星，徒劳地转了几个圈圈，小星屁屁不清爽不舒服，这才哭得这么厉害啊，任他做鬼脸、模拟各种动物叫声，小星一概置之不理，越哭越响亮。

"不哭，宝宝乖，不哭……小星，你这样哭，妈妈要担心了，担心爸爸照看不好你了。"国梁急得满头大汗，他将大床上的枕头屏障拿开，将小星放在床边，去柜子里拿尿不湿，给自己鼓劲：宋国梁，你不是看过远秀给小星换尿不湿吗？高考题那么难，你都会解答，难道换张尿不湿，还会比高考更难吗？

国梁手忙脚乱，好不容易才撕开了小星身上尿不湿的贴纸，但他对着脏兮兮的小屁股又一筹莫展了。对，要先打半盆温水，远秀就是这样干的，先将小星屁股洗干净，才能换新的尿不湿。

国梁将小星往床上一放，又急匆匆去端盆打水。他提起暖瓶倒水时，忽然从窗口听到邻居家收音机传来的声音："接下来，我们有请今年本省文科高考状元来为大家分享他的高考故事……"国梁定住了脚步，忘记了手上的塑料盆和暖瓶，一心一意听起广播来。

屋里传来"砰"的一声，如同一整大袋土豆轰然倒地，接下来,是尖利至极的哭喊。国梁如梦初醒,慌慌张张跑进屋,只见小星自床沿"枕被围栏"的"缺口"处摔下,在地上哭得声嘶力竭。

远秀比国梁更快地闯进来,一把抱起了地上的女儿,她手上还捏着一封刚刚收到的信。

小星摔伤了,小胳膊青紫一片,幸好去医院拍过片,骨头没受伤,医生毫不客气地批评了远秀,说她这个当妈妈的不负责任。远秀无言以辩,默默流泪,走出医院,公公婆婆和国梁也气喘吁吁地赶来。

婆婆心疼孙女,脱口而出:"远秀,你真是太不小心了!我和你说过多少次,国梁是病人,你怎么能单独留下他和小星两个人在家呢?他俩之中,不管谁出点事,都是要了我的老命哇!"婆婆说着,气急之下眼泪哗哗落下。

国梁不忍心远秀为他背锅,他站出来劝妈妈不要责备远秀:"妈妈,一切都是我的错,怪我不小心。"婆婆狠狠瞪了国梁一眼,看见牛高马大的儿子,缩着脖子站在面前的可怜相,她这个当妈的,心又柔成了一团棉花,眼泪涟涟地放软了声音,拍拍国梁手臂讲:"不怪你,国梁,妈不怪你。"

从此,远秀更加小心地照顾小星,谁也没有注意到,这件小事,竟会给远秀留下伤害,她开始失眠,抱着小星,靠坐在床头,眼睛眨都不眨地望向窗外,窗外有时是半弯月,有时是几颗星。她觉得这世界是冷的,公婆是待自己好,但不管他们多善良,待自己多像女儿,也只是"像"。远秀和他们不存在血缘关系,他们最担心最牵挂的,始终还是自己嫡亲的儿子和孙女。远秀也检讨自己,她是将事情想得太简单了,一心只想让国梁和自己的孩子多亲近,哪知一个大意,差点酿成大祸。难道,她接下来的日子,都要这样别别扭扭地度过吗?

远秀等不及写信给唐之蓝了,上次唐之蓝告诉她一个手机号,说她花掉了快两个月的薪水,买了一个诺基亚手机。现在,远秀随时联系她都可以,这比传呼机方便太多了,马上就能通话!远秀抱着小星去小卖部买酱油时,借了公用电话,打给唐之蓝。

拨电话之前,远秀设想得很好,她绝对不会哭,要平静地和唐之蓝说几句话。耳畔传来了唐之蓝欢欣跳跃的声音:"哇,远秀,太好了,没想到你会给我打电话,我这个手机好幸运呀,是第一次从手机里听到你的声音!远秀,我听得清楚极了,你呢,你那边声音清晰不清晰?"唐之蓝快乐地说着,连珠炮般,远秀忽然就哭了,一手抱着小星,一手举着电话筒,她侧过身,怕被小卖部老板看到自己失态恸哭的样子。唐之蓝已经喊起来:"远秀,你是在哭吗远秀?你怎么了?你不要哭远秀,我马上来看你,立即,马上!"

唐之蓝风风火火地来了,唐之蓝又风风火火地走了。她这一来一走,却给宋家人留下了一件头疼的事,因为唐之蓝刚走，远秀就提出了要开一家米粉店的想法。

远秀七岁那年，苦根爸爸带着她和志兴，吃了她生平第一碗米粉，从此远秀爱上了米粉的味道。她心灵手巧，十几岁时，已经能在家里的灶台上炒炖出美味臊子，烫煮出软硬合宜的细米粉。志兴最爱吃她煮的米粉了，每次远秀"大显身手"，他不呼噜噜一口气吃上三四碗，是决计不肯放筷子的。

唐之蓝劝远秀："你说你感觉在婆家像是外人，我完全理解你，为啥呢？因为你经济不独立，女人只要经济不独立，就永远硬不起腰板来说话。你家宋国梁，说句难听话，那也算不上什么坚实依靠，现在有他爸妈退休金养着你们一家人，但等以后呢？如果二位老人百年之后，小星一天天长大了，读书要钱，生活要钱，到时远秀你怎么办？难不成你们一家三口，到时喝风度日啊？"

一开始听到唐之蓝的劝说，远秀很震惊，也有些抵触，但将逆耳忠言吞下肚，细细反刍一番，她承认唐之蓝说的话很有道理。她之前从未从这个角度思考过，为何那日婆婆一对她表示不满，她内心就会那么难受呢？唐之蓝分析得没错，她在宋家，因为一直没有赚钱养家，公婆小小的不满，都会在她心里投下莫大的涟漪，令她如堕寒窑。是啊，哪怕只为小星着想，远秀也该勇敢一点，做一个自食其力的女人，否则，孩子长大了，对妈妈说："妈妈，我不是你养大的，是爷爷奶奶养大的。"那时远秀该如何面对呢？

远秀要开米粉店，唐之蓝一百个赞成，她只是不好意思道:"我应该出大大的一股,但我又辞职了,远秀,我要回老家去学习年画绘制,对不起啊,给不了你实质性的帮助。"远秀握紧唐之蓝的手:"别这么说,之蓝,你给我的精神上的鼓励,已经很令我感激了。没事,开米粉店的钱,我会想办法。"

攒着眉,远秀脑海里闪过了一张麻子脸。

镇上有个开澡堂的,人称鲁大哥,是个满脸麻子的大汉,已经四十多岁了,一直没有婚娶,镇上人传言他和几个老公在外打工或当兵的小媳妇不清不楚。远秀不想去管这些谣言是非,只是直觉上,鲁大哥仗义、豪爽、为人不错。说起来,鲁大哥和宋家还沾点亲带点故,每年春节,鲁大哥也会打扮一番,拎上礼物来宋家拜年,说话举止都像个稳重亲戚,挑不出半点毛病。

只是有次,国梁妈劝他:"娃,你也老大不小了,该找个女人成家了。"鲁大哥接过远秀送来的茶,美美抿一口,视线跟着远秀动了动:"嗨,嬢嬢,如果能遇到像远秀这么贤惠能干的女子,我早就不耍单了!远秀,什么时候在落凤坡给你鲁大哥介绍个对象嘛,听说落凤坡的女子,不但长得乖,持家也是一把好手!"当时远秀脸红了红,只当作玩笑话,此刻忽然想起了这个人。都说鲁大哥开澡堂不过是副业,主业是放债,镇上有钱的人,心甘情愿将闲钱放在鲁大哥那里,由他做主,借给缺钱的人,当然,利息要比银行高一截。但利息高又能怎么办?远秀身无片瓦,银行断不会贷款给她,她也只有找鲁大哥这条路了。

鲁大哥很爽快地借了"一方"给她。这是远秀第一次去澡堂，她当然没有进到浴室，但也不时见到趿拉着拖鞋的男人，上衣卷到胸口露出一块白胖肚皮的男人，他们进进出出，将好奇的眼神投向羞涩的远秀。

鲁大哥有两个手下，一个帮着数钱，一个让远秀在借条上摁指印。鲁大哥夹香烟的手指去挡远秀的笔："算了，借条就不写了，都是自家弟妹，难不成我还信不过远秀你？"

"不行，鲁大哥，规矩是规矩，人情是人情。"远秀很感激地望了鲁大哥一眼，细心将一万元钞票放进包包里。鲁大哥已经对她格外开恩了，算的是最低利率，可能找遍全镇，没人能凭这个利率借到他老鲁的钱。

远秀铁了心要开米粉店，公婆再不开心，也拦不住她，再说人家连一分钱都没要家里的，自己去寻门面，自己戴了纸帽子刷墙壁，烧了一大锅开水，买了两把硬刷子，将盘下来的油腻腻的桌椅刷洗得干干净净，又选了一个天气晴好的日子，放了一挂喜庆的鞭炮，"秀秀米粉店"便正式开张了。

"谷川，真的是你？"

远秀欣喜地端来一碗米粉，放在这位老朋友面前。对她而言，毛谷川是从小到大无话不说的好朋友，但对毛谷川而言，明远秀却是心头一道难以愈合的伤。他考到镇上当公务员已经有好几个月了，无数次想要去看看远秀，看看她现在生活得怎么样，看看她是否开心愉悦，但他下了多少次决心，就多少次否决了自己。今天，他怎么会走进"秀秀米粉店"呢？如果用理智无法解释，那么，只能用"鬼使神差"四个字来概况吧。

毛谷川内心五味杂陈地看着远秀，远秀还是曾经的远秀，但远秀仿佛又不是从前的远秀了。几年不见，她的脸颊皮肤粗糙了许多，一双手伸出来，红通通的，毛谷川当然知道她不但要炒料、烫煮米粉，还要洗碗抹地，收银找钱，整日价忙得脚不沾地。

三年前，远秀为什么那么狠心，连一个字都不回复，就匆匆忙忙嫁作他人妇呢？她是有什么苦衷吗？可她看向他的目光，落落大方，那份重逢老友的欣喜和愉快，并不是装出来的。

"远秀，你生活得好不好？"千言万语，都被毛谷川吞进肚子里，他决定什么都不问了，不怨，不恨，不恼，爱一个人，只要她好，自己还有什么好奢求的呢？

"嗨，你不是看到了吗，不就那样。谷川，听春晓讲你好能干，一考就考上公务员，以后肯定大有作为的。"远秀自从当了"老板娘"，倒比从前活跃十分，待人接物，也有了"嫂子"的一丝泼辣，未语先微笑，露出腮边两个小梨涡。

"老板娘，冒三两肥肠米粉！""哎，来勒！"又有客人上门，远秀抱歉地一笑，起身去迎客。毛谷川默默吃着碗里的牛肉米粉，他食不知味，视线一直环绕在远秀身上，她站在一口大锅前，雾气弥漫，倒像是晨雾中的少女，她手脚麻利地烫粉、打料、放葱花香菜。他狠吸一口气，将油辣子红汤都喝下去，喝得喉咙一痛，激出了两粒泪花。毛谷川骗不了自己，他现在看着她，依旧会心痛。

吃完了，毛谷川递过一个红包，强作笑颜道："你生宝宝，我也没随月礼，现在才补上，别怪老朋友太落后了。今天的米粉，就当你请客吧。"

毛谷川不容得远秀再拒绝，将红包塞给她，快步离开。

过了一会儿，远秀打开红包，看着里面二十张新崭崭的红票子，叹了口气。今日再度与毛谷川重逢，远秀想起一些遥远的事，一些她以为自己都已遗忘的事。1997年的那个少年，他鼓了多久的勇气，才会写那张纸条给远秀呢？而那天他和春晓，到底有没有去看电影呢？时光太久，远秀用力摆摆头，想把这些滞重的念头，一并从头脑里驱走。

"秀秀米粉店"火爆了仅仅两个月，在2003年4月，几乎是转眼之间，好景骤散，店里的生意仓皇走到了末路。

远秀在米粉店里放着一个旧收音机，平时不忙的时候，她也听听新闻，了解外面的世界发生着什么事。早在2月，她听到了一则奇怪的新闻，说是广州某制衣厂员工闹罢工，罢工并不稀奇，奇怪的是他们罢工的理由是老板不同意在车间熏白醋！这家制衣厂是外商投资的，大老板认为员工嚷着"熏醋"的做法"愚昧而且野蛮"，置之不理，员工不服，才闹了罢工。别的新闻，远秀听了也就听了，不知怎么，这一则新闻却在她脑海里落下了印记。

到了3月,远秀觉得客流量大不如从前,她费心思修改了臊子配方,还多加了两种花色:蘑菇小鸡汤和酸汤肥牛汤,较之前此地的"传统米粉",永远只有"红烧牛肉""红烧肥肠""清鸡汤""笋子粑豌豆汤",她算是创新了,料给得足,味道也十分醇香。除了在食材上下功夫,远秀还制订了促销计划,吃一碗三两米粉,加一元钱,便能得一瓶价值三元的汽水。饶是这般挖空心思,来店里吃米粉的食客还是一天少过一天。远秀站在门框前,往外张了一张,她看到街上行走的人也越来越少,零星有那么几个,都是裹紧衣服,缩着脖子走得老快,像是后面有恶狗在追撵似的。

远秀百思不得其解,她打电话给唐之蓝,唐之蓝声音又响又急:"远秀,你还呆在街上干什么?还不快回家去,好好照顾小星,千万莫到人多的地方去了!"

从唐之蓝嘴里,远秀了解到一个名词:SARS。念书时她英语成绩很不错,不过并未学过这个单词,这四个看似简单的字母组合在一起,怎么就会引发一场令人恐慌的灾难呢?

唐之蓝师傅的年画坊也被迫暂时关闭了,原因是师傅出现了连续低烧情况,作为"疑似非典病人",年画坊暂时关门,所有的徒弟和帮工,都得隔离两周。唐之蓝这么活泼的人不得自由，憋得快内伤，所以远秀的来电与其说是向她打探情况，不如说是解放了唐之蓝的无聊。

唐之蓝告诉远秀，赶快去买板蓝根和白醋，白醋要在家中狠命地熏，板蓝根呢，当作茶叶，家人都要一天三顿地喝，只有这样，才可能免除SARS的袭击。这个SARS，实在太恐怖了啊！听说有病人进了医院，他自己死了不算，还传染给十多位医生和护士，连累医护人员都跟着相继死去！而且，这不光是在中国爆发病情，国外也有相关病例了，现在是整个世界的人民都在团结一心对抗这场怪病，远秀啊远秀，你可千万不要掉以轻心！

远秀和唐之蓝通完电话后，心慌慌地关上米粉店的门跑回家，婆婆正抱着一个不知装着啥液体的可乐瓶子，费劲地爬楼梯。远秀赶紧跑过去，接了大瓶子自己抱着，还腾出一只手来搀扶婆婆。婆婆气喘得像是拉风箱，指着可乐瓶子，半是炫耀半是诉苦道："远秀，你说现在你还将心思放在米粉店干啥子？你晓得现在是啥时候不？就这，不知我花了多大功夫，才从社区的周主任那儿装回来的。你小心抱好，千万别弄洒了，回家，你爸、国梁和你都赶紧倒一碗来喝，小星人小，不知她喝得下不，我等会多放些白糖在里面喂她试试……"

远秀这才插上嘴："妈，这瓶子里装的到底是什么东西？""什么东西？救命药！镇上药店的板蓝根都卖缺货了，这是社区周主任熬的汤药，社区人人都能去领的，不过大家抢得太凶了，那么大两桶药，活活抢翻倒地一桶，啧啧，太可惜了……"婆婆的话,远秀并没有全然明白,但她至少明白了一件事:唐之蓝并不是危言耸听,广东抢板蓝根,北京抢板蓝根,现在,连他们这个小镇也抢板蓝根!这场大灾难、大病祸,并不是凭空流传的谣言,而是全民都得认真抗击的一场生死大战!自己最近一门心思在米粉店,竟没特别意识到这场灾难的严重性!

4月,镇上的幼儿园、小学都停课了,听说远秀念过的县中学也紧紧关闭大门,曾经热闹纷呈的小镇,如今变得萧瑟又空落。菜市场里只有几家"不怕死"的小贩还在战战兢兢地卖菜,镇日里摆个喇叭在门口、大播大放流行金曲的商家,店门虚掩了一半,要推门轻手轻脚地进去,买东西的和卖东西倒像是地下党接头。远秀的米粉店,倒了一锅好汤,再倒一锅好牛肉臊子。每次不得不倾倒它们时,远秀的心,难过得像在滴血,但她有什么办法呢?没有一个食客上门,东西放在那儿,只能眼睁睁地看它坏掉。

终于,这一天远秀迎来了一个客人,是她熟悉的朋友。毛谷川戴着一个袖章,低头进门,低头说话,他像是做了天大的对不起远秀的事,连头都不敢抬起来,声音涩涩的,像在锯木灰中裹过一遍,板板地说道:"远秀,明天这条街要进行卫生治理,所有餐饮店,暂且休业。"顿了顿,他又说:"何时再重新营业,要等上面的通知。"

远秀怔了一怔,但很快恢复如常,仿佛还松口气,语调和缓道:"好的。谷川,你吃饭了吗?我还没吃,我冒点粉,我们将就吃一吃吧。"

毛谷川吃米粉时依旧低着头，只看粉，不看远秀。远秀在对面坐着，挑起一筷子细细白白的米粉，吹一吹，放进嘴里，嚼了几下，吞咽下去才说道："我第一次吃米粉，觉得这是世界上最好吃的东西，那也是我和我爸爸第一次见面。哦，我说的不是生父，是后父。苦根爸爸对我特别好，他把碗里的牛肉颗颗都挑给我了，让我尽情地吃，可我眼大肚皮小，还剩小半碗粉，怎么也吃不下了，我爸一点都不计较，接过我的碗底子就吃。那时我就想啊，等我长大了，我也能卖米粉就好了，我一定给我爸煮老大一碗米粉，放好多好多牛肉，好多好多酸菜，好多好多葱花，香得让人跌跟斗！哪知道，现在馆子开起来了，我爸却早就走了，而这馆子，也要关门了……"

"远秀……"毛谷川放下筷子，他忽然厌恶起自己来，作为公务员，他当然有义务一家一家通知商户，非典面前，生命为大，宁愿少赚点钱，也要安全健康。但这些话，他面对远秀，怎么也说不出，他了解远秀家的情况，两个年迈老人，一个有精神病的老公，还有一个刚刚断奶不久的女儿。她需要钱，不是为了享乐，而是为了扛起重担，但她命不好，店子盘过来不久，竟然就撞上了非典！而且，还是昔日的老同学，上门来对远秀宣告"暂时停业"，这对远秀来说，岂不是太残忍了吗？

毛谷川又不敢看远秀眼睛了，他食指尖在远秀擦得锃亮的饭桌上划来划去，垂下视线，低声说道："远秀，你有什么困难,我都可以帮你的。"

远秀站起身来,微笑着说:"放心,谷川,我一切都好好的。你吃好了吧,那么就这样,咱们下回再见。"

毛谷川踱出去,远秀从里面关上玻璃门,她背倚在门后,眼泪迅速铺了满脸。昏黄的灯光,映照出瘦瘦的影子,毛谷川内心一痛,想要再度推开门,将远秀拥在怀里,将他的真心话对她再说一次,真的,她有任何困难,他都心甘情愿为她赴汤蹈火。但他脚步往前迈了几步,终究停住了。

楼上传来玻璃瓶子坠地的声音,"秀秀米粉店"的灯灭了,一片漆黑如水。

米粉店关门了,这种时候,没人肯接这个烫手山芋。想将店子盘出去,远秀绞尽脑汁,她拼命让步,价格一再压低,不能再低,却没人肯接手。店子关张,远秀每月租金却还要照常支付。她一盘点账目,自己非但没赚钱,反而还亏了一大笔!

现在,当务之急是要将鲁大哥的债继续还上,原本她和鲁大哥商量好,每月还款,采用这种方式就能享受低利息借贷,但如今,她手里哪里还有钱还债?

远秀第二次迈进澡堂的一间"老总办公室",去见鲁大哥。鲁大哥两个小弟对她并不友好,因为按照合约,远秀该还的钱,已经过了一周多的时间了,她还没有动静。这个女人,真不知该说她胆子大，还是脸皮厚，没还款，竟然也敢大刺刺地来见鲁大哥？手下对远秀瞪眼睛，鲁大哥摆摆手，让他俩"快滚"，他亲自迎远秀进去，请她坐在沙发上，又从饮水机给她接了一杯水。

远秀端着纸杯，神情不安地诉说了她当前的困境，手头实在是紧，店子一时盘不出去，更是没钱来还。鲁大哥很认真地听着，听着听着，他也坐到沙发上，仿佛想听得更仔细些，屁股往远秀那儿挪了一挪，现在，离远秀身体不到半拳远了。鲁大哥不但听，还频频点头，索性插了嘴："远秀，你说的这些我都晓得，你看我这澡堂，以前人多得像下饺子，现在鬼都找不到一个！你不要急，常言道，钱能解决的事都是小事，特别是咱们，谁跟谁啊。"

远秀正被鲁大哥这一席体贴入微的话弄得热泪涟涟，刚侧过头想说两句感激的话，却惊见那张麻子脸已贴近了她，在远秀还未反应过来时，鲁大哥伸臂一揽，便抱住了愣怔的远秀，他热烘烘的嘴巴拱过来，放软声气道："远秀，让哥先香一个，你不知道，你好好一个女子，嫁给那种精神病，哥心里有多心疼……"

远秀记不得自己是怎么推开鲁大哥，怎么踉踉跄跄跑出澡堂的了。她还太年轻，不晓得男人也分三六九等，她天真地以为鲁大哥是仗义行侠的君子，哪知道他一开始就是"打猫儿心肠"，等着远秀软弱无助，陷入绝地，他才好做那个出手相救的护花使者。

回到家，关上门，远秀扑在床上，咬了枕头巾，哭啊哭啊，哭了个昏天暗地，偏偏国梁还煞有其事地拿了一本参考书来，急急道："远秀，快帮我解一下这道几何题……咦，你啥事这么伤心，干嘛哭成这样？"远秀怕国梁嚷嚷得公婆都听到，赶紧抬手擦了擦红肿的眼睛，对国梁说道："我没哭，刚刚沙子进眼睛了，你哪道题不会？拿过来吧，我帮你解。"

在远秀的帮助下，国梁又成功解出一道难题，他开心得不得了，抱着书本，坐在书桌前好一番自我陶醉。远秀默默望着国梁的背影，刹那，她竟然有些羡慕他，在他的世界里，单纯得只剩下高考一件事，多好啊。可惜自己想要的太多，能力又太弱，这才走到今天这番不可收拾的局面。

不知是鲁大哥授意，让手下给远秀"一点颜色"，好叫这个小女子懂得害怕，早日乖乖从了他；还是他那两位手下自说自话，觉得明远秀不过是他们的"客户"之一，既然客户欠钱不还，他们当然只能使出惯用的非常手段，该惩治的惩治，该吓唬的吓唬。不这样，以后谁还瞧得起他们，那岂不是阿猫阿狗都敢欠债不还了？

远秀开始接二连三遇到怪事，她挎着菜篮去买菜，被人狠狠一撞，起身时，发现篮中多出一只死老鼠；她晾在院坝的床单上，莫名被人泼了红油漆；还有一次，公婆两位老人出门，竟有一个坏小子将香蕉皮甩到婆婆脚下，婆婆差点摔个大跟斗，幸好公公拉她一把，才有惊无险。公婆回家还后怕不已，抚着胸口说现在外面闹非典，有些人坏透了，人心也得了非典，坏得没治了！远秀听了公婆的讲述，她内心一咯噔，立马想到这绝对不是一次简单的恶作剧，死耗子也好，香蕉皮也好，一切都是冲着她明远秀来的，谁叫她欠钱不还啊！

远秀快要崩溃了，她再也受不了这些突如其来的骚扰和欺辱，满腹心事，只能对唐之蓝说。唐之蓝已经从"隔离房"放出来了，听了远秀的话，气得直咬牙巴骨，咬得咯吱响："这些人渣，太过分了！远秀，你莫怕，我就来陪你！"

唐之蓝说"就来"，真正到来时，却是第三天下午，这和她"说风就是雨"的性子似有不同。更让远秀意外的，是唐之蓝拉着她进卧室，插上门，转身从斜挎的皮包里掏出一个报纸包，打开，是整整齐齐一沓钱。"这是一万五，快拿去还给那些人渣，免得他们继续骚扰你！"

"之蓝，你，你，你从哪里得来这么多钱？"远秀晓得唐之蓝不是个有钱人，她现在跟了师傅学年画，还不如之前打工赚得多，每月只有一点微薄的生活费，哪里会一口气拿出这么大一笔钱？

"嗨，傻远秀，想我唐之蓝别的没有，在江湖上朋友倒是有几个，我向朋友张口借钱，他们能不借吗？你一点我一点，众人拾柴火焰高，这不就凑齐了吗？"

"之蓝，我，我……"

唐之蓝大咧咧地托住远秀哭花的脸，开玩笑道："怎么当了妈妈的人，还这么不坚强，眼泪流成小河水呀？快别哭啦，再哭，等会小星都要笑话你了！"

第六章

  远秀不好意思地擦了擦泪水,冲唐之蓝含泪一笑。唐之蓝帮她顺了顺头发,拍拍远秀脑袋道:"这才乖,这才像个坚强的好妈妈!听过这句话吗?女子本弱,为母则强!"

  一边夸着远秀,唐之蓝一边在肚里打鼓:我答应志兴,一定要瞒着远秀,这事,到底是做对了,还是做错了呢?

第七章

内　贼

一

　　桃香不久就发现家里出了偷儿！毋庸置疑，肯定是"家贼"，绝不是"外盗"，因为她攒来修房子的钱，是放在存折上的，现在却不翼而飞！她心中绞痛啊：看着这数字一点一点往上走，她再苦再累，心里都愉快，因为有一线希望在——总有一天，她邱桃香要修一幢落凤坡最气派的房子，让那些没眼色的看看，到底谁才是活得硬气的女人，谁才是该被羡慕嫉妒的"高枝儿"！好啊，自己设想得有多美好，狗日的现实就有多残酷。这么大一笔钱呐，一万五啊，她邱桃香要花多少时间，多少次盯紧鸡屁股舍不得吃一个鸡蛋，喂肥猪喂得自己饿断肠还来不及吃饭……就这么，烟消云散了？哼，没门！这个不要脸的偷儿，别以为她扮大尾巴狼道行深，骗了老的又骗小的，但到了我邱桃香这儿,看不活活扯下她的画皮来!

也真是活该出事,素琼那天刚从镇上回来,远秀给她买了件簇新的外套,现在米粉店关张,她时间一下子多起来,又用纯毛毛线为妈妈织了一条围巾,素琼就这样穿戴得体面气派地回到家,迎面便看到儿媳妇端坐在大门口,满脸怒气,鼻孔翕张,像一只磨牙瞪眼的狗。

这两年,素琼也真是怕了媳妇,虽说素琼早就听过什么"婆媳是天敌"的话,但她嫁了两次人,第一次嫁的男人是混世魔王,男人的父母却待她很好。特别是婆婆,有时素琼被前夫打得背过气去,晕倒在地,婆婆那么瘦小的人,硬是哭唧唧地将她半拖半抱弄到床上去,打水给她擦洗伤口。素琼醒转,两个女人还要抱头痛哭一番,素琼要离婚,婆婆也是坚决赞成的,否则,按前夫的性子,宁愿打死素琼和远秀母女,也不会那么轻易放走她们。第二次呢,素琼嫁过来时,苦根的父母坟上青草都有半人高了,她没有和第二个婆婆相处过。听村里妇女嚼舌根,说些婆婆恶毒或者媳妇心黑的话题,她并不是很理解。在她朴素的认知里,男人是家里的天,要在外面闯荡,将这片天撑起来的;而女人是家里的地,婆媳两人就该守望相助,将家里的事料理得清清爽爽,让外面的男人心无挂碍,难道不是这个道理吗?

邱桃香嫁过来了,从她第一次冲素琼发难,逼素琼摘下公公遗像开始,素琼就不得不痛苦地承认——她之前认定的道理,仿佛在自己家里是行不通的。

这会儿，一眼看到桃香像是门神般杵在那儿，素琼的心，先打了个冷噤。她稳住神，心想不知道桃香又有什么不高兴了，难道自己去远秀那儿住了两天，他们夫妻俩又在家里拌嘴吵架了吗？素琼向来没有当婆婆的架子，小心翼翼地堆了满脸笑，先和桃香打招呼："桃香，你坐在这儿干什么？太阳下去了，风硬，小心别吹感冒了。"

桃香从鼻孔里哼出一声。

素琼见桃香神色不善，想贴着她侧边进去，走了这一路，口渴得很，素琼急于进屋倒杯开水喝。桃香看出了素琼的打算，她兀自站起，双臂抱在胸前，傲慢地扬起下巴，眯眼望着婆婆的脸，那样子，不像在打量婆婆，倒像在瞪一个敌人。

"慢着，今天不把话说清楚，就不准走！"桃香撂下这句硬邦邦的话，将头扬得更高了，那种不屑一顾的神情，像在告诉婆婆："坦白从宽，抗拒从严！"

素琼又不是桃香肚里的蛔虫，她哪里晓得桃香这些弯弯绕？她是一头雾水哩，疑疑惑惑地问道："到底是什么话没说清楚呢？"

桃香飞起一脚，先踢翻了自己刚才坐着的小凳子，凳子滚地炸开声响，造成了先声夺人的气势，更增添了桃香的气焰，她的怒火蹭的蹿起老高，骂声如同连珠炮般："你还有脸问我什么话没说清楚？今天我就开天窗说亮话，我邱桃香是个眼里容不得沙子的人，你们别想拿我当傻子戏耍，兔子急了还咬人，我邱桃香难道就那么软弱，连只兔子还不如？"

桃香这番话，没头没脑的，让素琼更是摸不着头脑了，不过，不管现在桃香肚里有多少不满，她们婆媳俩也不能堵在门口吵架啊，你看那秦端公家游手好闲的秦宝来，已经悠悠闲闲倚在他家门框，点燃一支烟等着看好戏了。桃香再嚷下去，非要把全村的闲人都招过来不可！素琼不明就里，只想尽快息事宁人，便将身段放得更低，声音放得更软："桃香，有什么事，让妈进去，咱们好好说道说道，别这样大声嚷嚷，闹得四邻不安呐。"

　　素琼不说这话还好，一说，桃香更是一蹦三尺高，指尖颤颤点点，戳着素琼鼻尖，咬牙切齿道："妈？好个你妈！我邱桃香可没有福气，有你这样的妈！按理说，你又没给志兴喂过一天奶，算个什么妈？他咋就对你那么死心塌地呢，你这是给这个假儿子灌了啥迷魂汤，让他连媳妇都不想要了，做出这种胳膊肘往外拐的事？"

　　素琼再也忍不住了，眼泪像掉了线的珠子往下落，她无助地拿手掌捂住脸，仿佛这样做，便能稍稍抵御桃香这些含着毒箭的话语。桃香呢，对她而言，战斗这才刚刚开始，她上前强硬地将婆婆遮脸的手扳开，嘴里大声骂道："哟，做贼的人，还害啥羞？看看你都多大岁数了，还这么穿红着绿的，身上这簇新的衣裳哟，打扮得像个老妖婆，还敢说没当贼！不偷我邱桃香的血汗钱，你哪来的钱，置办这些细软！"

　　面对儿媳妇的羞辱和进攻，素琼只能软弱地回答："不是，不是，不是……"她有口难辩，那围巾是自家姑娘一针一线编织出来的，衣服是远秀买来孝敬妈妈的，当下却成为"贼赃"一般，邱桃香恨不得用口水将它吞没。

两个女人正在院门口拉拉扯扯时，幸好，志兴回来了。

邱桃香一将存折本子摔到志兴脚下，志兴脑子就嗡了一声。他当时取钱救远秀，并不是没想过这事迟早会让桃香发现，但他没想到桃香会这么快发现，在他还没及时找到补救措施时，桃香不但发现了他们两口子辛辛苦苦存下来的一万五不翼而飞，还将罪责全都推到了婆婆身上，认定婆婆是内贼！

志兴心头恼火得很，其实他这段时间都在外面尽力找事干，想着慢慢攒点钱来填这窟窿，到时桃香再问起，再编个谎话，说是借钱给朋友拿出去做生意之类，现在收回了，但桃香哪里是这么好糊弄的？志兴支支吾吾说不出个所以然，她便两手叉腰，给这事下了定论："许志兴，你不用再啰嗦了，让我来告诉你是怎么一回事吧，你不就是将你挂名妈当亲妈，将热心热肝对你的老婆当棒槌吗？你偷了我们存折上的钱，去讨你那个挂名妈的好，别以为全世界都是傻子，就你一个聪明人！"

志兴情急之下，汗出如浆，一句粗话已经顶到喉头，他差点就爆裂开来，但他死死忍住了这口气，如同吞下了一口恶心的浓痰。已经气成这样了，他还存留一点理智，晓得不能将真相说出来，如果桃香晓得这钱是拿去贴补了远秀，跑到镇上去大闹，到时远秀在婆家该如何立足？自己偷偷帮了远秀，倒是害苦了人家。

看志兴不答，桃香更是深信不疑，自己便是落凤坡的女侦探，逮出了隐藏埋伏的两个家贼！这下，桃香愤怒之中，又多了一分得意，气哼哼地想：你们母子想要联手来对付我？哼，你们道行还浅了一点，我邱桃香又不是糍粑团团，想怎么捏就怎么捏，我现在好歹也算当家人，你们敢在我眼皮子底下弄这些猫腻，难不成当我瞎了？死了？

"许志兴！"桃香越闹越亢奋，眼珠子灼灼发亮："你说，你枉自托生成个大男人，难道就没丁点担当？今天就给我句实话：你下半辈子，到底是想抱着你的挂名妈过，还是跟你老婆过？"

听到桃香越说越离谱，怪话越说越难听，素琼虽到了此时还不知道事情的来龙去脉，但她瞅见志兴愁苦的脸色，便猜到其中是有隐衷的。或许，志兴是被人骗了，拿钱帮朋友作保？周小方之前不就怂恿志兴和他一起合资开理发店吗？或许，事情比素琼想象的更糟糕一些，志兴在外面欠了债务，他只能出此下策，偷偷拿钱去补外面的窟窿，而这些事，关乎男人的面子和尊严，他不好对自己媳妇开口直言的。

素琼和志兴并非有血缘联系的母子，但两人相处十几年，素琼对待志兴，从来都是视为己出，纵然是真母子，也不见得有他们这样的深厚亲情。看志兴脸色从白转青，素琼担心桃香再说下去，志兴倔脾气上来，又要不管不顾地打她一顿。他们两口子打架,村里人闲谈起来,都会说许志兴没出息,成天只会揍女人出气,也会猜疑是素琼不贤惠,在儿子面前"春祸",故意搅得家庭不安宁。罢了,素琼拿定了主意,她不哭泣了,也不发抖了,语气变得平顺,像是拉家常般对志兴两口子说道:"你们别吵了,我这就走,离开落凤坡。"

"妈!"让两个女人都吃一惊的是,志兴忽然双膝一软,跪倒在素琼面前,堵住她要进屋收拾行李的去路。

志兴不但跪了,还扭过头,恶狠狠地对桃香抛下一句:"今天你如果把我妈赶走了,我马上就休了你!我许志兴说到做到,不休你,我是乌龟王八蛋!"

邱桃香斗志昂扬闹了这么久,她张牙舞爪,她气焰嚣张,听到"休"这个字,才如雷轰顶,愣怔片刻,忽然跌坐在地,双腿乱弹,以手拍打地面,弄得尘灰阵阵:"天哪!天哪!许志兴要杀人啊!他这个没良心的,我邱桃香一个清清白白的黄花大闺女,嫁给他这个乌龟王八蛋,没日没夜干活伺候他,他还想休我啊!他这是逼死人不偿命呐!他的良心挖出来,肯定是黑黑的,用整条河的水来洗,都洗不干净……"

素琼的去路被志兴拦着,两只耳朵眼,满满地拥塞着邱桃香尖酸刻薄的叱骂。她觉得自己的一颗心,像是在盐水中熬煮一般,疼得不得了,苦得不得了,为难得不得了,竟也进退两难了。末了,还是素琼想出一个法子,让志兴含泪勉强答应了。而邱桃香呢,这时候她心里还装着自家男人,讨厌的不是志兴而是婆婆,既然这老女人都说了,主动分家,她去住小小一间偏厦,和他们小两口分开开伙,进出也不用走一个院门,邱桃香,这才骂骂咧咧地松了口。

　　偏厦以前是堆杂物的,自打修来就没住过人,志兴去给这屋子拉电线安开关,黑着脸孔,将黑黢黢的墙壁用白腻子刷了。让桃香最愤怒的,是他竟然将家里唯一一台彩电抱进了偏厦,让那个无耻的老女人享用!桃香又想借机生事,志兴鼓起牛眼,警告似的对着桃香挥了挥握紧的拳头,桃香只能张张眼,咽下这口冤枉气。她心想,只要和你这个讨厌的老女人分了家,这台电视机,就当老娘打发叫花子的,让你去看吧!

　　于是,志兴花了大力气,尽量将偏厦整饬得舒舒服服、巴巴适适,桃香都睁只眼闭只眼,她这么"高风亮节",村里的长舌娘们见了,还夸她"胸襟大,不和分家的婆婆斤斤计较"。桃香听了,乐得捡一个贤惠名声,脸上皮笑肉不笑地说道:"我们这些做儿媳妇的,真的没话说啊,又不是志兴的亲妈,对她,可比对亲妈还好。"

　　有天生爱嚼舌根的娘们,凑过去一张热乎乎的嘴巴,贴着桃香耳根问:"那你晓得你家男人,为啥对他后妈这么好啊?"桃香皱紧眉头,心里好奇得要死,嘴上强硬道:"有话就说,有屁就放!"那娘们哈一口热气:"听说,以前你家男人和他的挂名妹妹好得很,他妹子每周从县中学放学回来,志兴都要脱了鞋袜,背她过河,两人在河里打打闹闹的,笑声格格格,那声响可传得老远呢……"

　　邱桃香一把推开那多嘴娘们,她现在后悔了,后悔去听什么是非八卦，可现在后悔也来不及了，她像是生吞了一只苍蝇般那么恶心！

　　素琼和志兴夫妇分家的事，大家都不约而同地瞒着远秀，远秀已经够苦了，不能让她再为这种事担心！每次素琼要去镇里看外孙女，都高高兴兴的，远秀仔细端详她妈妈的脸，心疼地说道："妈，您瘦了！"素琼嗨了一声，故作轻松："有钱难买老来瘦啊！瘦点好，咱们农村人，胖嘟嘟的要被人笑，说是过年时不杀年猪了，杀了这肥人，倒够一年有肉吃！"

　　素琼这样嘻嘻哈哈地开玩笑，远秀和小星跟着笑了笑，远秀也没真往心里去。她最近有些忙碌，找了一份"兼职"，每天下午到复印店帮半天忙，有些兴奋也有些疲累。她是高中毕业生，有文化底子，之前从未接触过电脑，却不怯生，很快就学会了打字。不时有人送来文稿请人打印，比对一番，发现谁都没有明远秀打得又快又好又准确。远秀倒成为复印店一张"招牌"，老板有意让她"全职"，但近来公婆两位老人身体都有些不太好，她不敢将家务活全都推给他们，只答应上半天班。辛辛苦苦攒着钱，攒够一千，就给唐之蓝寄过去。虽然唐之蓝说了很多次，她不急，她那些"朋友"也不急着用钱，让远秀不要把自己逼得那么急。远秀是不愿欠人情分的性子，哪里肯听之蓝的话呢？

第七章

素琼去看过远秀打字，自己闺女十根指头削葱一般，在键盘上敲敲打打，就有文字出现在屏幕上呢，素琼惊奇得不得了，觉得这是见所未见的神奇东西。远秀耐心地对她说："妈，马上就要到2004年了，我想，以后电脑也会像电视机一样，平常人家都用得起，家里都会买一个。"素琼口中啧啧的："咱们农村人，要这个玩意儿干什么？远秀，你们是读过书有文化的人，现在又住在镇上，将来买一个放在家里才好，咱们小星从小就能摸到这些'高科技'，长大了一定不简单！"远秀忙着要打印手里一摞文件，微微笑一下，匆匆说道："妈，时代在变，说不定以后农村日子也会变得和城镇没啥不同。"

素琼从镇回落凤坡的路上，一直在琢磨远秀这句话，唉，农村能和城里日子一样吗？看看现在吧，村里情景和她刚嫁过来时大大不同了。那时落凤坡多热闹啊，早上一只鸡打鸣，惹得一村的鸡都在跟着欢唱。夜里，晚归的醉汉不小心踩在一条狗的狗背上，一条狗汪汪叫，全村的狗都跟着咆哮。那时村里的孩子也多，远秀来了，一点都不寂寞，很快就和春晓、谷川、小方他们打成一片。孩子们的笑声，铺天盖地的，到了吃夜饭时各家妈妈去喊，一个接一个，如同小鸟儿般回应着，恋恋不舍地归巢。

现在呢，村里好像一年比一年更寂寞。早上零星几只公鸡懒懒地叫，无精打采地第二天就羞羞地闭了口，换另外几只，天已大亮了才犹犹豫豫叫起来，怨不得村妇骂："个瘟鸡子，你本身就不能干，不像母鸡会生蛋，现在连个打鸣的本领都退化了，我看你是活腻了，想要哪天变成盘子里的辣子鸡！"

公鸡变"懒"了，狗叫声也少了许多，为何狗会少呢？素琼认真想了一想，才找到答案：是因为人少了。不少村里人都跑到城里去打工，用他们的话说，城里做一两个月的活路，抵得过在村里面朝黄土背朝天地种一年地的收入。既然在城里能挣"快钱"，为何还要死守在村里呢？所以，年轻一点的人，除了像春晓这种考学考出去的，中途辍学的大多选择去城里打工挣钱。人少了，狗自然也养得少了，村里剩下的老人多，养着零星几条狗，也沾染了一点主人家老态龙钟的样子，看人时懒洋洋地抬不起头，见到是素琼这个熟人，尾巴都懒得摇两下。

素琼走进村口时，遇到了周幺鸡和蔡包子。不知又为了啥事，蔡包子嘀嘀咕咕了一路。和年轻时比起来，周幺鸡要沉默得多了。年轻时，蔡包子如果在家里逞威风，拿话激周幺鸡，周幺鸡发起脾气来，别看他是个驼背，也是能蹦跳得老高地和蔡包子打嘴仗的。

周幺鸡沉默着，又顶了"罗锅"，双眼看地不看人，没和素琼打招呼，径直走了过去。蔡包子呢，嘴里不知在嚼什么舌，气呼呼的，也没空理素琼，只对她点了一下脑袋。他们两口子和素琼擦肩而过，素琼竟忽然感到有点累。她停下脚步，靠在老槐树上，准备休息一会再走。

"老了，老了！"有点硬硬的北风刮过来，刚刚走得出了毛毛细汗的后背，顿时被寒意袭中，素琼轻轻打了个哆嗦，将一绺被风吹乱的头发捌好,笑话自己真是老了。不老,怎么会忽然想起苦根来呢?看到人家周幺鸡两口子,一把年纪了还能相伴着走,素琼心头不知怎的就泛起一阵苦涩,念起了从未过一天好日子的苦根。苦根啊苦根,我当时存了私心,想要找个好男人,将来能好好待我的女儿远秀,哪晓得我还没走,你却抢在我前头了呢?一晃眼,苦根你已经走了好几年,眼看天凉了,也不晓得你在那边冷不冷,冬天的衣服够穿不够穿?

素琼靠着树身痴痴想心事时,她一只胳膊被人托住了,那人嗓音粗哑,动作却轻柔:"妈,您在这里想什么想得这么出神?我们回去吧,腊月风冷,小心感冒了。"

素琼和志兴慢慢走着,闲闲拉着家常。

"志兴,赶明儿,咱们也该去给你爸爸坟前烧烧元宝,烧烧冬衣了,快过年了,要接他回屋过年啊。"

"嗯。妈,现在纸扎店除了衣服、房子,还能烧小轿车、大飞机!"

"那些东西,你爸可不会用,烧给他也没用,算了,还是别费那个钱了。"

"嗯,妈,您也别老想着爸爸了,您该吃就好好吃,该享受就好好享受,要不,爸爸在那边,心下不安,也要怪我的。"

素琼不走了,停下脚步,微微侧过身子,对着志兴说道:

"志兴，你对妈这么孝顺，你爸有灵，哪里会怪你？只会心疼你！"一阵风掠过，枝头残留的几片叶子猛烈晃动，眼看就要栽下大地。素琼眼睛一迷，雾气漫漫，她再次在心头感叹：老了！

素琼看不清此刻志兴脸上的表情，只听他无可奈何道："让您一个人住在偏厦，我还算是个孝顺儿子吗？"

有一会儿，他们母子都没有说话，然后志兴托起素琼胳膊肘，母子俩又慢慢往家走。素琼又想起了什么，试探地问道："志兴，过完年，要不你也去城里找事做吧。"志兴闷了一会没开口，快到家门了，他才没头没脑地说道："我去了，她又无事生非，闹得鸡犬不宁，怎么办？"

素琼深深叹了口气。

桃香也不知道自己是怎么了，她当初住在舅舅舅妈家里，到底是"人在屋檐下"，那二位老人比她自己父母年龄大得多，在他们面前她不太敢任性，向来夹着尾巴做人。嫁到落凤坡来，她当了家，才晓得自己有一颗自己都难以猜透的心啊。

桃香一会儿想要志兴去城里打工赚钱，因为那些去了城里的年轻人，过年时无不穿得体体面面地回来。有些黑脸小伙，穿西装打领带，虽不像那么回事，但那有什么关系呢？人家到底是有钱了，买得了花花绿绿的礼物，好些喜庆玩意儿，桃香这个镇上长大的姑娘，也没见识过呢。

上次，她去村里要好的小姐妹家，那家老人都出去喝亲戚的喜酒了，两个年轻人坐在小桌子前头碰头地吃晚饭。小姐妹和桃香不见外,当即从盘子里拿了一个馒头请她吃,桃香咬了一口,觉得口味十分奇怪,她呸地吐出,小姐妹家养的土狗,赶紧跑过来,舔吃地上的残渣,向着桃香直摇尾巴。那小姐妹噗地笑出声:"桃香,你真是山猪吃不来细米糠!还不如我们家的旺财识货呢。这玩意儿,在城里大超市卖得老贵老贵了,你别吐,好好尝一尝味道,再告诉我好吃不好吃。"桃香扒开"馒头"看里面,薄薄一奶黄色的方形片片。小姐妹和她老公又给桃香做示范,大口大口直咬了好几口。桃香也学着他们的样子,闭眼大大咬下一块,使劲咀嚼,这次忍住了不吐,倒嚼出一种特别的奶香。那小姐妹满意地对桃香科普:"这是芝士,外国人吃的,好吃吧?可贵了,是我老公专门带回来给我尝鲜的哟。"

虽说桃香迄今为止只吃过这么一回芝士,但并不妨碍她对于城市生活充满幻想与憧憬。如果志兴也能去外面打工,到了过年回乡下,不晓得要带给她多少奇奇怪怪的新鲜玩意呢。

但很快,桃香又否定了自己的想法,"芝士"虽令她神往,但身为一个农村妇女,干农活的压力,是她首先需要考虑的。她亲眼看到原本鲜嫩俏丽的嫂子们,因为男人去了城里找钱,她们既要照顾家里老的小的,又要顾着田里地里。到了农忙季节,这些嫂子们忙得脚不沾地,蓬头垢面,身上汗酸恶臭,闻上去比一匹母马还呛人。这种时候,桃香便无比庆幸,自家男人就在身边,她只需要打打下手就好。而且,男人在外,除了将如山的重任留给女人,还将铺天盖地的孤单寂寞都留给女人。一年三百六十五天,至少有三百天呀,女人是需要"守活寡"的。床铺冷清清,被窝冷冰冰,睡一夜起床,一半床单纹丝不动,清早整理床铺时,多少原本心思迟钝的嫂子,也会突然被针刺到一般,受了痛,落了泪!

桃香这样颠三倒四,一会一个想法,她发现自己身体也有些"胡思乱想"起来。那几日早上起床就犯干呕,嘴里直冒酸水,闻到炒菜的油烟也恶心,她心头窃喜,猜测自己一定是"有了"!想她和明远秀,几乎是同时结婚,但小星现在已经两岁,能将一首"床前明月光"从头背到尾了,她呢?她肚子一直静悄悄的没个动静,背后不知多少双眼剜着她呢!想到自己也将当妈妈了,桃香开心得不得了。她还格外"施恩",让婆婆素琼在厨房做了几天饭——其实是她自己怕闻油烟味,让婆婆来代劳。

桃香宝贝了自己肚子几天后,这天早上起床上了个厕所,她差点哭出来——那个背时的"大姨妈",她咋个又来了嘛?

桃香想象中的"儿子",变成了月月来访的"大姨妈",她心里不痛快极了!所以,当志兴提出年夜饭和妈妈一起吃时,桃香一口就回绝了,她不但拒绝与素琼同桌吃饭,还夹枪带棒地说了好些难听的话:"我看啊,都是因为她,我才迟迟没有坐上胎!她到底是个什么命?有福的女人,哪里会像她,一辈子配两个男人？第一个离了婚，第二个离了世，她命咋就这么硬？一定是的，如果不是她克我，我说不定早就当妈妈了，哪里会搞这么一场空欢喜？"

志兴听到这番歪理，气得脸色铁青，他当即冷哼一声，怼桃香道："自己土壤不行，就莫怪张怪李的，我妈成天盼着抱孙子，她还能害你不成？我看是你平时为人太小心眼了，娃儿也不肯来投你这个娘胎。"桃香哪里受得了这话，自然恼羞成怒，拍腿吼骂："放你妈的屁！怨老娘土壤不好？老娘说还是你种子不好，才不会发芽芽呢！你许志兴看着是个汉子，说不定就是个不中用的，不能给老娘一男半女！"

志兴气得嘴唇发抖，若不是看着今天是除夕，如果吵得太狠，恐怕接下来的一年都会家宅不宁，他非要让这个刁蛮婆娘吃吃他的巴掌不可！

既然桃香不准婆婆来主屋大桌吃年夜饭，志兴便甩开袖子，自个儿去偏厦小间，陪妈妈吃饭！

素琼正在包饺子，一边包手里的"素三鲜"，一边瞅电视两眼。志兴砰的推开门，推门前先调整了情绪，这会儿已经换下了拧眉怒容，挂一脸笑意，弓身先说新年好："妈，给您拜年了！"素琼有点惊慌慌地站起来，差点绊倒了面前装饺子的簸箕。

人可真怪，素琼一个人呆着，觉得这间小屋子空洞得厉害，冷清得厉害，怎么这志兴一来，带进一股年轻男人的朝气，小屋一下子就亮堂起来，热闹起来呢？他胡乱挽两下袖子,也不洗手,抓起个饺子皮就说:"看看我包鱼饺的手艺还在不在?妈,还记得不,那时我和远秀在远秀舅舅家一起学包鱼饺,我手笨,包坏了十几个都没学会,舅舅家的儿子比我个头还小呢,竟敢挥拳头威胁我,真是没眼色!最后,还是远秀一点一点教我,才让我学会了包这种鱼儿。"两母子包好了饺子,便一边吃一边看起春晚。当看到赵本山肩扛一桶纯净水出来了,志兴嗬一声,招呼素琼赶紧看小品:"妈,您看,今年赵本山不卖拐,改送水了!"

这母子俩,在这边热热闹闹包着饺子,看着春晚,津津有味聊着闲话。志兴提起小时候的糗事,先将自己惹得哈哈大笑,小屋不隔音,欢歌笑语,不时从屋里飘出来。

这可气坏了桃香!她辛辛苦苦准备了一桌子酒菜,自己还是忍着生理痛,在厨房里忙活了大半天置办这年夜饭,哪晓得志兴那么没良心,不来吃就算了,还故意去和他那个挂名妈说说笑笑的,故意眼气桃香,他们这是干啥呢?还敢说他们母子没有串通一气,当媳妇是空气?想起志兴早些时候和她吵架时,说她"土壤不好"之类的话,桃香就气得跌泪:村里哪个女人不说桃香屁股大,是生儿的相?她这么有福气的女子,配了他许志兴,是他许家烧了高香,他该当她是观音娘娘供起来,好好珍惜的,哪里能这样轻慢呢?

气得失去了理智的桃香,原本还劝慰自己:"他不吃我吃,饿死他个狗日的!"她赌气般夹菜往嘴里送,吃得太快,呛着了,伏在桌上咳得涕泪横流,这会儿又听到偏厦那边志兴的声音:"妈,太好吃了!香得我恨不能一口气吃一锅!"桃香再也忍不住了,她将筷子一甩,噔噔噔走出堂屋大门。

桃香是一脚将偏厦门踢开的,门开了,素琼脸上的笑容还没来得及褪去,僵在了那儿。志兴呢,他眉毛一挑,语气冷冰冰道:"你怎么来了?"

桃香被这话激得要发疯,扑过来就想捶志兴胸口,志兴一把手抓住她,她只能像小鸡般在他掌控之下胡乱扑腾,口中怒道:"别人说我还不信,今天不信也不成了。许志兴,你是条汉子,就给我撂个明白话,你到底是把自己当成没断奶的娃娃,成天追着你这挂名妈想找奶喝,还是从一开始,你就拿她当丈母娘在孝敬?"

桃香这话一出,志兴和素琼都像被点穴般僵在那儿,特别是素琼,她不敢相信自己的耳朵!志兴,和远秀……她不敢想,但如果是真的,那么当年她这个当妈的,做了多糊涂的一件事啊,她逼自己亲生女儿去嫁一个脑筋有问题的姑爷,又逼志兴娶一个泼辣刁蛮媳妇……可是,那真是实情吗?不不不,志兴和远秀,那么小就在一起生活了,他们是兄妹,他们怎么可以有不顾伦理的念想呢?

素琼心头一时滚过千头万绪,乱纷纷不知如何才好,而对志兴而言,他此刻只有一种情绪,便是"恼羞成怒"!邱桃香一张臭嘴,恰恰揭穿了他隐藏最深的心事,他以为,这世上,除了天与地,除了他和远秀,没有任何人知道他内心的秘密。哪里晓得,他视为珍宝的东西,却是人家拿来践踏羞辱他的利器！

　　志兴也不知怎么就动了手，他并不是第一次打桃香，也许也不是最后一次，但只有这一次，一巴掌闷生生地扇在桃香脸颊上，屋中三个人都愣住了。这是除夕之夜啊，就快到午夜倒数了，电视里美丽的主持人在热情洋溢地倒数：十、九、八、七、六……村落里，鞭炮声如同惊雷般响起，桃香伸手捂住火辣辣的半边脸，她长到二十多岁，从没像这一刻这么寒气入骨髓，心冷堕冰窖。

　　她望着志兴，眼神渐渐布满了冰凌。

第八章

囚　犯

一

国梁出事后,远秀每每想起,都觉得世间很多事,可能早有先兆,但人类力量何其渺小有限,即使真有神仙泄露天机,也不见得能逢凶化吉,在噩耗发生以前,倾尽全力,扭转命运乾坤。

那段时间,国梁特别正常,正常得几乎让家人忘记了他曾经遭受过高考的莫大刺激,他曾经两次进出过精神病医院。国梁忽然变得行事有条有理,也没一天到晚念叨着高考高考,对待外人,他谦和友善,对待家人,他无比深情。过年时,国梁远嫁东北的姐姐国钰买了一只高级的洗脚按摩盆,托人送来。国梁妈妈原先不敢用,怕"水里有电",国梁兴致勃勃地去研究了说明书,放好水接好电源,又将手放进盆中做示范,再三恳请妈妈"试试,舒服得不得了"。在国梁的劝说之下,他妈妈最终还是战战兢兢地将脚放进按摩盆里,问她有什么感觉,她大声说"国梁太孝顺了!"国梁真的表现得既体贴又孝顺,是他托着妈妈的脚,轻轻放进盆里,洗好了,他又在膝头上垫一块干爽的洗脚巾,轻轻将妈妈双脚的水滴擦干。

国梁对远秀也特别好,就在他出事前一晚,他还从自己的被窝,钻进远秀的被窝,缓慢而细致地爱了远秀一回。他那么细腻深情,让远秀产生了错觉:国梁已经全好了,转眼小星三岁,家庭生活的幸福和美,也许是一剂良药,能医治国梁早年的伤痛。女儿这么乖巧可爱,她每次微笑,难道对父母不都是一次绝佳的治愈吗?是的,远秀几乎让自己相信了——小星治好了国梁,他们的生活一定会渐渐好起来的。

第二天,远秀正在灶台前炒菜,公婆两个老人也都在家,公公坐在阳台听广播,婆婆在客厅陪着小星拼积木,再炒两个菜,就可以吃饭了,为啥国梁还不回来呢?已经是五月了,天气热起来,远秀抹了一把脖子上的汗,往热油里倒进青菜,哧啦一声响,她有点心不在焉,耳里尽是锅铲与铁锅的撞击声,却没有听到报信人气喘吁吁跑上楼,砸开他们家门,声音发抖地说道:"国梁出车祸了!"

远秀从厨房跑出来,公公从阳台跑进屋,那不祥的"信使"只好硬着头皮第二次大声说:"你们快去!国梁出车祸了,好大一摊血!"

婆婆率先晕了过去,远秀急急地将公婆托付给邻居照顾,她抱起小星就往街上跑。跑到一半,她发现脚板好痛,低头一看,才知道自己跑飞了一只拖鞋,赤脚板扎进了一枚木刺。她忍住痛,一瘸一拐跑到国梁出车祸的地方,果然好大一摊血,人已经不见了,救护车比远秀跑得更快。这个时候,远秀想的还是"人"而不是"尸体",她害怕那个念头一旦在头脑出现,便会害死国梁似的,她不能容许这种事发生!

报信人是个热心肠,帮远秀拦了一辆的士,让她速速赶去医院。

远秀抱着受了惊吓、哭得扯嗝儿的小星去了,医院的人,面无表情地直接领她去了太平间。国梁送来的时候,其实已经是尸体了,他手里紧紧握着一卷当年最新的高考模拟试题。五月了,国梁心急,他要赶紧去书店买回试题,勤学苦练,也许,今年会有转机呢?今年就能金榜题名呢?

可怜的国梁,他甚至不记得,自己从好几年前开始,因为精神的问题就已经没有上真实考场的资格了。全家人都以为他"好了",却不知他的执念这么深,他为了一个高考,辜负了全家人,离弃了他们!

公婆原本就高龄,他们早年生下国钰,多年都未开怀,四十岁以后怀上国梁,惊喜万分,觉得这是"天赐之子",哪晓得这个幺儿操碎了他们的心,活着时令他们担惊受怕,现在他死了,公婆坐在屋里,对着国梁的练习册、英语磁带、习题簿还垂泪不止。短短几天时间,两人仿佛齐刷刷都老了十岁。

劝两位老人回东北养老,是国钰提出的建议。这个大丫头,二十出头便自作主张,找了个"老家人"对象。父母当初从东北来四川,她又从四川嫁回东北去,她从来没改过东北女孩的"虎妞"性子,说话干脆利落,做事风风火火,大手一挥,替父母做了主:"还留在这伤心地做什么呢?国梁不在了,你们二老在这儿天天哭天天想,就算哭瞎眼,弟弟也回不来。和我去东北吧,现在你们就剩我一个孩子了,我不给你们养老送终,指靠谁呢?"

国钰说话大大咧咧,并不避讳远秀,远秀心里微微一疼,她想抗议:我也是国梁的媳妇,是宋家的一分子啊!但她这话噎在喉咙里,没有叫它落地。大姑子虽然说话直来直去,不顾及远秀感受,但她心是好的、善的。仔细想来,国钰是女儿,远秀不过是媳妇而已。

公婆还犹豫着,他们舍不下孙女啊,国钰索性将话讲得更明白些:"爸,妈,你们硬是不走,也就势必要拖累远秀,她还年轻,身后拖个小星,可能还好嫁,如果再拖两个老人,那就真不好嫁了。"这话一出,公公叹口气,摘下眼镜,拿了块眼镜布反反复复去擦,婆婆喉咙里滚过一声哭,他们被女儿这句话打动了。远秀脸一红,她不知此时该如何回应,唯有将头埋得更低。

公婆卖掉了镇上的房子,一半钱,公婆带着作养老用,另一半钱给了远秀。婆婆最是舍不得可爱的小星,抱住小星,再三地亲她红扑扑的小脸蛋,嘴里说道:"乖乖,你快快长吧,奶奶争取活得长一点,能看到我的乖乖长大成人那一天。"远

第八章

秀不肯要这钱,她嫁给国梁这几年,虽算不得特别幸福,但公婆待她不坏,她内心对两位老人,是有感情的。

在公婆跟着国钰去东北前,远秀硬是将钱塞给了国钰,她叫国钰大姐,真诚地说道:"大姐,以后爸妈就靠大姐多照顾了。"临到分别这一刻,国钰才对远秀这小女子刮目相看,说真的,一开始远秀嫁给她弟弟,她不是特别喜欢远秀,担心远秀是看重她家的钱财,还有城镇居民的身份。但现在,国钰完全扭转了想法,远秀是多么善良的女人啊。国钰动了情,抓住远秀的手问道:"以后,你带着小星,有什么打算?"

远秀轻声说:"明天,送走爸妈和大姐,我哥就来接我与小星回落凤坡。"

远秀也不知道,为什么说着说着,她脸颊又红烫了起来。

远秀回家了,志兴当即腾出两间阳光通透的屋,一间让远秀带着小星住,一间让素琼住。他就这样大刺刺地将他那个挂名妈从偏厦里接了出来,换了从前,桃香不知要搅起怎样的"世界大战",可如今她看志兴的目光,都是沁凉沁凉的,冷冰冰看他跑前跑后,安置那晦气的小寡妇,讨厌的老寡妇,她一声不吭。

远秀不愿呆在娘家吃闲饭,她仔细琢磨了几天,决定去拜余大海为师,学习果树种植技术。这余大海,之前大家嫌弃他长着一个"空心竹竿"的身材，干农活不是好手，前几十年日子都过得捉襟见肘，哪晓得人家憨人有憨福气，赶上现在日子好了，城里人越发讲究起一个"品质生活"来。水果，便是"品质生活"不可或缺的标配。余大海虽然文化程度不高，但他仿佛上辈子是"果树精"，一见果树就心里亲热，肯下苦功夫来细细研究。天长日久，人们一说起"落凤坡果子王"，便条件反射地想起余大海。

远秀找余大海学艺，余大海一口就答应了，他大远秀十几岁，也算是看着远秀长大的，看着这小姑娘头上顶着两个羊角小辫儿，一点点长大成人，原本以为她和春晓一样，将来读了圣贤书，也能找份稳稳当当的好工作，但哪里知道后来生了那么多变故，成了今天这样？

大辣子串门回来时，"拜师"已经接近尾声了。余大海说了些感慨的话，远秀忍不住落了泪，余大海着急忙慌地四下找卫生纸，没找着，怕远秀嫌他埋汰，拧了大辣子的毛巾把儿，让远秀擦擦脸。大辣子看到的，正好就是余大海殷勤地递自己的毛巾给远秀。

"哟，远秀回来啦？"大辣子热情地招呼远秀，按照辈分，远秀该叫大辣子"婶儿"，不过大辣子和村里的年轻姑娘、小媳妇们嘻嘻哈哈混在一处，从来没拿过"婶儿"的架子。这不，远秀刚低声问了句"婶儿好"，大辣子立马就挥手说道："别，别，你还是叫我大辣子吧，婶儿婶儿的，把人家都叫老了呢。"余大海也不顾远秀在场，赶紧屁颠颠地吹捧老婆："不老不老,我们大辣子,是女人四十多一枝花!"大辣子横他一眼,脖子一拧,屁股一扭,从鼻子哼出一声"讨厌"。远秀怕耽误他们夫妻俩说亲热话,赶紧告辞离开。

　　大辣子和余大海感情很好,但不知为什么,她嫁过来就没怀过孩子,有促狭鬼说大辣子当新嫁娘都已三十岁,那余大海早就三十多,新郎新娘加起来都满一个"甲子"了,老天爷怕他们太劳累,所以迟迟不送个娃娃来。大辣子刚结婚那几年心里还发慌,药也吃了,菩萨也拜了,后来渐渐放开心思,想着生不生孩子多大个事?再说,如果屁股后面坠个小崽子,自己哪里能这么清闲肆意,成天想去哪家串门就去哪家,想拉多久家常就拉多久呢?余大海呢,原本就是个没主意的人,只要能让他种果树,他就通体舒泰。大辣子有没有给他生下一儿半女,他并不怎么往心里去。于是,这两口子过着过着,倒过成了村里少有的"丁克家庭",大辣子四十多岁,早就腰粗如水桶,膀圆赛大木,但人家照样撒娇弄痴,人前人后都是小女儿情态。

　　大辣子为人大大咧咧,但在感情方面,却和天下女人并无二样,同样有着拈酸吃醋的天性。桃香第一次和她咬耳朵,大辣子只说不信:"嗨,你们家的远秀,拜了我们大海为师,他们自然要常常去果园嘛,大海说了,那叫实地教学。"桃香恨铁不成钢地直摇摆脑袋:"大辣子啊大辣子,我亲亲的大辣子姐姐,你怎么就这么不开窍,我问你,昨响午落雷雨,你家余大海回家,是不是淋得里外透湿?"大辣子眨巴眨巴眼睛,是有这么回事,桃香又慢条斯理地说了:"如果我告诉你,当时你家余大海挎包里装着雨衣,却把雨衣给了个漂亮女子用,你信不信?"大辣子先不相信桃香的一面之词,桃香还认真地找了两个"目击证人",小凤妈和春英,她俩本来在地里除草,下大雨时匆匆往回赶,的确看到了余大海从挎包里掏出雨衣,硬是要给远秀套头上。

大辣子倒吸了一口冷气。

大辣子之所以叫大辣子,自然是生性泼辣,但她和余大海结婚十多年,余大海凡事都依着她,宠着她,她就算是个"爆竹",也没机会点燃那根"捻线",这次,余大海才真正认识到自己老婆的绰号,得来不虚。

"余大海,你给老娘坦白交代!你和那个克死男人的狐狸精,到底是不是不清不楚?"大辣子横眉怒眼,余大海打个哆嗦,不晓得老婆这是唱的哪一出。

"老婆,我余大海是什么人,你还不清楚吗?远秀是个好学生,她跟着我学着种果树,你可不能瞎想啊。"

余大海不解释还好,这一解释,又叫大辣子抓住把柄,蹦跳三尺:"好啊,远秀,远秀,瞧你喊得多么亲热!师徒师徒,你说得多么好听,屁的师徒,我看那小狐狸精是施了狐媚子手段,要把你这个色迷心窍的老头子魂都勾走!我说啊,你这个不要脸的,那天咋会拿老娘的毛巾给小狐狸精用,原来你心里早就着了她的道儿啦!"

余大海被大辣子整整审问了一天,大辣子嗓子亮堂,如唱

第八章

高腔，村里的闲人几乎都跑到他家门外"围听"了一番，有的还津津有味地搬来了小板凳，一边听一边"啧啧"，交头接耳地评论纷纷。待志兴晓得这件事时，远秀的清白名声，已经被闲人们绘声绘色地泼上了十二桶污水。

素琼拉着远秀的手哭，她恨自己没用，连女儿都保护不了。她们婆孙三人，老的老小的小，上无片瓦，下无立锥之地，能去哪里呢？不过，如果是远秀一个人，她去城里，只要勤劳能干，咋会找不到一口饱饭吃？素琼心痛难忍，也强咽眼泪劝远秀道："远秀，要不你把小星留在我身边，我一定好好照顾她，你出去找事做，也不用平白受这些冤枉气。"

"妈，我不走。"

"远秀不走！"

这两声几乎是同时回答的，志兴推门而入，眼睛望着素琼，话却是对远秀说的："唾沫星子淹不死人！那些乱嚼舌头的，随便他们去嚼好了，我们自己把日子过好，孩子拉扯大，比啥都强。"

远秀勇敢地抬起眼，视线在空中和志兴相触，她从志兴的眼眸中感受到了温暖和力量。志兴当初到镇上接她时，一把抱起小星，眼睛望着孩子，话也是说给她听："今后，小星就和舅舅在一起，有舅舅一口粥喝，绝对让小星有口饭吃！舅舅就算拼了这条命,也会让咱们小星过上好日子。"

远秀信志兴,胜过信自己。志兴目光躲闪了一下,他想要对母亲和妹妹多表达一点温情,但所做的事却粗鲁无比——一脚踢翻了墙角一个小板凳,青筋暴凸地哼一声:"要是老子知道谁在后面搬弄是非,看老子把他脖子拧下来!"窗外的桃香,捂住胸口,差点"啊"地叫出声。

桃香原本想借大辣子的手,将明远秀这个丧门星赶出她家,哪晓得她这么不要脸,死赖着不走不说,那许志兴,仿佛更加迷她了,事无巨细地关怀照顾这该死的狐狸精、老女人和那个讨人厌的小屁孩——桃香一直没怀胎,她看着小星跑进跑出,心里烦躁无比,不知到底更恼恨谁才好。

之前,桃香虽说和志兴三天两头拌嘴打架,但那时她还勉强算个"女主人",有本事将讨厌的老女人赶到偏厦住,素琼怕她,连进出都走的后面窄窄一道破门,桃香眼不见心不烦,日子还能往下过。现在呢,怎么看她怎么像个外人!看吧,许志兴和明远秀,他们眼睛里使出的绊马索,足以绊倒村里所有牲口了!他们一声"妈"一声"小星",怎么,合着那宋小星还是他许志兴的种?他不用使力气就当了便宜爸爸,笑得那么开心?

桃香心头如同猫抓,她在家里多呆片刻,都烦从心底升,反正现在家务活不需要她做,她自然也不会巴巴地煮饭洗衣伺候这大小俩寡妇。于是,饭碗一推,嘴巴一抹,桃香便去了村里的"茶馆"。说是茶馆,其实叫"麻将馆"更恰当一些,那

第八章

儿从早到晚，几张四方桌都坐得满满当当的，旁边"抱膀子"*的也不少。

桃香刚去时，只能站着"抱膀子"，她当姑娘时，就喜欢在镇上看人家打麻将，多看了几次便学了个大概，却一直没有机会上手"实操"。观望了两天，忽然那天下午，有人喊她名字："桃香，你过来，坐我这里，我好出去放放水。"同桌的男人轰一声笑起来。

说话的是秦宝来，这秦宝来，初中毕业后便到外面"捞世界"了，也不晓得他都做了些啥生意，每次回来，都大包小包地带回许多新奇玩意。秦端公逢人就说自己儿子本事大，在外面吃得开，有次村里人问同样在外面打工的周小方，秦宝来咋恁大本事？周小方现在不做美发了，他又跑去学了开叉车，在工地上晒出一身黝黑皮肤。周小方从小就和秦宝来不对付，提起秦宝来，他撇撇嘴角，说："我咋晓得他从哪儿来的钱，如果老老实实打工，不坑蒙拐骗，能挣这么多？我周小方脑袋割下来当凳子坐！"

可秦宝来在外面为非作歹也好，狂敛横财也好，人家每次回落凤坡来，都是一副"成功人士"的派头，每每坐上牌桌，先掏一包好烟，撕开口，丢在桌上任人抽。吃人嘴软，闲汉们自然视秦宝来为"大哥"。现在，"大哥"要邱桃香来顶他的位子，哪个敢说个不字？

---

* 四川方言，指玩棋牌时，在一旁出主意，提建议。

秦宝来从外面"放水"回来，顺便在小卖部又买了两包烟、一袋话梅、一瓶可乐，烟是给闲汉们随便抽的，话梅和可乐，却是桃香独享。邱桃香何时受过男人这种殷勤礼遇呢？她一边摸牌，一边在心里转着念头：这秦宝来虽说长得不如许志兴高大英俊，但脸盘子更白，总笑嘻嘻的，不像许志兴，成天挽着眉头、瞪着牛眼，像个杀坯！秦宝来撕开话梅口袋，从中拈出一颗，喂到桃香嘴里，桃香不知怎么就张嘴接了，有闲汉怪叫一声："桃香，张得好！"又是哄然大笑，桃香过了片刻才回过神来，脸垮下来，呸的吐了那闲汉一颗话梅核。她想起身走了，但相较之下，麻将桌上的诱惑更大，于是又磨磨蹭蹭坐下来，秦宝来甘愿"退居二线"，一只胳膊肘搁在她削肩上，兴致勃勃地和她一道看牌。

桃香迷上了牌桌，也迷上了一种让她隐隐害怕的东西——如果她再多读一点书，会为这种东西找到一个准确的名字：暧昧。她不懂得暧昧这个词不要紧，现在，她已开始享受暧昧带来的虚幻的心动，触电的麻醉，还有不切实际的幻想。

但桃香不管在牌桌上怎么和秦宝来摸手摸脚都好，她心里还是有一道坎，一道底线分明的坎，她深知作为一个有夫之妇，绝对不能迈过这道坎。所以，白天享受了与秦宝来的调情嬉笑，到了夜里，她更是缠着志兴，非要将两人都弄得筋疲力

第八章

尽不可。桃香是在用这种方式,平衡她为人妻子的"责任"呢。

连着几晚,桃香都"要",志兴还是一如既往的"死样子",桃香"要",他就"给",桃香若故意拿乔,他屁股对着她,照样睡得鼾声四起。

这几夜,对于桃香死气沉沉的婚姻来说,其实也算是"第二次蜜月"了,虽说促进她这样主动的,是一点点愧疚、一些些委屈、一丛丛恼怒交织起来的复杂情绪。桃香在"要"时,并不遮掩她对同个屋檐下那个年轻女人的示威,她故意要叫,还要叫得大声。志兴即使在兴头上,也会伸手捂住她嘴巴,桃香气得狠咬他一口,他都不松手。饶是如此,桃香还是感到尽兴,心中也涌上对志兴一点残留的温柔。

如果桃香没看见志兴送砖头厚的几本书给远秀,她也许会将"夫妻和睦"的美梦做得更久一点,但这两人没有给她机会。那几本种植果树的专业书籍,是志兴托人从城里大书店买来的,精装书,价值不菲。上次桃香看中一套化纤裙子,他都舍不得掏钱,但买这么几本劳什子书,一口气花了几百元,他倒舍得!志兴不肯要远秀的钱,几张钞票在空中推过来,推过去,桃香在窗缝外看得清清楚楚:他们说不定就是故意的!故意借这机会,摸摸对方手指头!

桃香哭了,她脚步虚软地跑到后山,伤伤心心地哭了。

"桃香,你今天不去打牌,怎么躲在这儿流眼泪水?"

桃香不用回头,知道是秦宝来,他就像长着一个猎狗的鼻子，闻得到桃香的气息，她走到哪，他就有本事跟到哪。她忽然就崩溃了，转过一双被泪水洗得通红的眼，咬着牙巴骨一字一顿说道："你不是说，什么都可以帮我吗？"

当秦宝来得知桃香是要他找人教训明远秀时，假意推脱了一下："明远秀一个女人家，我哪好找兄弟为难她？好男不跟女斗嘛。"桃香已经丧失了理智，抱着一棵小树树干猛烈晃动，摇下树叶飘飘，她大喊道："我就是恨她！要她消失，消失，消失！秦宝来，我邱桃香今天把话撂这儿，你如果帮了我这个忙，今后，我死心塌地跟着你，说一句谎话，就叫我邱桃香天打五雷轰！"

再说那余大海，自从被大辣子狠狠收拾了一盘后，他万般无奈，只能表面上与徒弟明远秀"保持距离"，但有些病虫害，远秀查阅资料，不一定能找到准确原因，还得仰仗经验丰富的"土专家师傅"。余大海便和远秀约好，在国有林见，远秀将一段时间来遇到的问题当面提出来，让师傅一一解答。国有林平时人迹罕至，余大海见徒弟，倒像是地下党接头，匆匆解决了几个技术上的难题，余大海火烧屁股般告辞，皱着脸说："我晚回去一会，怕你婶儿磨菜刀将我砍成八段儿。"远秀哭笑不得，催师傅赶紧先回去，她抓紧时间，将余大海口授的"机要"匆匆记在本子上，延宕了一会才往外走。

那几个流氓围上远秀时，她一开始并未想到，他们的目标是她。流氓们倒还讲究，先问一声："你是明远秀吧？"远秀懵懂地说"是"，这些人便饿狼般扑了过去。

第八章

哑巴叔在林子里捡菌子,发现这几个年轻混混欺负一个弱女子,他上前帮忙,但人老体弱,被人家推了一个四脚朝天。哑巴叔晓得自己不是对手,赶紧撒开两条老腿往村子跑,他要去搬救兵呢。

这群流氓,原本接到宝来大哥的任务,想着把明远秀打一顿,给她点颜色看看就好,岂知这小女人长得如此漂亮,如同一朵娇花,他们色心既起,怎可轻易放过?

远秀虽尽力挣扎,志兴赶到时,她上衣已被撕破,脸上不知挨了多少耳光,红肿得像被马蜂蜇过。远秀的双手,还死死抓握着自己的裤腰,她咬牙忍着疼痛,死也不放手。

啊!志兴像一头蛮牛,冲过去时,镰刀挥出,正中那个伏在远秀身上的流氓。流氓不可置信地回过头,背上嵌着一柄镰刀,鲜血慢了半拍淌下来。见到血,这帮怂货尖叫着,四下逃窜,竟没人再管倒在血泊之中的同伙生死。

哑巴叔在搬救兵时,也同时请人报了警,警察很快赶到现场。衣衫不整的远秀忽然跪倒在一个胖警察面前,哀哭着恳求:"不是的,哥哥是为了救我,他不是故意的……抓我吧,抓我,不关他的事……"

志兴自从挥出镰刀之后,脑子一直是乱的,如同无数双脚在他脑海里跑来跑去。现在,他清醒过来,恢复镇定,脱下外衣,想要一下子站起,却差点踉跄摔倒,他将衣服披在远秀肩头,裹住她又是泥又是草的破衣烂衫,口气温和道:"远秀,别犯傻,人是我砍的。"

远秀哇一声哭了，哭声那么凄厉，仿佛将五脏六腑都哭了出来。

五

桃香呆了，她怎么想得到呢？她只想让明远秀这个丧门星消失，怎么就连累了志兴？唯一让她庆幸的，是那被砍伤的混混，还算"义气"，没有供出秦宝来，只说他们哥几个喝了小酒，爬坡时正好遇见漂亮得像朵花的明远秀，一时按捺不住，这才犯了错误。志兴虽是救人，但伤人事实也成立，法官酌情处理，判了他三年刑期。

志兴被捕，秦宝来怕"火"烧到自己头上，到外面躲了几个月。桃香无人可商量，无人可依靠，她不知如何才好。那段时间，家里的女人们，哭的哭，病的病，小的小，她整日活在担惊受怕中，月事推迟了大半个月，才想起去卫生院查一查。这一查，竟然发现自己怀孕了。桃香嫁过来五年，原本以为自己和大辣子是一样的"无子命"，岂知志兴被警察逮走，她肚子里竟然留了他的种。

随着案子了结，志兴要坐三年牢，秦宝来不知所踪，桃香的心，倒放进了肚子里，她开始发狠般吃东西，每天饭来张口衣来伸手。肚里的孩子，唤醒了桃香身上的母性，她恶狠狠地想道：现在什么都不重要，只有我肚里的儿子重要！她想着，好好将儿子生下来再说，别的什么都不想。

第八章

远秀对桃香有愧，认为一切都是自己的错，如果不是为了救她，志兴怎么会身陷牢狱？桃香又怎会当一个孤零零无依无靠的孕妇？善良的远秀，就算再给她一百个脑袋，她也决计想不到一切都是因桃香的嫉妒而起，是桃香这个始作俑者，将志兴送进了监狱。

远秀做牛做马地伺候桃香，细心照顾因受打击而生病卧床的妈妈。小星非常懂事，虽然才三岁多，她已经尽力在帮妈妈做事了，用小手抓了碎谷碎米，奶声奶气地招呼它们："咯咯鸡快来吃饭饭啊，咯咯鸡不要抢饭饭啊。"看着稚气的小星，远秀会有刹那的恍惚，仿佛回到了无忧无虑的童年，回到了被苦根爸爸百般关爱、哥哥志兴呵护备至的童年，她双眼一下子就盈满了泪水，当下的苦楚，反而不那么苦了。回忆给予她力量和勇气，她擦了擦眼，对自己说道："远秀，你从小就享福呢，该为这个家做点贡献了。"桃香半卧在床铺上，又拉长了声音喊远秀："远秀，你个死东西，又跑哪儿去了？我要吃酸杏子，快去给我找来！"远秀赶紧应了一声。

过年前，派出所通知囚犯家属，说许志兴已经押解至省男子监狱服刑了，以后要探望他，路程更遥远。邱桃香面无表情，嘴巴动个不停，她肚子已经隆起如一座小山了，谁看到了都说她这是怀儿的相。如果是从前，桃香听到这话，不知多开心，现在她冷淡地哼一声："生儿又有什么用，不过是囚犯的儿。"远秀默默低头，她唯有更细心体贴地照顾嫂子，忍受桃香随时发作的坏脾气，仿佛只有这样才能稍稍清洗自己身上的罪孽。

志兴被押到省男子监狱服刑的第二个月，桃香在镇卫生院大呼小叫着，为他生下了一个八斤二两的大胖小子。刚生下孩子，桃香就像完成了一项历史使命，扭过头不去看那张皱巴巴的小脸一眼，名字还是远秀取的，远秀小心翼翼问嫂子："这孩子长得虎头虎脑的，好乖好喜人，就叫他虎头，好不好？"桃香只从鼻子哼出一声，聊作回答。

桃香生下虎头，也不知是她自己内心拒绝，还是身体原因，一直没有奶水，不管素琼怎么熬猪脚汤、醪糟水、红糖米粥，她就是不下奶。桃香没有奶，反而将怒气发作到虎头身上，对着无辜的小婴孩怒吼："哭，哭，哭你妈个脚！我看你也是个扫把星，刚怀上你，你爸就进了监狱，你算啥好货，还敢哭，还敢问老娘要奶喝？"远秀赶紧将虎头抱走，生怕盛怒的桃香对他做出点什么可怕的事体。

虎头还在桃香肚子里时，桃香对孩儿尚有几分亲情，现在出了娘胎，她自打第一眼见到虎头如此肖似志兴，孩子呆在她旁边，如同志兴的眼睛亮晶晶地望着她，她心里就发毛。有几次忍不住，对着无辜的虎头低吼起来："你看啥子看？又不是我把你搞到牢里去的，是你自己逞英雄，非要救你的妹妹，砍伤人家才当了囚犯，哪里能怪得了我？"但这些自欺欺人的话并不管用，后来，虎头一哭，桃香心里就直打冷战，仿佛是志兴在厉声审问她，在良心的审判庭里，她竟无力辩驳。

虎头虽小，但婴孩也有好恶感知，他亲娘不肯抱他，又嫌

第八章

弃他夜夜啼哭,一天要换十来次尿布,远秀姑姑却从未对他大声说过话,永远都是那么声音轻柔,当他是稀世珍宝般搂抱在怀里,充满爱意地对他说:"虎头,虎头,你多可爱啊虎头,如果你爸爸看到你该多好啊虎头。"姑姑讲着讲着,眼泪便一串一串地跌落下来,虎头盯着姑姑温柔的泪脸,突然对远秀笑了一笑。

"天哪,虎头对我笑了!他真的笑了!"远秀抱着孩子,开心不已地奔进桃香卧室,她好激动,迫不及待地想给嫂子看看:虎头多可爱啊,是个聪明又健康的孩子,有这样一个好孩子,就算日子再难,也该咬牙走下去!

远秀满心的激动,却落了空。桃香卧室凌乱不堪,衣柜和五斗柜都拉开着,里面的东西翻得乱七八糟,桃香只挑了些漂亮衣服和值钱的东西带走,她没有想到带走虎头,这个她刚刚生下的一个月的儿子。

秦宝来带走了桃香,他在外东躲西藏几个月,晓得现在自己安全了,既然"情敌"已经关进牢里,他当然可以大大方方带走桃香。桃香呢,怀揣着和秦宝来去大城市吃香的喝辣的、从此过上无忧无虑好日子的美梦,走了。

虎头哭了,远秀抱着孩子,一张大泪脸,贴着一张小泪脸。

远秀给志兴写信,寄去了虎头的照片,但她对桃香和秦宝来一道私奔的事,只字不提,她只是说:家里很好,妈的身体已经松快很多,现在可以下地煮饭扫地了,不过我还是不准她去洗衣裳，哥你知道的，妈有关节痛，冬天更是难受。虎头很可爱，笑起来眼睛弯弯的，长得真像哥啊。哥，等你回来。

志兴将信纸贴在胸口，他觉得肋骨快要裹不住怦怦跳动的心脏了，它跳得那么猛烈，一下一下撞击得肋骨好痛。这薄薄的信纸，又如同一张薄荷叶子，给躁动的心抹上了一丝清凉。

远秀，呵远秀。

志兴望着铁窗外半轮残月，内心又酸又苦地想道：什么时候，你能不再喊我哥呢？

第九章

甜 枣

一

"妈,妈,我又给你找了这么多小石头!"清脆如银铃的声音,从坡下响起。

远秀直起腰,抹了一把额头的汗,她笑眯眯地看着两个小羊角辫儿,从下面一蹿一蹿地跑上来,后面跟着虎头。日脚过得可真快啊,转眼间,三年过去了,那个嗷嗷直哭的奶娃娃,如今已经能跟着小星姐姐满山遍野疯跑,当小星姐姐的好帮手了。果真,虎头不甘示弱,用衣摆兜着好几块鹅卵石,一气儿跑到远秀身边,热烫烫的小脑袋拱过来,仰脸说道:"姑姑,姑姑,我也捡了好几块呢!"

"虎头乖,小星乖!"远秀爱怜地在两个孩子头上都摸了一把。小星是个女孩儿,心软,摸了摸妈妈用小石头坠下来的树枝条,眼里泛起了一层泪花花:"妈,你让我去找石头,就是为了挂在枣树身上啊?枣树挂这么多石头,好累哦,好痛哦,好辛苦哦!妈你瞧,枣树婶婶累得头发都立不起来了呢。"

虎头插嘴:"婶婶的头发肯定立不起来,能立起来她就是个男的!"

小星扭头瞪了弟弟一眼。从小,小星就把果树当成是"妈妈",因为妈妈对她说过,树上结的果实,都是"宝宝"啊,那自然只有"妈妈",才能孕育这么多"宝宝"。看到自己妈妈这么折磨"树妈妈",而且自己还和弟弟两人跑去捡石头帮忙,这是不是在做坏事啊?

远秀俯下身,含笑轻轻摸了摸小星的红脸蛋儿,温柔地说道:"小星,妈妈不是在折磨枣树妈妈,是在帮她多结枣子呢。"小星半信半疑地看了看被妈妈用小石头坠成纺锤形的枣树,枝条被坠得散开,远远看去,树冠像是一顶"大帽子"。远秀尽量讲得简单点:"喏,小星,这叫'整形',只有将树枝分开了,到时结的枣子才又多又甜呢。要不,枝条密密麻麻挤在一块儿,哪里有空间长那么多枣子呢?"

小星歪头想了一会儿,仿佛妈妈说得很有道理,她高兴起来,掏出衣兜里捡来的石头,放在远秀脚下,和弟弟两人,你追我赶地回家了,一边往坡下跑,小星一边大声唱一首童谣:"一龙并一凤,相将到蜀中。才到半里路,凤死落坡东。"小星唱一句,虎头跟一句,两个孩子欢乐的童声在山中回响,异常清脆好听。

第九章

这首童谣,远秀小时候就会唱,那时她问志兴:"啥子龙啥子凤?又咋个凤死啦?"志兴是落凤坡"土著",回答起这种问题来简直就是小菜一碟,清清嗓子腆腆肚子,自信地说道:"远秀,你以后要记住了,否则人家会笑话你:你是落凤坡的人,咋连这个都不晓得呢?龙,是卧龙,卧龙是哪个呢?就是诸葛亮,对啦,喜欢摇羽毛扇子的那个,瘸五叔家里也有一把羽毛扇,大概就和诸葛亮的扇子差不多吧。至于'凤',是指凤雏,大名叫庞统,这庞统啊,听说很倒霉,本来刘备派他去打仗,他不知怎么走了霉运,在落凤坡,对,就是咱们落凤坡这里,中了人家的埋伏,竟然被箭射死了!庞统死了,咱们这儿名字也跟着改了,叫了落凤坡。"

远秀听了哥哥一番解释,才晓得落凤坡是这么一个来历,她噘着小嘴,有点不高兴地说:"我之前还以为这里来过凤凰呢,原来是个人死在这儿了啊。"志兴将小肚皮腆得更高些,教育比他小几岁的妹妹:"远秀,你真是没见识,凤凰有啥稀奇的?但庞统,历史上只有这么一个,他死在咱们这儿,说明跟这儿有点缘分,咱们当然要永远纪念他。"小远秀吐了吐舌头,不敢再和哥哥辩了,其实,志兴也是虚张声势,他并不晓得凤凰是否稀奇,可"谁不说俺家乡好"呢?所以,他宁愿那凤凰鸟稀松常见,而庞统,万中无一!

远秀想到小时候的事,脸上不由得浮起一朵微笑来,志兴哥,算算时间,快要出来了。三年了,她编了无数个谎言,去看了志兴好多次,也绞尽脑汁地编了好多借口,来遮掩桃香不去看志兴的事实，志兴一直对此事默默。最近一次，他忽然没头没脑地说了一句："我知道桃香心里恼恨我。"远秀猝不及防，仿佛被人捉住现行的偷儿，耳根子都红起来，志兴看她一眼，淡淡道："我心中……远秀，你该知道，我和桃香之间并没有什么感情。"远秀的头埋得更低了，她不知如何回答志兴，更不知谎言一旦被拆穿，志兴会怎样呢？

"远秀，春晓让你吃了晚饭去简老师家一趟，今天她回落凤坡来，晚上就住她爸爸家。"远秀刚从山上回去，妈妈就拧个热毛巾把儿给她，笑眯眯地说道。素琼晓得远秀和春晓要好，每次见面，两姊妹都有说不完的悄悄话。

三年前，春晓硕士毕业，放弃了省农科院的工作，甘愿扎根地方，回家乡工作。这样一来，她几乎每周都能到落凤坡来，看望简老师，与远秀见面的时间也稠密起来。简老师一个人生活很多年了，他既不找个老伴，也不愿和女儿一起住，简老师自然有简老师的一番道理："春晓大了，孩子有孩子的生活方式，何必一辈子将孩子拴在自己身边呢？我希望我的女儿是小鸟，能在天上快乐飞翔的，而不是风筝，线被父母牢牢拉在手里。"

简老师这番话，让很多老人听了都动容，当然，唱反调的也不少，他们都是些"空巢老人"，孩子去城里打工，一年回来一次，望眼欲穿看不到人，回来了，又嫌弃父母老土，家里的菜式单调，还没有什么网络！这些老人们气哼哼道："简老师那是站着说话不腰疼，简春晓是啥人物？人家是只金凤凰，才不是凡鸟儿,咱们这样的孩子哪里比得上人家呢?看人家春晓,多孝顺啊,读了那么多大学问,每次回家还给她爸下厨弄吃的,袖子一挽就能麻溜儿弄出两菜一汤,一闻到简家油烟子特别香,没说的,肯定就是简老师他姑娘回来了。"

简老师有春晓这样孝顺的孩子,自然心里满足,但若说他是个毫无遗憾的老爸,那又太夸张了,因为春晓今年已经28岁了,"个人问题"还上不沾天下不挨地地悬在那儿呀!

远秀每次见到春晓都开心,开心之中,又不免为好闺蜜盘算着:她和毛谷川的感情,何时才能开花结果呢?

春晓从未在远秀面前提过毛谷川曾为了她差点精神崩溃的事,也许,是为了女孩的自尊吧。当春晓知道,自己暗恋多年的人,心中竟装着另一个女子时,她也曾十分委屈,十分难过,但那个人是远秀啊。老实说,就算远秀真的是她情敌,她也恨不起远秀来,更何况,远秀从未应承过毛谷川什么话,一切都是毛谷川的一厢情愿。

毛谷川前年已经升任副镇长了,他主动找到远秀,鼓励远秀"家养"贵妃枣。远秀最初并没有信心,因为贵妃枣在他们落凤坡生长了多年,向来都是野生野长,要人工栽培,种植条件是否合适?"家养"的贵妃枣口感如何,能否受市场欢迎?毛谷川热情地劝说远秀:"你有知识有学问,要做落凤坡第一个吃螃蟹的人嘛。"接着，毛谷川拿出一份调研报告，从土壤、光照、气候、水文等方面进行了全面分析，最后结论是：落凤坡，十分适合大面积种植贵妃枣。

毛谷川问远秀："远秀同学，这个未来的'大面积'，就由你和你师傅余大海先来带头试种，好吗？"远秀没有考虑太久，她勇敢地接过了重担。现在，转眼种植贵妃枣已经到了第三年，想起当时毛谷川的信任和鼓励，远秀依旧心生暖意，让她感激的，不但有毛谷川，还有简春晓。当年，那份数据翔实的调研报告，正是出自农技高才生简春晓之手！

今晚，远秀再次对春晓表达了自己的感激之情。经过这几年的试种，远秀对贵妃枣的种植前景相当有信心，将来果子投放到市场上，相信一定会一炮打响。

春晓自然也开心，不过她很谦虚地摆摆手："不关我什么事，这都是毛谷川眼光好，他率先看出了贵妃枣的巨大潜力。"

远秀故意开春晓玩笑："就晓得你要替毛镇长说话！"

两姊妹嘀嘀咕咕笑了一阵，远秀问好朋友道："你和毛谷川，现在到底怎么样了？"

春晓耸耸肩："还是那样啊。"

春晓并不是真的不在乎，但在乎又如何呢，从她回到家乡，以所学所长为家乡服务那天起，她就在用自己实际行动对毛谷川表白。在远秀的鼓励下，去年情人节，春晓还送了一盒自己亲手做的巧克力给毛谷川。毛谷川呢，也不知他是真痴还是假傻，待春晓再问起，他说："啊，我妈以前还没吃过巧克

第九章

力呢,请她吃了,她说那糖好吃,甜。"春晓心里五味杂陈,她能说什么呢?也只能顺着他的话说:"五婶喜欢,我下次再送一盒给五婶。"毛谷川又摇头了:"别,老年人贪甜,吃多了糖怕得糖尿病。"

春晓将这段糗事讲给远秀听,两人都笑出了眼泪。也只有当事人春晓知道,这眼泪中,有几分酸楚。

既然明远秀是毛镇长钦点的贵妃枣种植户,毛谷川来远秀的枣园走走、看看,便是合情合理的"视察工作"。这不,远秀见过春晓的第二周,毛谷川又来落凤坡了,详细问了远秀一些种植方面的问题,特别是虫害问题是否已经解决了。

原来,枣树怕虫,远秀又从一开始就坚持"生态种植",不肯施太多打虫药,那要怎么克服虫害呢?她最初想的是采用虫类之间相生相克的方法,专门"引进"一些虫,来"对付"枣树主要的"天敌"。但因为虫子种类太多,情况太复杂,这个办法进行了一段时间,证明行不通。毛谷川将难题装进了脑子里,他不时拿出来思考着,终于想到了用杀虫灯和粘胶"双管齐下"的方法,来避免害虫侵扰的大问题。

"毛镇长,真感谢你,幸好有你帮着出主意,现在虫害问题得到解决了,该记你头功。"远秀故意开"毛镇长"玩笑。果真,"毛镇长"就不干了,他哟一声:"那我岂不是要改口称你为明园主?"远秀抿嘴笑了,将被风吹乱的头发别到耳后去,她这一浅笑一低头一抬手,毛谷川看得呆了眼,片刻后觉得失仪,将目光放到远方山坡,感慨道:"咱落凤坡,终于也用上最新的滴灌设备，今后再也不是'干沟坡'，靠天吃饭，缺水缺得庄稼果树蔫巴巴的穷坡了。"

　　说起滴灌技术，远秀十分感慨。她晓得，当初毛谷川要在本地推行滴灌设备时，遭遇到了多少阻力。为了争取上面的经费，他跑细了腿，磨破了嘴，不过，也正因为他够坚持，有毅力，最终促成了该项目落地。当时有人在毛谷川身后议论，说他是因为毛瘸五，才这么一根筋地搞滴灌。这话，深究下来其实也有几分道理。想那毛瘸五，年轻时原本是个帅气英挺的小伙子，只因生在这缺水的落凤坡，有年天旱，他一趟又一趟地跑到下边担水回来浇灌庄稼，可能过度劳累，休息不够，竟一不小心跌下坡去，活活摔瘸了一条腿。毛瘸五成了瘸子，他儿子长成人后倒当了副镇长。毛谷川排除万难去推广滴灌，即使有人说他是"自私"，他也一概不理，掷地有声："只要能解决实际问题，自私也好，为公也好，我都认账。"

　　远秀之前从未接触过滴灌技术，在毛谷川腹背受敌时，她专门去找简春晓咨询请教，春晓告诉她，所谓滴灌技术，是通过干管、支管和毛管上的滴头，在低压下向土壤经常缓慢地滴水，是直接向土壤供应已过滤的水分、肥料或其他化学剂等的一种灌溉系统。它没有喷水或沟渠流水，只让水慢慢滴出，并在重力和毛细管的作用下进入土壤。滴入作物根部附近的水，使作物主要根区的土壤经常保持最优含水状况，这是一种十分先进的灌溉方法，国外很多地方都已普及的技术。

　　远秀放心了，她和师傅余大海一合计，由他们率先热烈拥

·第九章·

护毛谷川。别的种植户,见他俩都伸了头,也就半推半就接纳了滴灌技术。这事论起来,毛谷川心底是感谢远秀的。果真,毛谷川话锋一转,情真意切地说道:"远秀,能让落凤坡由'干'变'湿',你功不可没。"远秀嗨一声:"我们果树种植户沾了这么大的光,哪里还敢冒功领赏?"毛谷川脱口而出:"你应得的,远秀,哪里是'冒功'了,你比谁都值得!"

这话一说,两人都不知说什么才好,气氛有点僵,毛谷川咬咬牙,逼自己接着说下去:"真的,远秀,你值得……世间一切的好。你还年轻,小星也小,你想过给孩子一个完整的家庭吗?"远秀眼神没有躲闪,她不再是当年那个收到小纸条便苦恼得不知怎么办的小女生了。她神情如水,淡然道:"小星有家,她有外婆、弟弟和我,很快,她舅舅就要回来了,有很多家人疼她爱她,她不会寂寞。而你,谷川……"远秀顿了一顿,毛谷川的心脏几乎要跳出嗓子眼,他不知她将给予自己怎样的"审判",她声音很轻,却像针尖滑过战栗的肌肤,留下小小的圆圆的血珠子:"谷川,你和春晓都是我的好朋友,我是真心希望有一天能喝到你俩的喜酒。"

志兴回来那天,素琼提前摘了柚子叶,拍扫他过往的晦气,又准备了一个炭火盆,让他跨过去,从此诸事顺利。志兴听话地做完了这一切,素琼泪光闪闪地拉着他的手进屋,让他坐下喝茶。他不肯落座，竟扑通一声跪倒在素琼面前，额头抵在素琼膝盖上，呜呜哭出了声。

"哭吧，志兴，你受苦了，当年你为了救妹妹，受了这么多苦，我可怜的孩子，是妈对不起你呀……"素琼抱着志兴哭得发颤的脑袋，眼泪双流，她比志兴更加伤心。

"不是的，妈，我不是为自己哭，我是为远秀哭，她怎么一句实话都没告诉我，这几年，她把什么担子都往自己肩上堆，我……"志兴的话，让素琼犯了迷糊，她从膝头抬起志兴的脸，问道："志兴，你说什么？妈怎么听不懂。"

"妈，我见到周小方了，他告诉我，桃香生下我儿子就和那个短命的秦宝来一道跑了，是远秀，她一个人撑起这个家，照顾我的儿子……她来监狱探望过我这么多次，却一次都没告诉我真相……我，我对不起她！"

"傻孩子，你快别这么说，你妹妹一直觉得是她害了你，如果晓得你这样想，那会要了她的命。"素琼心里酸楚无比，这两个孩子啊，手心是肉，手背也是肉。她那么疼他俩，当年怎么就信了"冲喜"的说法，害得两个好孩子一个当了寡妇，一个成了劳改犯，这都是自己作的孽啊！

"妈，您身体不好，怎么哭成这样？"远秀带着两个孩子从外面进来，她眼里亮晶晶的，也含着饱满的两滴泪，但她脸上都是笑，她开心啊，志兴终于回家了！她嗔怪的话是冲妈妈说的，却又拉着虎头的小手，教虎头去扶跪在地上的"陌生男人"起来，她在虎头耳边悄悄说："快去啊，虎头不是一直问

· 第九章 ·

姑姑,爸爸在哪里吗?这就是虎头的爸爸啊,爸爸现在回家了!"小孩子怕羞,虎头屁股往后坠,挣脱远秀的手跑开了,远秀大大方方地扶住志兴胳臂,搀他起身。志兴感到一股暖流,自胳膊流向全身。

远秀做了一大桌子菜,志兴没怎么动筷子,素琼恨不得将他的饭碗垒成一座小山,当志兴是三岁孩童般,一直叨念着让他"多吃,快点吃"。志兴仿佛是讨妈妈欢心,努力往嘴里塞着食物,努力将它们统统吞下去。对于两个孩子来说,志兴是个"陌生男人",虽说今天的菜肴比年夜饭更加丰盛,他们也不敢放肆,闷头乖乖地吃饭,不时从饭碗边沿抬起视线,匆匆看一眼志兴,志兴刚要咧嘴对孩子们笑一笑,他们又像受惊小鸟般低下头。

终于吃完饭了,小星牵着虎头的手出去玩,素琼到龙王庙去烧香还愿,家里终于只剩远秀和志兴两个人。

"远秀,你等下再收拾桌子吧。"

"哥,你真的回来了?"

"我回来了。远秀,别叫我哥。"

"哥,嫂子她……"

"别提那个女人!远秀,你吃苦了,你放心,我今后不会再让你受苦的。"

志兴忽然捉住了远秀一只手,她的手早已不复少女的娇嫩白皙,那上面有细细裂口,有黑黑泥纹,食指的指甲破了半边,丑陋得像个秃脑袋。

169

远秀静静地站着，心中有千言万语，但她觉得不用讲什么，志兴都会懂。她以女人的单薄肩膀，撑起这个家，却并不苦楚，天晓得志兴给了她多少温情力量！

她以为他们两手相握了很久，久得两个人的脚底都生出根须，长成两个牢固的雕塑。不是的，只短短一瞬，虎头一声"姑姑"，惊醒了远秀。她从志兴掌心抽出手时，志兴心念一动，仿佛从他身体里，抽出了一缕魂魄。

虎头靠过来，紧紧依偎着远秀身体："姑姑，我和小星姐姐想去网鱼，你帮我们找下网网嘛。"虎头一边说着，还一边用警惕的目光，看着他的亲生父亲。志兴讪讪地向门外走，走到一半才醒过神来：这小子，他是在吃亲老子的醋吗？

周小方在工地上受了伤，折断了腿骨，回到家唉声叹气地养息，幸好有志兴偶尔陪着他说说话，不然他成天在家挑剔这个，看不顺眼那个。蔡包子不敢对宝贝儿子发火，只好借故找周幺鸡生事。周幺鸡这个上门女婿，"嫁"到落凤坡几十年了，家庭地位还是没有得到半点提高，他惹不起躲得过，驼着背慢慢踱到哑巴叔那儿闷坐。照周幺鸡看来，哑巴叔不会说话也是种了不得的美德，倘若蔡包子能有哑巴叔一半这么安静，周幺鸡都觉得自己是娶了个完美老婆。

周小方最喜欢拉着志兴谈天说地了，志兴却没有他这么好的兴致,聊着聊着,无端端就皱了眉头,叹口长气。周小方奇怪了:"志兴哥,你到底有啥心事想不开?"志兴能有什么心事呢,他心里发急,恨自己不能一夜变个大富翁,让远秀过上好日子。对,他是个穷光蛋,身无分文,但他有一身用不完的好力气啊。他想去果园帮忙,也真去汗流浃背地干了半天活,哪晓得那个空心竹竿余大海一来,就气势汹汹地把志兴轰回家,说志兴笨得要死,他给枣树施这么多肥,那岂不是"过度溺爱",非要将好端端的枣树"烧死"不可?余大海他到底算那棵葱啊?他竟然还勒令志兴别来果园添乱。志兴当时真想和余大海干一架,但想到他是远秀师傅,到底忍了这口恶气。不能让远秀夹在中间难做人啊!好吧,今天刚吃了晌午饭,远秀就去山上的果园了,她说要去追追肥。说起这个,志兴就气不打一处来,难不成他去追肥,便是故意害枣树,远秀追肥才是科学种植?

周小方腿脚不便,仰躺在床上安慰他:"算了,志兴哥,你这几年在里头不晓得嘛,远秀真是听余大海的话,当初,余大海的老婆那么骂远秀,伤远秀的脸面,远秀都忍了,还是一心一意跟着余大海当徒弟,学手艺。你看在远秀的面子上,也忍了余大海这个空心竹竿嘛。"周小方倒不是故意激将谁,他从小就不会说话,一件好事,尚能被他说得乱七八糟。现在志兴心里有气,听了他这番话,心头更不是滋味儿。

志兴黑着一张脸孔,正想搜括出两句狠话来骂余大海,忽然感觉自己身子抖了几下,像是在河面颠簸的小船,突遇风浪。周小方躺着,震感更明显,他啊的猛然坐起身,双手抱住志兴,惊恐道:"天呐,房子要垮啦!"

志兴反应敏捷地将周小方往肩上一扛,飞快地跑了出去。待他们坐在菜园边上,才敢大口喘粗气,看到房子在"跳舞",听到乡邻哭的哭,喊的喊。

"糟了!"这会是下午两点多,远秀应该已经到了果园,如果她往坡上走,那儿土质松,有树倒下来砸着她怎么办?志兴来不及和周小方说一声,拔腿就往山上跑,周小方哭唧唧地在后面大喊:"志兴哥,别把我一个人扔在这儿,我害怕……"

志兴爬山时,又遇到几次余震,有次特别凶险,眼看石头就要向他头顶飞来了,幸好他往旁边一躲,避开了飞石。志兴心里慌极了,他已经晓得这是发生地震了,村里的老辈子对于70年代的"唐山大地震"印象深刻得很,但那时志兴尚未出生,他从未有过直观感受。听老辈子津津有味说起1976年城里人不敢住楼房,宁愿搭"地震棚"住,四面漏风,比农村人造孽多了,农村人好歹有平房遮风挡雨啊!他左耳朵听右耳朵出,那时并不知道地震是这么可怕的猛兽,大地摇晃,山川摆头,村里隐隐有女人哭,老人喊,孩子叫,狗儿像丢了脑袋,在村里乱跑一气,乱石飞镖一般从坡上往下落,荡起尘灰,如同"黄沙山雾"般迷了志兴平时熟悉的山道。

"远秀,远秀,你在哪里啊远秀?"志兴大声喊着,喉咙一甜,他并不知道自己此刻已经挣得喉咙出血。

"远秀,远秀!"志兴的每一声,都浸了血色,带了哭腔,

第九章

他第一次这么害怕：如果这世上没有明远秀，他许志兴还能继续厚颜无耻地活着，便是人世间最大的折磨，他宁可为了远秀，去砍人去坐牢，将牢底坐穿都无所谓，只要有她，有她的人间才是有希望的人间，没有远秀，他就什么希望都没有了。可是，远秀你在哪儿啊？志兴脚下一滑，滚爬了几米远，半边身子被一摊下过雨的泥浆积水弄得脏污不堪，他毫不在意，站起身用脏乎乎的手背擦了一下脸，继续忧心如焚地喊道："远秀！"

"志兴，远秀在这儿！"志兴狂喜地扭过头去，当他看到远秀伏在毛谷川背上时，眼神又倏地冷了下来。这天，毛谷川原本是来果园找余大海，和他谈下一步带头成立落凤坡水果专业合作社的事，哪晓得还没见到人，先遇地震。远秀呢，当时正好从自家果园绕到余大海的园子那边，有事想请教师傅。地皮摇晃，她心头一慌，不小心踏空一步，狠狠摔倒在地。志兴在远秀园子里扯天扯地地喊她，却不知远秀在上坡另一边的余家果园中。这毛谷川，他竟然误打误撞，救了远秀。

志兴几乎带了一点强蛮力道，将远秀从毛谷川后背"抢"了过来，碰着了远秀伤脚，远秀轻轻呼痛，志兴顿时心痛，将腰背弓得更低些，好让远秀在他背上，能趴得更舒服一点。

"远秀，我要先到镇上处理急事，晚点再来看你。"毛谷川觉察出志兴的敌意，他只是对志兴点了点头，便匆忙往山下赶去。志兴背着远秀回家，刹那间，两人都有点恍惚，上次他背她，还是在十多年前啊。那时，志兴原以为可以一直背下去，将远秀从一个小姑娘,背成笑微微的小媳妇,背成白发慈祥的老太太……哪怕他们之中发生过这么多事,只要再次背上她,他仿佛又退回了那个青涩、莽撞,为了远秀肯拿全世界去交换的少年志兴。既然是少年,自然是有少年的冲动心,志兴不乐意地说了:"那个毛谷川,他成天没事做吗?非要贴你贴那么紧。"

远秀此刻已从惊惶中回过神来,她抿嘴微微一笑,并不作答。

远秀以为自己只不过是一点小扭伤,哪知拍了片还是骨裂。志兴赶紧让医生给她打了石膏,背她回家,逼远秀在床上好好休息,千万别担心果园,一切有他。事到如今,远秀操心也无可奈何,好在整个落凤坡,在大地震中算不上重灾区,真正垮塌的,是两处原本就摇摇欲坠的危房。果树是伤了一点元气,但只要及时补救,问题应该不算太大。素琼也心疼地不准女儿下地,远秀别说上果园,就算去村里找春晓说说话,素琼也百般担心。于是,远秀为了让家人安心,也只好当了"甩手掌柜"。她将每天到果园要做的事,写在纸上,如同老中医开药方,志兴呢,"谨遵医嘱",第二天去果园老老实实干活就好。当然,远秀特别嘱托过他,凡是有不懂的地方,必须及时请教余大海。

·第九章·

其实这话远秀完全不用说,因那余大海,以前便有点呆脾气,现在成了远近有名的"土专家",更是眼中"只见树,不见人"。远秀是他徒弟,遇到地震天灾,他心里比谁都急,每天都要先到远秀果园去视察一番才安心。那志兴是个新手,修枝也好,施肥也罢,看在余大海眼里,皆是笨手笨脚,"朽木不可雕也",当然要就地摆出师傅的架子来,板着脸进行现场教学。

志兴虽不耐烦余大海唠唠叨叨,但看在他是为了照看远秀园中果树,暂且忍下这口气来。

小星读书早,如今已是一年级学生了。地震之后,学校停了一段时间课,现在又让孩子们去念书。复课第一天,班主任带着大家去学校的土操场,站在沙坑前,对班上的学生说道:"同学们知道今年八月,咱们国家要举办一个世界级的体育盛会吧?"班上立马有活泼学生,蹦跳着抢答:"奥运会!"班主任神情严肃地点点头:"对,奥运会,老师要你们学习奥运健儿精神,锻炼强壮体魄,好不好?"孩子们把嘴巴张得像鲶鱼大,个个使出了吃奶的力气:"好!"

小星自然也是那个应答得很大声的小朋友,复课第一天,班主任带着大家先练习了半天"沙坑跳远"。小星回去吃午饭,什么都不想吃,恹恹的只想睡。素琼摸了摸外孙女脑袋,妈呀,这么烫!素琼想带小星去看医生,但小星受凉发烧,浑身无力,她只想迷迷糊糊地蜷着睡觉,素琼担心得哭起来:"天呐,我听人说,小孩子忽然发高烧,不晓得是啥情况,要是不及时看医生,烧坏了脑子怎么办?"素琼和小星婆孙俩感情深厚,小星病了,素琼真比割自己身上的肉还疼。

远秀劝她妈妈不要着急,看素琼急得哭,无力去抱起小星,她安慰说自己带小星去看医生吧,但她脚上有伤,承不上力,使劲一抱,反而将自己绊倒在地。素琼更是六神无主,她哭着给志兴打电话。地震之后,这儿的通信网络一直没有彻底恢复,时断时续,志兴电话也打不通。

简云开从许家门口路过时,恰好听到了屋里女人的哭声。

简云开是个生性豁达敞亮的人,从未避讳过什么"寡妇门前是非多",他大步流星地走进去,看到屋里一番乱糟糟,当即和素琼一道,将脚上打了石膏的远秀扶起,又抱了小星,和素琼一道去找医生看病。简云开温和地对远秀说:"远秀,别担心。"远秀感激地点点头:"谢谢您,简老师。"

简云开抱着小星从屋里出来,差点和大辣子撞了个满怀,大辣子瘪瘪嘴,白眼珠往上一翻,摇摆着肥壮的腰肢走了。

这几年,大辣子虽说一直抓不住余大海和"小狐狸精"的"把柄",但她并不就此放过明远秀,一有机会,便去远秀家门前监视。今天,她算是抓住了好题材。

几天之后,还是坐在床上养伤的周小方神通广大,从他妈蔡包子那儿得知大辣子做的好事,愤愤然讲给志兴听:"志兴哥,这个大辣子嘴巴真他妈太贱了!你晓得她编排你妹子什么?竟然编排远秀故意勾引简老师!你想想啊,我们念小学,简老师就教我们,那年纪当远秀爸爸都合适,远秀怎么可能和简老师有什么嘛？还亏她说得有鼻子有眼的，什么简云开急匆匆从你家出来啊，什么远秀还娇滴滴地托简云开照顾小星呐……"

志兴没听完就跑了，他拳头捏得紧紧，牙齿咬得紧紧，像一股风般跑了出去，急得周小方这个伤兵在床上大喊："志兴哥，喂，你怎么说走就走啊？"

志兴按捺不住自己的脾气，噔噔噔跑去砸余大海的家门。开门的是余大海，他好像刚从午觉中醒来，睡眼惺忪，神情还有点钝，也没一下子看出"来者不善"。志兴一把拨开他的瘦肩膀，欲往屋里挤，吼道："大辣子呢？大辣子在哪里？"大辣子那天并不在家，如果余大海老老实实回答一声，恐怕也没事了，但偏偏他刚从瞌睡中醒来，这志兴说话这么不客气，指名道姓问他可爱的老婆在哪，他觉得是受了天大的冒犯。于是，余大海马步一扎，肩膀一硬，做出了一副"一夫当关万夫莫开"的架势，还将脑袋昂得高高的怒道："你个劳改犯，跑到我家来闹什么？大辣子大辣子，大辣子是你喊的么？按辈分，你该喊她婶儿。"

"婶儿个屁！我眼里可看不到有这么不要脸的婶儿！你让大辣子出来，我当面问她，她这么满嘴吐粪，到底是个人，还是个造粪机？"

余大海骂了志兴是"劳改犯"，戳中了他的软肋，他反唇相讥大辣子是个"造粪机"，又引得余大海万分愤怒。若不是左邻右舍死死拉住，不知道那天他们要搞出多大一场祸事来。

志兴拳头没有揍成余大海,嘴巴没有当面骂到大辣子,很不高兴地回到家,倒落了远秀一顿数落!远秀怪他行事冲动、鲁莽,做事不先过过脑子。

志兴都快气疯了,但批评他的是远秀,他能怎么办?哪怕她话里再多夹几颗铁钉子,也只能忍气咽血地吞下它。

第十章

羊 倌

一

　　2008年初秋,余大海果园的贵妃枣,卖出了出乎他意料之外的好价钱。而远秀的果园,与余大海同时起步,同样照料,最后却只落得个歉收的结果。
　　远秀从未说过志兴的不是,她什么都不说,却比她指责、痛骂他更让他难过。难道,真是因为在远秀不能下地干活那段时间,自己和余大海闹翻,无法科学管理果园,才导致远秀的辛苦付诸东流?志兴当然也怨过自己,为什么就不能忍一口气呢,和一个头发长见识短的娘们有啥好计较的?如果不是他横眉竖眼地跑去余家兴师问罪,想和大辣子这"是非精"理论理论,他又怎会和余大海爆发冲突,而那之后余大海就赌了气、不再管远秀果园的"闲事"呢?

落凤坡

志兴自己心里藏了事，便比从前更敏感三分。那天，素琼看着天渐渐冷了，风硬了，志兴身上还穿着单的，便忍不住唠叨他几句："志兴，天凉要加衣，虎头都晓得的道理，你咋还糊糊涂涂的？"素琼自然是当妈的一片好心，岂不知志兴那段时间内心别扭得慌，心里天天翻来覆去地思量，认为都是自己的错，害得远秀果园歉收。远秀原本想要卖掉果园的贵妃枣，还清手中的欠债绰绰有余，还能给家里置办点家什。现在，他把一切都搞砸了，远秀非但没有赚到钱，欠下的债务也依旧摆在那儿，都怪他，成事不足败事有余，反倒影响了家里经济！听到妈妈说他糊里糊涂，他也不知怎么就怒上心头，像个无理取闹的娃娃，直愣愣地嚷起来："是，我这种坐过牢蹲过监的人，咋能不糊涂？我这么没用，活该冷死饿死才好，您管我干什么？"素琼和志兴相处快二十年，还没被儿子这般顶撞过，她并不晓得志兴心里压着那么沉重的愧疚，巨石般压得他快要透不过气来，他宁愿自己被远秀狠狠"收拾"一顿，也好过自己一天到晚在这儿自责。远秀不给他机会，他像一个快要到达临界点的气桶，稍微受一点刺激，便轰然爆炸。

素琼红了眼圈，远秀瞪了志兴一眼，扶着妈妈肩头，让妈妈先出去一下。

远秀转过身，轻轻带上门，不冷不热地扫了志兴一眼。他受不了了，远秀没有一声责备非难，怎么比百般惩罚还恐怖？他痛苦地喊一声："远秀。"远秀刚想开口，他又打手势止住她的话头儿，一鼓作气说下去："我晓得我是窝囊废，是我连累了你，你原本种枣树种得好好的，如果不是我插手乱帮忙，今年果园收成不会是这个样子。远秀，我这种人，坐过牢，就等于一辈子有污点了，以后想做个好人，恐怕都很难了。"

远秀一急，眼泪先落了下来："志兴！你知道你现在在说什么吗？你怎么会对我说出这种话？我知道……当年……我……都是我害了你……"

志兴心中比锥子猛刺了一下还要疼痛，长久以来，他都是站在自己的角度去思考问题，还从未想过远秀的感受。他大包大揽地认为是自己害了远秀，现在背着一个囚犯身份，应承要好好照顾远秀母女，他又做到了几分呢？可他真的没想到，自己会让远秀这样痛苦，这样自责，远秀内心的歉疚，比他更加深重百倍……志兴无法承担远秀眼里点点泪光，他咬住牙，闷头从门口冲出去，飞快地跑走了。

志兴真想跑到一个没人认识他的地方，跑到天涯，跑到海角，或者索性跑到月球上！在那里，他可以不用再为远秀一颗泪而心痛不已，也可以不去苦苦追究到底是谁，将他们推到了如斯境地。

跑啊跑啊，志兴也不知怎么，就跑到了父亲苦根的墓前，也是他父母的双墓前。当年落葬苦根，素琼哭得很伤心，她的伤心是有多重意义的。除了舍不得苦根离去，她对于苦根能和志兴生母凤英合葬，内心是有微微酸涩的，但这酸涩，却不敢说出口，仿佛想一想都是有罪的——与亡人吃醋，简直是荒谬透顶。更何况，人家凤英是苦根的原配，又为苦根留下了志兴这条血脉，难道人家不该和苦根"生同衾死同穴"吗？但人的感性毕竟不是那么乖乖受理性摆布的，素琼再怎么宽厚大度，她还是无可奈何地想到自己百年之后的事：那时，她只配当一个孤坟野鬼，孤零零地葬在一个角落，没人陪伴，到了黄泉下面，依旧是单身一人。这样的想法令素琼不寒而栗。

现在，志兴就跑到了父母坟墓前。他满头热汗，跪倒在地，想要说什么，一声哀号已经率先滚出喉咙来。他索性不管不顾，如受伤的黄牛般，痛痛快快地闭眼连连嗷嗷哭了几声。

"哭吧，哭吧，心里有不痛快的，哭一场，人就舒坦了。"

身后传来苍老雄浑的声音，吓得志兴身子一僵：莫不是爸爸显灵了？但他很快就否定了这个念头，志兴是唯物主义者，不信世上会有鬼魂神怪。

他慌慌地回过头，看到了瘸五叔拖着腿，一脚高一脚低地慢慢往这边走，手里还拎着一个竹篮，里面放着一些印子钱，一串纸元宝，最上面压着一盒火柴。

"瘸五叔。"志兴起身扶了瘸五叔，不好意思地抹去脸上泪痕。瘸五叔先在苦根墓前坐下来，他不着急烧纸，从兜里掏出个叶子烟杆，点燃后，先递给志兴抽一口。志兴接过去，猛吸一口，叶子烟劲头大，他呛得拼命咳嗽，脸涨得通红通红。瘸五叔轻轻一笑，从志兴手里拿过烟杆，漫不经心说道："志兴，别看你三十多岁了，在叔眼里，还是娃娃哩，当娃娃的，在老辈子面前落两滴眼泪，有啥害臊的？"

第十章

瘸五叔这话一说，志兴原本忍回去的泪，又忍不住落了下来。

瘸五叔开始慢条斯理地烧纸，将印子钱一张接一张地放进火里，嘴里悠悠地说着话，眼睛却看着黑灰纸烟，仿佛是说给它们听："人一辈子，啥都要经历，你爸爸对你说过吗？那时我们'过粮食关'，你哑巴叔的爹妈，是村里最早饿死的，其实，也不是饿死，他们眼看饿得快要不行了，为了省下最后一口吃的给哑巴，自己去寻了死路，解下裤腰带相继上了吊。哑巴的妈妈实在没劲了，饿得发晕，连站在凳子上，将脑袋伸进绳子套都没力气，后来，她是在窗户上吊死自己的，你想想，这得有多大的勇气，才能在窗户上吊死自己？窗户那么矮，她双腿稍微往上一站就又能活了，可她不想活，一心想死。哑巴的爹妈就像是落凤坡的带头人，他们一死，那一年，村里前后脚至少走了一半人。没办法，饿啊，全国都闹大饥荒，到处在死人，哪里能逃得脱？你爷爷是好人，村里谁死了，他都带着苦根去帮忙，后来实在是饿得没有力气了，抬不动人了，他爬都要爬过去，送乡邻最后一程。这么多年了，我总忘不了你爷爷送我爹走的情形，我爹饿得只剩一张皮了，眼睛怎么也闭不上，你爷爷怕他冷，将自己手掌使劲搓，搓得暖热了，去抹他眼皮，抹一下，说一声：'老伙计，闭眼吧，你的孩娃，村里人都会看顾帮衬着,你放心地走吧。'这样反复说了几次,我爹真闭上了眼。我和你爹苦根,打小就要好,我真没想到,后来是我,先葬了你娘,又亲自挖墓埋了苦根……人呐,一辈子经历好多事,哪能一一说得清?"

志兴已经不咳了,他目不转睛地望着瘌五叔,不晓得瘌五叔今天为啥和他讲起这些"老皇历"来?不过这"老皇历"听了,他毛毛躁躁的心情竟一点点平复下来,刚刚还感觉万般锐痛、委屈,现在好多了。瘌五叔将叶子烟杆递给志兴,他拿过来,稳稳地再吸了一口,这一次没有呛咳。

"说吧,志兴,你爹不在了,有啥事,都可以和叔讲讲的。"毛瘌五望着最后一点纸灰化作了黑蝴蝶,他又从腰上的小袋子里捏出一小撮烟叶,慢慢捻碎了,放进烟锅里,压实了,打火点燃,深深地吸上一口。

志兴内心累积的千言万语,仿佛有了出口,但言语在嘴里胡乱奔腾,他不知怎么捉住"线头儿",嘴一张,说的竟然是这样一句话:"五叔,现在当农民,只耕田种地,是不行的。"

毛瘌五只啪嗒啪嗒地抽烟,神情舒舒展展,让志兴有了勇气,继续往下说:"现在我家里好几口人,老的老小的小,老人今后要看病,小孩要上学,都需要钱,种粮食仅够糊口,养活一家子,让家人过上好日子,远远不够。"

志兴终于将他无时无刻的忧虑,他沉甸甸的责任感,他的急切和担心,都一股脑儿倒给了瘌五叔。瘌五叔一直静静地听着,末了,瘌五叔在石头上磕了磕烟杆,突兀地问道:"你知道我之前是个老羊倌吗?"

志兴当然知道,瘸五叔虽然腿脚不灵活,却有十来年时间,都靠着一手养羊的绝活,拉扯大了儿子毛谷川。村里人都说毛瘸五两口子是能干人,会寻"钱路",他俩种地马马虎虎,但一个靠做媒,一个靠养羊,人家还不是攒够了毛谷川去南京城读大学的钱?能将儿子送到大地方念书,在十几年前的落凤坡,是需要点气魄和资本的。

看着志兴点头,瘸五叔也点着头说:"我养羊养了十年有余,后来,你五婶和谷川怎么都不准我再上山了。养羊要搭棚子,和羊群一起住在山上,几个月下不来山,他们担心我一个瘸子,在山里摔着磕着了,身边只有一群咩咩叫的羊,连个搭帮的人都没有。如果你愿意,我们爷俩翻了年再来养一群羊,到了年底养得羊儿长了好膘,卖个好价钱,你也能为家里赚笔钱,是嘛,照顾一家老小,没钱咋行?"

志兴眼睛灼灼地亮了,接着,又沁出了点点泪花来,用力点点脑袋。

志兴说起要和曾经的老羊倌毛瘸五上山搭羊棚养羊,素琼第一个反对,她反对的理由只有一条:志兴这几年在"里面"受苦了,现在刚回家不久,怎么又要到山上去苦煎苦熬?家里并不是等米下锅,志兴何必将自己逼那么紧?

素琼不说这话还好,她原本是以一颗母亲的心体恤儿子,却戳中了志兴软肋,是,家里现在是有米下锅,但那米是谁的功劳呢?是远秀,远秀一个女人家,这样单薄的肩头,挑起了全家的重担。他从出狱那天起,就在心里赌咒发誓,从此要让远秀过上好日子,可如今,他做到了吗?他言而无信,算什么男人?

志兴梗着脖子一定要去,素琼哭哭啼啼怕他在山上受苦,远秀沉默着,站在墙角拧了眉头,仿佛在进行痛苦的思考。素琼与志兴都将目光投向她,仿佛要远秀来拿个主意,远秀勉强笑一笑,对素琼说:"妈,您就听哥的吧。"

远秀目光没有栖落在志兴脸上,志兴听了她这话,既松了口气,又有微微失落。

志兴的行李,是远秀一点一点替他打理好的。她细心,创可贴和药棉花都是装在消过毒的塑料袋中,怕志兴在山中乏闷,买了两打二两装的"小酒",塞在新弹的棉花被里。她是怕瘸五叔和志兴两人贪杯,喝多了伤胃呢,一人二两,不上头,又过了酒瘾,正好。

临到走的那天,志兴心里又冒出了奇怪的念头,他想远秀是不是讨厌自己呢?否则,她怎么连一句都不劝,就这么轻轻松松同意自己跟着瘸五叔去当羊倌?难道,她心里早就没了自己?

志兴控制不住这样的小念头,像一根钉子扎在心头,钝钝的痛,斑斑的血。

志兴要出门了,他将行李背在身上,走了两步,回过头,远秀牵着虎头的手站在门口,素琼还在屋里生闷气,懂事的小星陪着外婆。远秀推推虎头的肩膀:"去,虎头,去和爸爸说,好好保重身体。"虎头和爸爸还没混得熟稔,有些害羞,向前走了两步,屁股又往回缩,像是秤砣般往下坠,红着脸死活不肯走过去和志兴告别,远秀就一个人走过来了。

远秀对新羊倌说道:"志兴,好好保重,我们等你回来。"

毛瘸五和许志兴的养羊大业,败于一次意料之外的寒流。

身为一个资深羊倌,毛瘸五当然知道养羊最怕什么,怕冷,怕寒流来袭。他原先打算,在寒流来之前,就和志兴将养了大半年的羊儿赶下山,该卖的卖,该宰的宰,作为养羊户,他们无须为寒流买单。哪晓得人算不如天算,一是老羊倌没有算到今年的寒流会来得这么迅猛,这样强势;二是老羊倌以为下山至多一两天就能返回,哪晓得耽误了一周时间;三是志兴这个新羊倌缺乏经验,在遇到问题时他未能及时拿出一个止损方案,导致羊群大面积冻伤冻死。最终羊倌师徒,辛辛苦苦大半年,一夜回到解放前。

毛瘸五不好怪怨志兴,志兴已经难过极了,蹲在地上一把一把地揪自己头发,看得毛瘸五心里发疼,他转头怪自己老婆五婶:"你说给儿子说了个百里挑一的好媳妇,逼着我不管遇到天大的事都先从山上下来,现在倒好了,你相中那姑娘,三推四阻,害得我在家等了一周人家也不肯上门相亲,这亲事黄了就黄了吧,但我白白耽误这么多时间。志兴一个人在山上照应不过来，羊子死了一多半，你看你干的好事情！"

五婶伶牙俐齿，自然不肯平白背锅，当时毛瘸五要再度上山放羊，她就反对得不行，毕竟毛瘸五年龄大了，不比壮年，现在又不需要他再苦巴巴地放羊攒钱，供儿子读大学，何苦要去山上吃这份劳累呢？五婶晓得，毛瘸五这是变相想要照应许志兴，毛瘸五和苦根要好，现在苦根没了，他是可怜苦根的儿子，这么大一个人了还没个找钱的门道呢。但毛瘸五啊毛瘸五，你要心疼人家的儿子，我五婶屁都不放一个，但你也不能太厚此薄彼，轻重不分，不将你亲生儿子放在心上吧？许志兴可怜，他再可怜，也是结了婚生了儿有了后的人了。可咱家谷川呢，多帅气一个大小伙子，又有这么好的工作，现在还当着父母官呢，夜里睡觉却连个暖脚的都没有，白天出去连个脆声喊爸的都没有，你这个当亲老子的，未必就一点不替谷川操心？好吧，你心里不疼谷川，至少也要做个样子，表面上过得去吧，我为啥叫你回来，是为了给谷川相亲啊，那姑娘家里条件好，个人样貌品性更没得说，天晓得我是费了多大的劲儿，才劝动那姑娘的妈，带着人家姑娘到我们落凤坡来做做客，至于为啥后来人家延了几次期，又最终推了我们，我也被蒙在鼓里，一点实情都不晓得，但这并不是我五婶故意找个姑娘来当托儿，骗你下山吧？你现在说这些咸的淡的，弄得我像是冻死羊子的罪魁祸首了，你亏心不亏心啊毛瘸五？

毛瘸五和五婶两人相处了一辈子，平日里五婶一张巧嘴，善于张罗，瘸五是个呆木头脾气，只会埋头干活。他们从结婚

第十章

到现在,三十年了几乎没机会拌过嘴,想不到这一拌嘴,便是吵得老两口血压上升,眼泪横飞。毛谷川回来时,父母大人都还没消气。

最让毛谷川哭笑不得的,是他作为相亲的"第一主角",父母之前并未和他说一声。他们晓得毛镇长工作忙,想着等那百里挑一的好姑娘一到落凤坡,他们就赶紧通知毛谷川回来一趟,说辞都想好了——毛瘸五急召。毛谷川晓得自己老爸这半年都守在山上当羊倌,老爸忽然下山,肯定有急事啊,当然要回来。哪晓得五婶千盘算万盘算,自认为将这父子俩脾性都摸清楚了,盘算得万无一失了,却算漏了那姑娘会放他们鸽子,间接导致瘸五叔羊儿死伤,本钱大亏,元气大伤。

毛谷川很快就明白了这事的来龙去脉,他还未说话,平时老实巴交的父亲,可能是在山上压抑久了,现在率先开口:"谷川,你来评评理,你妈这样搞,是不是乱弹琴?有多火烧房子的事嘛,非要我从山上下来一趟。而且,之前说好一两天,这一呆,便在家里呆了七天,七天啊,志兴他经验不足,咋个应付得了这种突发情况嘛?如果我在山上,说不定情况不会这么糟……"

"如果您在山上,情况不一定就比现在好!"毛谷川也不知怎么,他像个被点燃的火药桶,嗖的一下就冲父亲炸开了:"之前我和妈都苦苦劝您,您年龄大了,腿脚又有病,山上既阴冷又潮湿,对您身体一点好处都没有,您偏不听我们的,非要去山上放羊。那么冷的天,您说您还在山上受冻,让我这个做儿子的，心里怎么能好受？现在，您说妈喊您下山是喊错了，那我问您，如果这一周您在山上，寒流袭来，冻伤病倒的不是羊，是您，那我们怎么办？到时别人戳您儿子脊梁骨，说我是个不孝子，不好好赡养老人，硬要将您赶到山上去吃辛受苦，我怎么办？我就算浑身长嘴都辩不清了！"

毛瘸五愣了一下，他也不晓得这把邪火，怎么又烧到他身上了，不过他很快就认清了一个事实：现在这家里，儿子和老婆一条心，他倒成了那个凡事和他们顶着来的"犟拐拐"！认清这个事实，毛瘸五愤怒起来，对，他是个瘸子，但瘸子也有自尊心啊，或者，换句话说，瘸子的自尊心比正常人更强。这么多年，他腿脚都不便，但他并没有因为这个原因而逃避责任，躺倒在家睡大觉啊，他不是一直在努力劳作，辛辛苦苦用双手攒钱，送毛谷川一路读到名牌大学吗？怎么，现在这小子翅膀长硬了，不需要老子供他了，他说话就这么硬邦邦直杠杠的了？

"你现在这样大声和你老子说话，眼睛里还有没有尊长了？再说，我一把年纪了还养羊干什么？难道是为了自己吃香的喝辣的？"自尊心受伤的老羊倌怒不可抑地吼起来，他话音刚落牙，毛谷川就回敬道："为谁？还不是为那许志兴，您想让他掌握一门赚钱的手艺，拼着老命也要帮他！"

第十章

"你!"老羊倌高高扬起手,父子俩视线相对,那巴掌虽未落下,在毛谷川心里,父亲却已经打过他了。他长这么大,从未让父母操过心,从小就是好孩子,怎么,现在眼看儿子快到而立之年了,当老子的现在倒手痒,想要过过打人的瘾?

在五婶看来,那巴掌竟然也是打下了,她飞奔过去,拉住老头子的手往下压,嘴里急急道:"你这是干啥?你还想打我的儿不成?"

毛瘸五再次感受到自己是个被孤立对象,人家母子俩一条心,他气得直咬牙,伤心之下,不知是对儿子说,还是对五婶嚷:"苦根不在了,我都不帮衬志兴一把,谁帮他?"

"他又不是你的儿,你这么上心干什么?我就说许家人碰不得,多大一点事啊,你们父子俩竟然为一个志兴吵起来!当年,如果远秀那女子真进了我们家的大门,那岂不是更会家无宁日?"情急之下,五婶短了思索,乱了心智,竟将这话脱口而出,顿时惊了毛谷川一跳。

毛谷川惊,是因为他心里到了现在都未放下远秀,妈说的到底是什么意思?难道,当年他和远秀是有可能的?他将恳求的眼眸转向五婶,切切道:"妈,请您告诉我,这究竟是怎么一回事?"

"怎么一回事?儿子,我告诉你吧,当年镇上宋家找你妈说媒,你妈扭头就去找了远秀妈,劝说两家人换亲,以为冲了喜,能换苦根一条命,想不到苦根也不过是多挨了几天日子,还是没能留住他……"毛瘸五何尝不晓得这是儿子心头的禁忌呢，但相吵之下无好话，他今天也是气急了，已经不管不顾不计后果，满腔怒火如果不发泄一二，恐怕人都要气得爆开了。

毛谷川瞬间面色通红，呼吸急促，像是高烧病人般的模样，吓得五婶往后退了半步，当她想要伸手摸摸儿子额头时，毛谷川忽然猛地折身，朝外面跑去。

镇上的"秀春饭店"，是毛谷川常去吃饭的地方，没别的原因，就因那店名中有一个"秀"字。听老板说，这是他头个妻子的名字，后来妻子得急病死了，他娶了另一个，一直没将店名改过来，为这，后面的老板娘不知和他生了多少场事呢。胖胖的老板说起这个，像是开别人的玩笑，笑得声如洪钟，毛谷川羡慕他的爽朗，也大笑，笑过之后拍拍老板的胖胳膊："老哥，你专情，她不该怪你。"为了这个"秀"字，毛谷川便常去那儿吃东西，和老板混成了熟人。

今天他一来，老板见他失魂落魄的样子，不晓得他是为公事还是私事，但毛谷川少有地主动要酒，一气先打了一斤，胖老板心里便有些不安，心想好好一个毛镇长，也会遇到解不开的结啊。胖老板有意想前去开解几句，但见这毛谷川咬着牙齿，攒着眉头，仿佛和酒有仇似的，一口下肚，又倒满一杯，专注力完全不在耳朵上。老板便退到一边，往门外张望，心想能见到一两个和毛镇长相熟的朋友，劝劝他也好。

胖老板这一看，倒真看到一个人：简春晓。春晓现在是县里有名的农技专家，胖老板晓得她是毛镇长的中学同学，赶紧颠几步跑出去，将简春晓拉到一边，如此这般地说了一通。春晓原本还有点事，但她探头看了看毛谷川这副和酒拼命的样子，当即掏出手机，打电话和人改约了时间，便随胖老板走进"秀春饭店"。

简春晓大大方方地在毛谷川身边坐下，胖老板赶紧殷勤地送上一副碗碟，简春晓又请胖老板烧个醒酒的酸汤。待毛谷川缓慢滞重地将目光挪移到她脸上，苦笑了一下，喊声春晓，她也笑着嗯一声，从他手中轻轻拿过酒杯，说道："今天是啥日子，干嘛喝这么多呀？"

仿佛春晓提了个难题，毛谷川砰砰拍打脑袋，拍了好几下，才不好意思地低声说道："我记不得今天是几号了。"春晓柔声道："没关系，我来告诉你。"哪晓得毛谷川听了这话，顿时发了酒疯，一把将桌上的盘盘碗碗拂到桌下，摔得粉碎，胖老板犹如牙疼般端着盆醒酒汤过来，春晓打手势示意，让他莫打扰，胖老板点点头，无声地退到柜台后。

春晓抽了几张纸巾，给毛谷川擦手掌溅上的汤汤水水，他仿佛也被一地残迹吓坏了，乖顺地由着春晓照拂。半晌，他才呻吟般轻声说道："从我妈欺骗了我那天开始，我就不记得是什么日子了，反正每一天都是一样，都是假的，是被人欺骗着蒙蔽着过的日子。"

接着，毛谷川断断续续给春晓讲了他从父母那儿听来的话，拼出了一个完整的真相：谁才是造成远秀如今悲惨生活的黑手呢？竟然是他毛谷川的母亲，那个四里八乡都有名的媒婆五婶。

落凤坡

春晓当然也是震惊的,她比毛谷川思考得更深入一步,以女性的直觉,几乎瞬间就抓住了问题的关键:五婶当年为何那么急慌慌地给远秀说媒?因为她不想让儿子和远秀发展感情啊,扼杀一段年轻人恋情的最好方式,就是横空给它一刀——哪怕这只是毛谷川单方面的恋情,它和远秀无关。

想通了这点,春晓心底一沉,但她并未将这话告诉毛谷川,现在说这些,无疑是火上浇油,要了他的命,春晓只对他说:"你妈妈是远近闻名的媒人,做媒是她的职业,她并不想伤害到任何人,看到远秀如今守寡,她才是那个心里最难受的人,你若再怪她,她不晓得该怎么办才好了。"

毛谷川涕泪横流地握拳头捶胸口:"可我呢?我这里也难过得要死啊,远秀她到底做错了什么,凭什么让她来承受这样沉重的命运?她明明可以和我们一起高考的,却失去了这个机会,她也许可以找个更好的归宿,如今却成了寡妇,身后还拖着一个孩子!"

春晓也落了泪,她忘情地握住毛谷川一只手说:"要怪,就怪我们落凤坡,以前真是太穷、太落后、太愚昧了!否则,人们为啥会相信'冲喜'的鬼话?就因为民风不开化,人们接触的知识太少,才会活得这样浑浑噩噩啊!谷川,我相信,依靠我们的力量,只要我们这代人不断努力,落凤坡会变得更加

第十章

科学民主,不会再有像远秀这样的好女孩,被封建愚昧习俗所害了!"

毛谷川将春晓的手握得死紧,他忽然深吸一口气,头一歪,倒在春晓肩头,无声地流下两行泪。提心吊胆的胖老板看到,心头松了口气。喝醉的人不管怎么闹,只要他还能哭,烈酒化了泪,那就没有太大的事了。

胖老板真是好人,也不要春晓赔偿,说:"等毛镇长酒醒后我和他说吧。"春晓便将毛谷川扶出店门,在走出门口时,春晓回头,不经意地看了一眼店招,说道:"招牌上有我名字中一个字呢。"毛谷川听了,如同被雷劈中,他也痛苦地看了一眼"秀春饭店"四个大字。为何以前他从未发现呢?"秀春"这两个字,既有远秀的"秀",又有春晓的"春"。直到现在,他和春晓的身子贴得那么近,彼此呼吸相闻,他才平生第一次承认:自己之前十多年,对春晓,真的太不公平了!

日升月落,星子隐去,雄鸡啼鸣,不管初试羊倌就以失败告终的志兴心里有多难过,日子还是要一天接一天地过。他从山上下来,仿佛被风霜压弯了腰,封了唇舌,灰了意志,在家中一躺便是数日,素琼和远秀苦苦劝说,水米才勉强沾沾牙。这段日子,他闭门不出,不下地,不见人,胡子长了半张脸,也不管惊蛰已过,窗外已是春色融融、蜂舞蝶忙的好时节。

周小方一惊一乍地跑来,志兴不能不见。周小方真是拿志兴当兄弟,去年年底志兴羊群冻死大半,剩下的羊急着要找出路,否则,一死便贬值得厉害,到时亏损的漏洞更大。多亏了周小方，他在城里好歹混过几年，多少认识几个人，他一看志兴从山上下来，双眼通红人不像人鬼不像鬼的样子，立即也红了眼睛，拍着胸脯发誓："我周小方如果找不到门路，我将剩下的羊子包圆儿买下来！"后来周小方果真联系到城里的羊肉汤店，以市价卖掉了剩下的羊子，这才稍稍减少了损失。

如今，周小方老远就喊着"志兴哥"，许志兴也只好开门放他进来。

周小方先唉哟一声，接着他又惊乍乍地跑了，差点和端水进来的素琼撞个满怀，周小方边跑还边嚷："素琼婶，给我留门，我去去就来！"原来，周小方是回家找"家什"了，他当年虽没开成理发店，但好歹掌握了这门手艺，剪刀推子等都是现成的，现在逼着志兴坐好，给他剪了个清清爽爽的发型，顺便将满脸杂草般的胡子也清理干净了。

"好了，志兴哥，这样你出门才帅帅气气、精精神神的！"周小方退后两步，看自己的杰作，嗯，不错，多久没操练了，手艺还在，这一拾掇，志兴又回到之前那个英武小伙了。

"谁说我要出门？"志兴皱了皱眉头，他不看镜中焕然一新的自己一眼，死气沉沉地问周小方道。

周小方满脸堆笑，犹如扣篮般手掌从上往下劈，不轻不重地拍了许志兴一记："哥，你没听村里大广播吗？2010年，咱们落凤坡改革了，组民自己选小组长，到时，还要民主评选村干部呢。哥，我要参选小组长了，你可不能不支持我，不给我投一票啊。"

第十章

许志兴烦躁地闭闭眼,依然是有气无力的声音:"你不是在城里做事,样样都吃得开吗?为啥还要困在这小小的落凤坡呢?你走吧,趁着年轻有力气,早早去城里,否则,以后你等到我这岁数,想走都没了冲劲,只能留在落凤坡,跟着它一道老死!"

"哥!"谁会想到平日总是嬉皮笑脸没个正经的周小方会忽然发脾气呢?他大喝一声后,兀自红了眼圈:"哥,你这是说的什么话?我在城里混得好?我周小方今天就掏心窝子给你志兴哥摆谈摆谈吧,我在城里是赚了点辛苦钱,但没有一天,我觉得城里是我家,有那种安定感觉的,但落凤坡不同,落凤坡生来就是我的家,我在这儿住着就感到无比舒服!哥,现在农村好多年轻人都出去打工了,村子一天天凋败下来,但我们不能永远看着村庄这样老下去、死下去啊!谁能救我们的落凤坡?只能是我们年轻人,我们要真正为家乡出力,流汗,奉献,才能用自己的双手,创造出不一样的落凤坡!"

周小方气咻咻地走了,他装着没看到,木雕菩萨般呆坐的许志兴,脸上有一道浅浅的泪痕爬过。他不知能否骂醒许志兴,他受了挫折遇到失败,就这样躲起来,能躲一辈子吗?周小方边走边用袖子狠狠地擦了一下眼皮:他是替远秀不值啊!远秀身上的担子已经够重了,她够累了,怎么还能让远秀承担志兴无缘无故的消沉低落呢?

小组长正式选举那天,志兴去了,给周小方投了票。很多人都给周小方投了票,他乐得嘴都合不拢,当上了村小组长。

刚刚当上"官"的周小方，特意跑来和志兴握手，欢欣喜悦地说："哥，我就知道你一定会来，你在我心里，是打不倒的铁臂阿童木！"

志兴哭笑不得，这个周小方，就是有这种本事，真诚地夸人，也能夸得人不知做何种表情才好。

第十一章
玉 环

一

儿子"光宗耀祖"地当上了村民小组长,蔡包子高兴得满面红光,仿佛每根皱纹都溢出笑意来,她跑进跑出,恨不能手里拿个大喇叭,见谁就冲谁耳朵眼来那么一下:"喂,我们小方当小组长啦!"

周幺鸡心里也高兴,但他到底是男人,看到蔡包子实在嘚瑟过头了,不免板着脸孔,挡一挡她的兴头:"你莫这样笑,当心下巴要脱臼。"蔡包子一听,不乐意了,怎么,平时周幺鸡连闷屁都不敢放半个,今天儿子当了官,这当老子的也都敢和她大声说话了?蔡包子眼珠子一瞪,熟练地将拳头插进腰眼,冷笑一声:"周幺鸡,你给老娘说说,老娘不该笑么?老娘儿子这么能干,不晓得你周家祖坟烧了啥高香,才有了小方这个乖孩子，难不成你哭丧着一张驴脸才是对的，老娘笑呵呵倒成了毛病？"

眼看父母又要针尖对麦芒地吵起来，我们刚刚"晋升仕途"的周小方小组长赶紧插在二老中间打圆场："好啦，好啦，我亲爱的父母大人，您们千万莫吵了，传出去，村民说我这个小组长连家事都理不好，以后咋会放心把组里的大事交给我来办理呢？"

这话厉害，"公家"确实重于"私人"，蔡包子嘴上熄了火，一双眯眯眼，却不肯示弱地一下一下啄瞪周幺鸡，志兴敲门进来时，见到的正是新晋小组长父母"眉来眼去"的模样。

"志兴哥！"周小方见到志兴，开心极了，赶紧丢下他这对尚在打肚皮官司的父母，和志兴勾肩搭背地出了门。

"志兴哥，我对咱们落凤坡，有好多好多想法，好多好多点子，现在村里最大的问题就是'空壳化'，许多青壮年都出去打工了，只剩下一些老人、娃娃……"志兴用了一个手势，打断了周小方兴致勃勃的谈话，他默了一下，抬头说道："小方，我今天是来和你告辞的。"

"告辞？你要去哪里？"周小方惊讶极了。往前数十来年，那时不管他怎么怂恿志兴出去，到外面见见世面捞捞钱，志兴都像一块石头般纹丝不动，今天他是怎么了？竟然主动提出要走，要离开落凤坡？

"不错，我想现在是该我离开落凤坡的时候了。"志兴皱眉苦笑了一下，从兜里掏出一个香烟盒子，盒子已经揉得皱巴巴

第十一章

的，里面只有两根烟。他抽给周小方一支，自己拿另一支，竟然是断的，志兴骂一声，将断烟与盒子揉成一团，狠狠往眼前一棵大杨树砸去。周小方点燃烟，深深吸一口，又将它递给志兴。

志兴吞吐烟雾时，周小方语气诚挚地说道："哥，和你说句实话吧，其实那时候我的腿，不是在工地上受伤的，是被人打成这样的。"

志兴惊得脖子一缩，他没想到平时最"大嘴巴"的周小方，竟然这么瞒得住，他不是有点小事都能嚷得四邻皆知吗？出了这么大的事，却能一两年都闭紧嘴巴当哑巴了？志兴仿佛又回到小时候，眼睁睁见瘦小单薄的周小方被一群顽劣孩子欺负，他握紧拳头，口气很硬地问道："是谁？到底是谁这么欺负你？告诉哥，我去收拾他！"

周小方从志兴手里接过烟，吸了几口烟屁股，烟头丢地上，拿鞋底碾灭了，唇角露出一丝讥讽的微笑："不怪谁，是我自己活该。"

接下来，周小方对志兴袒露了一段让他毕生难忘的往事。

"那时我在工地上开叉车，工资还算不错，有点小钱，我们下班了也要出去潇洒潇洒，我常去一家卡拉OK厅，就这么认识了小红。小红是陪酒的，哥，你别笑她的出身，她是个好姑娘，只陪酒陪唱，从不陪客人干别的事。也不晓得为什么，我越看小红越顺眼，小红呢，好像对我也有意，一来二去，我俩就恋上了。长那么大，小红可能是第一个真心对我好的女孩子,我也掏心掏肝地喜欢她,直到有一天,她说她妈她哥要见我。我专门洗澡、换新衣,买了果篮和补品,去见未来丈母娘和大舅子。哪晓得小红的妈张口就让我先买房买车,再拿出二十万彩礼来,否则,这桩婚事免谈。可我哪里有这么多钱啊?那时手里攒了几个钱,是准备结婚用的,买辆二手车勉强可以,买房?二十万彩礼?杀了我卖肉,看有没有那么多钱吧。小红哥便用眼凶我,逼我现在就和他妹子了断,否则,今后他看到我纠缠小红一次,就打我一次,非把我腿打断不可!"

　　志兴惊呆了,他从不知道,看似大大咧咧、无心无肺的周小方,竟会有这样一段经历。周小方将脸埋进掌中,使劲搓了搓,接着语气干涩地说道:"我没钱娶小红,但也和她断不了,她家人不同意我们在一起,小红哭哭啼啼十分难过,她为了我,竟然晕了头,想要去赚快钱,早点攒够二十万,我们好早点结婚。在我完全不知情的情况下,小红跑去陪客人出台……她是被治安大队抓住的,她哥接到电话,火冒三丈,先不去赎妹子,找了两个兄弟,跑来截住我,怨恨是我害他妹子走了这条下贱的不归路,生生打断了我一根骨头……再后来,小红妈妈陪着小红,到医院来看过我一次。她面无表情地告诉我,她要结婚了,对方家底很厚,大她二十五岁,应承小红一嫁过去就在房产证上写她名字。我难过得要死,哇哇哭着哀求她留下。小红妈便当着病房其他人的面啐我一口,骂道:'也不撒泡尿照照镜子,你看你将我家小红耽误成啥样子了,现在她想通了,要嫁个好人家,你若良心还没被狗吃光,就莫再纠缠她

第十一章

了！'就这样，我一无所有地回到落凤坡，将这段往事深深埋在心底。志兴哥，听我说，城里再好，都没有我们的根，我们的根脉是在落凤坡啊，我想通这个道理了，我是落凤坡的人，就该在家乡有一番作为。我要争口气，将来咱农村人，不会比城里人生活得差！志兴哥，你也留下来，我们一起努力将空壳村重新建设得热闹富裕起来吧！"

在志兴眼中，周小方向来有点疯疯癫癫，没个正形，哪里晓得他心中还埋藏着这样痛苦的一段回忆呢？不过，各人有各人的命，各人有各人的路，志兴还是决定要走，就算远方有多少未知的陷阱和灾难，他也要逃离落凤坡呀。落凤坡是周小方心中的归宿地、温暖乡，但对于志兴呢？落凤坡的人眼睁睁见他被戴上手铐带走，他坐牢回来这两年，先是弄砸了远秀的果园，又连累瘸五叔养羊亏本，他有什么脸继续留在落凤坡呢？

走路也好，歇气也好，在牢房也好，在旅途也好，志兴走到哪，他的心，就把远秀带到哪儿，他自以为他们已互为骨血不可分离了，但其实，他到现在还不懂得她。2008年枣园收成受影响算什么？去年远秀调整做法，在春晓的建议下，远秀大胆尝试改变土壤酸碱度，将贵妃枣的甜度，又提高了百分之一。她种出来的甜枣更受市场欢迎，如今连师傅余大海，都反要向远秀取经了。

今天，远秀专门请了简云开老师来开他们的"枣农会议"，余大海一开始心里是犯别扭的。他犯别扭不是因为自己和简云开老师有啥过节，其实内心里，余大海不晓得有多佩服有文化有知识的简老师。余大海小时候该读书时遇到"革命"，他那时人小、贪玩，心想不读书更好，多出多少时间去爬树摸鸟蛋、下河捞螺蛳啊，哪晓得长大成人了，醒事了，这才悟到没有知识，就像人看起来高高大大的，内里却没有"力气"，绣花枕头一包草，不中用。

余大海能混成一个果树专家，全靠他抱着一本新华字典，遇到不懂的字就查，二十年时间，前前后后翻烂了四本字典，这才勉强能将书里的常见字都看懂，但"看懂"和"通透理解"是两个概念。余大海就特别羡慕自己的徒弟远秀，人家是高中毕业生，有知识有文化，又懂电脑，一根网线就能与世界相连，虽然人年轻，经验阅历还不足，但知识储备绝对不在他之下。这不，落凤坡的枣农合计要搞一个"落凤坡水果专业合作社"，大家选余大海当会长，他推不掉，便硬要推举远秀当秘书长——他晓得呢，秘书长都是办实事的，能有远秀当他左右手，他这个会长，才当得有底气。这不，年轻人有想法，第一次召开合作社大会，远秀便特意请了当地有名的文化人简老师参会。

余大海见到简老师，和人家握了手，坐下时却感觉椅子仿佛有针，屁股扭来扭去，怎么坐都不清爽，他抑制不住胡乱涌上来的想法，就像一个个线头儿，原本是清爽的，升上水面冒

第十一章

个泡泡,它们就开始纠缠打结,弄得他晕头转向。

余大海心中这么不自然,是想起了大辣子曾经泼向简云开的污水。大辣子可真是疑神疑鬼得太厉害了,不晓得人家远秀哪里得罪了她,她也不想想,简老师当日好心帮远秀送小星看医生,人家之间清清白白的,能有啥事?她偏要去瞎传谣言,唉,弄得自己还和许志兴那个天棒搞了一架,那个天棒就不说他了,平时都瞪眉鼓眼的,按辈分还该喊自己叔呢,连个长幼尊卑都不讲,和他闹一场就闹一场!但是无缘无故,和人家简老师结了个梁子,这就得不偿失了……

余大海的胡思乱想,被简云开绘声绘色的故事吸引过去,他眨眨眼,倾过耳朵,暂时收敛起心里乱麻般的"线头儿",认真听简老师讲道:"你们晓得为啥这一片的枣子叫贵妃枣吗?"

有个跟着远秀学种枣的红脸小伙举手,声音粗粗地回答:"报告简老师,咱们这落凤坡,以前山上不是有不少野枣树吗?没人管它,它还每年结果子,只不过那枣子个头小,还有点酸,那时村里老人就叫它'贵妃枣',大概是希望它能长得好一点,像贵妃那么又甜又漂亮,莫给落凤坡丢脸吧。"

红脸小伙的话,惹得大家伙哄堂大笑。不过,笑完了,他们发现,一直这么"贵妃枣贵妃枣"地叫,确实还不晓得这枣和贵妃有啥关系呢。

简云开微微一笑,拿出了在课堂上讲书的派头,娓娓道来:"大家听过杨贵妃的大名吧?对,就是爱吃荔枝的那个唐朝美女,其实她不但爱吃荔枝,别的水果也很爱吃,爱吃水果的女人,才长得那么肤白貌美啊。话说,在唐天宝十五年,'马嵬坡兵变',跟随唐明皇的众将士,走到马嵬坡,不肯往前走了,逼着皇帝要处死杨玉环,为啥呢?因为杨玉环堂哥是'反贼',那她这个当妹妹的,自然脱不了'红颜祸水,祸国殃民'的嫌疑。但唐明皇舍不得啊,他内心晓得杨玉环是无辜的,那些误国误民的事,她一个深宫女子晓得啥?现在将士兵丁将一切罪责都推到一个弱女子身上,杀声震天,这是在威胁皇帝老儿:你要是今天不杀这妖女,我们就不再为你卖命,到时,你看你一个光杆司令怎么办吧!唐明皇万般无奈,他已经处死了那个该死的杨国忠,还是无法平息将士心头之火。这时,自幼就跟随唐明皇的'贴心豆瓣'高力士公公上前来,对唐明皇献上一计。什么计呢?李代桃僵。"

这个成语可唬住余大海了,他拧着眉头,快速地在脑海中思索一番,感觉很陌生,未找到出处,幸好简老师很快就亲切具体地讲述了什么叫"李代桃僵":"由高力士公公亲自从随行宫女中选出了一个身形外貌酷似杨玉环的女人,那宫女深明大义,甘愿代替贵妃赴黄泉。于是,一出'调包戏'顺利上演,众目睽睽之下,宫女被白绫勒死。而那真正的杨贵妃玉环,连夜潜逃,求生去也。奔波多日,杨贵妃一行,进入了绵州罗江县境内,她见这儿群山青翠,鸟鸣莺唱,泉水清澈,便有了在此地落脚之心,刚好罗江有座宝峰山,山上有座古朴雅致的庵堂,杨玉环便遣了随从,扮成居士,在庵堂里住了下来。住了

第十一章

一段时间,杨贵妃在对镜梳妆时,见自己花容憔悴,不由得心生悲凉,闷闷不乐,暗自垂泪,茶饭不思。随侍她的宫女,为解贵妃愁绪,便从行囊里取出一包贡枣来,请贵妃食用。杨贵妃生性爱吃水果,她于烦闷之中勉强吃下几颗,顿觉神清气爽,周身通泰,只是那贡枣珍贵,只余这一包,便每日只肯吃几粒,惜枣如金。说来也怪,这枣核像是懂得贵妃心思,落地便生根,长出枣树,次年便结了满树果子,让贵妃美美享用。日子一天天一年年地过去了,当年貌美如花的杨玉环,早就化作了尘灰飞烟,而那枣子,却在罗江生下根来,从宝峰山,到落凤坡,鸟儿将枣核丢到哪儿,哪儿就长出了野枣树。人们感念贵妃,便为这枣取名为'贵妃枣'。"

原来是这样!听了简老师一席话,"落凤坡水果专业合作社"的成员们都摩拳擦掌,两眼放亮,现在,他们心里更有底气了:会长余大海和秘书长明远秀提出大伙同心同德,一起打造"贵妃枣林",将产业做大做强,他们有这个信心!

散会后,余大海磨磨蹭蹭地挤到简云开身边,支支吾吾了半天,忽然猛地伸出手来,吓了简云开一跳。简老师条件反射般也伸出手,余大海赶紧握住,捏紧了使劲摇晃两下,口中激动道:"简老师,你讲得太好了!以后,咱们贵妃枣也不是莫得名头莫得那啥,啥底蕴了,谢谢你啊!"

简云开稍微有点意外,因为今天他和余大海余会长握了两次手。一次开会前,一次开会后。

落凤坡

二

余大海回家后,眉飞色舞地给大辣子普及了"贵妃避难"的故事,大辣子听得津津有味,讲完了,余大海狠狠一拍大腿,喊声:"娘的!"大辣子还沉浸在花容月貌的贵妃传奇中,赶紧问他咋了?余大海又拍一下大腿,说道:"我亲亲的辣子妹耶,你看,咱们现在有这样的好日子,赶明儿'贵妃枣林'红红火火搞起来了,是咱落凤坡的大产业,咱们种枣户能赚更多钱,你说好不好?"

大辣子聪明,她也拍大腿,但拍的不是自己大腿,而是啪一声拍在余大海腿上,余大海可怜的大腿连连被拍击三次,这大辣子是断掌,拍人特别痛,他也龇牙咧嘴不敢说句让大辣子不高兴的话。大辣子拍了余大海大腿后,大声回答:"好!好着呢!当时我爸妈眼窝浅,我要嫁给你,他们还不同意,说啥反正养你都养到三十岁了,也不在乎养你一辈子,你跟个空心竹竿男人,赶明儿还不把你饿死穷死?我大辣子就不信这个邪!老余你说说,我大辣子嫁过来,你是不是特走运?以前的坏运气一扫而空,前面全都是金灿灿的好光景等着你呢!"

余大海赶紧拍老婆马屁:"那可不是!我亲亲的辣子妹,那是我老余家的福星啊!不过,老婆,除了你为我老余带来好福气,还有两个人,对咱们的事业发展而言是不可缺少的福星。"

第十一章

大辣子一听还有重要福星，赶紧竖起耳朵认真聆听，余大海就说了："是简云开老师和明远秀啊。辣子妹，你莫跟我瞪眼珠子，你听我细细说。这简老师，人家肚子里装着满满三车，不，是五车书！人家一开口，说的都在理儿上，今天经他这么一提升，贵妃枣的文化价值，呼呼就上去了，比坐火箭还快！再说那明远秀，我也不晓得你怎么看她不顺眼，记得你刚嫁到落凤坡时，人家明远秀还是个小姑娘，你还挺喜欢她的，常常送点水果糖啊彩色橡皮筋啊给人家，咋现在这么不待见她呢？"

大辣子多年来针对远秀，远秀却一直没有和她"硬碰硬"，受了她的委屈，吞了天大的苦水，人家也是该问好就问好，该微笑就微笑，倒弄得她没了脾气。其实上次许志兴找上门来，喊打喊杀的，她心里还是虚了半分，晓得自己太过分，否则也不会招惹一个"小辈"要跑来找她论理啊。而且，听说远秀晓得了志兴找大辣子晦气，她马上就批评了志兴，一点都不承志兴的情，还怪他多管闲事。这事也令大辣子深深震撼，她也开始反思：是不是自己误会了远秀，冤枉了人家呢？但毕竟视远秀为"情敌"已经这么久了，脑筋一下子转不过这个弯，更是抹不下这张老脸，要她一个"长辈"去和小辈低头。现在，余大海一本正经地提出来，大辣子兀自红了脸，内心波澜起伏，张张嘴没说出囫囵话来。

余大海见大辣子这样子，心下猜到大辣子也在那儿内疚呢，晓得自己是恨错了人，闹出一系列误会，但又不好意思承认，他便清清嗓子，语气放得更软更柔地说道："傻辣子，你和我结婚这么多年了，难道你还不晓得你男人这颗心么？我余大海生是你的人，死是你的鬼啊，你到外面去乱吃啥子飞醋？唵？"

余大海这话，说得可真是肉麻十足，但大辣子就是吃这一套啊，他们两口子若不肉麻了，那太阳倒要打西边出来了。大辣子听了老公这番深情表白，顿时感动得眼泪涟涟，横抹了一把鼻涕，粗鲁道："你个鬼大海，瞎说啥子，你又不是周幺鸡，入赘到我家来，我大辣子才生是你的人，死是你的鬼。"

"要得，要得！"余大海顺势搂过大辣子肥厚的肩头来，故意凑近她耳朵哈热气："咱们说好啦，从今天起不要莫名其妙找些醋来吃，找些气来怄。生，是一起生的人，死，是拉着手一起走的鬼！"

"大海！"大辣子的大脑袋猛然撞向余大海的瘦胸膛，撞得他肋骨"哐当"一声，他虽吃痛，却如一块铁板般纹丝不动，将他亲亲的辣子妹搂得死紧。

这是志兴到城里的第二个月了，他还没找到事做。一开始，他是住在车站旁边的小旅社，住着三人间。找了一周事没找着，他心里发慌，换了大通铺。住了两周大通铺，他数数口袋里的钱，不行了，住在城里，不说住宿费，每天饭钱都是一

第十一章

笔不小的开支,喝口冰凉凉的矿泉水,那么小一瓶,也要一元五。志兴舍不得这个钱,便想着去自来水管子那儿喝水,哪晓得误打误撞进了一个收费公厕,守厕所的大爷才不管你尿没尿呢,反正进了这个门,就要给他交五毛钱,志兴憋红了脸不肯交——凭啥呢?他只是进来喝了口凉水啊,一口凉水,哪里值得了五毛钱?大爷不理这个茬,不交钱?便不放志兴走,他先还梗着脖子和大爷吵,后来围观的人多了,大爷虽说落了几颗牙,瘪嘴一点都不影响发挥,说话头头是道,眉飞色舞地对周围人说道:"大家伙来看看呀,都来评评理,这个乡下人,用了厕所不给钱,哦,有吃霸王餐的,还有拉霸王尿的不成?"志兴气得青筋直跳:"我没有,我没有尿……"大爷反唇相讥:"你没尿,闷头就往厕所里头闯,难不成那里有金山银山、商机无限?"围观的吃瓜群众轰然发出一阵大笑,志兴面红耳赤,他最终从口袋里掏出五毛钱,扔在大爷脚下,掉头愤愤地走了。

志兴也不是没找到工作的机会,怪就怪他为人太老实,他听周小方说过,工地上需要的人多,志兴不会那些砖瓦工、钢筋工的手艺不要紧,不是还有一个工种叫"小工"么?简单说就是打杂的,啥粗活笨活都干,技术含量不那么高,像志兴这种脑瓜肯定能胜任。可惜志兴并不像小方想的那么脑瓜活络。

工头找志兴要了身份证,歪头看了看,问他:"以前没犯过啥事吧?"换了别个人,肯定胡乱点点头就能蒙混过关了,志兴偏不,他实话实说:"以前坐过三年牢。"工头脸上的肌肉抽了一下,继续问道:"是怎么回事呢?"志兴不带半点撒谎:"用镰刀砍伤了一个人。"得,说到这里,工头脸一黑,身份证塞回去,皱紧眉头,右手像赶苍蝇般在空中挥舞几下:"我们这里人满了,你去别处问问吧。"

志兴认了倔,他之前在牢里,听狱友说过,像是他们这种人,留了案底,存心要查的话,用身份证一查就能查出你是否吃过牢饭,他把这话死死地记在了心里,所以找工作时,人家只要稍稍一问,他立马就竹筒倒豆子——从实招来。他想我光明正大来找事做,凭自己双手养活自己,我有啥不敢说的?历史就是历史,历史就决定了我曾经是个囚徒,我现在不说,那岂不是骗人么?

志兴不肯骗人,于是志兴在城里呆了一个多月,都没找到一份工作。

现在,志兴连大通铺都舍不得住了,晚上去哪儿睡觉呢?去车站候车室。不过,在候车室过夜有个问题,就是你坐在椅子上没关系,一旦想把身子放平躺下来,很快就有戴红袖章的工作人员跑来干涉,用手指头将你捅醒,礼貌地请你不要一个人占多人座。但人瞌睡得厉害时,是多么想能放平身子啊,坐着睡?脑袋朝下点一点,便从美梦里被拉回一次,这种睡睡醒醒的折磨,志兴真是受够了,可又有什么办法呢?不听红袖章的,再敢将腿脚腰身都放上椅子,当心人家下次来了,不客气地将他赶出去。人在屋檐下,志兴只得低这个头。

志兴塌着肩,窝着背,微合双眼,刚要续上美梦了,忽然

第十一章

被一根手指捅醒:"嘿,哥们,嘿。"志兴恼火地睁开眼,当他发现面前不是红袖章,是一个头发油腻腻的男青年时,他心头更是火大了——怎么谁都有资格用手指头捅他,打扰他的美梦啊?他正想冲那油头发大发其火,油头发小声说道:"哥们,我有好生意,做不做?"志兴的瞌睡顿时一扫而光。

油头发背着一个帆布包,看不出什么颜色来,他将那包包拉到志兴跟前,轻轻拍了两下,说道:"哥们,我观察你很久了,你这几天每晚都在候车室过夜,白天在人才市场找工作吧?告诉你,你很难找到合适的工作。"志兴皱了皱眉,他不喜欢这种被人跟踪和监视的感觉。那油头发凑过来一点,嘴里也是一股隔夜的油哈气,熏得人想吐,油头发也不管人家皱眉不皱眉,故作亲热地靠得更近,说道:"哥们,我佩服你,是条汉子,你曾'进去'过吧,这是真汉子的行为,要不是你在'里面'呆过,我还不会便宜你呢。"志兴被这油头发熏得恶心难受,他强忍着不快问道:"究竟是什么生意?"那油头发,又将他的帆布包包,连拍几下。

现在,志兴弄明白了,这油头发是想让他跑个腿,送个货。货也不大,就这个帆布包包,送到成都火车北站,自然有人来接货。既然是一趟这么轻松的差事,路上花费时间也不多,轻轻松松捎一个小包去,为啥油头发自己不去呢?而且,还答应给他两千元钱,一千元当订金,另外一千,到了成都北站,自然有接头人一手交钱,一手交货。

"莫非这是……"油头发没让志兴将后半截话说出来,他伸手一握,便将志兴嘴巴紧紧捂住,同时一柄硬硬的凉凉的东西抵住了志兴腰眼,油头发在他耳畔哈臭气:"告诉你吧,你今天做也得做,不做也得做,你个蹲过号子入过监的死囚犯,连这点胆子都没得,还凭啥走江湖?"

志兴有苦难言:他哪里是想走江湖呢?不过是想老老实实寻一份工作,能让他养活一家人就好。腰眼那里被抵着的不知是啥东西,是匕首还是弹簧刀?志兴心头发凉,他告诫自己要稳住,稳住,于是微微侧脸,嘴被捂着,便眨眨眼,露出了驯服表情。

油头发以为志兴已经"臣服",心满意足地将帆布包往他怀里一塞,正要从衣兜里掏一千元给志兴,志兴将那包包往地上一掼,没命地往门口跑去,如同一支箭,射向了茫茫黑夜。

志兴好不容易才逃脱了油头发的"魔掌",可当他回过神来,低头一看,哎呀!这才发现自己的包,不知道啥时候跑丢了,他仅有的一点钱,还有身份证都在里面呀,现在可怎么办?

"叫花子,请你吃。"小胖墩大概四五岁,心肠倒是蛮好,见街角蜷坐着这么一个头发乱蓬蓬、衣服脏兮兮的叫花子叔叔,他慷慨地从嘴里扯出半支棒棒糖,还滴答着口水,举到了志兴面前。

第十一章

"我不是叫花子!"志兴一声怒喝,吓得好心肠的小胖墩一屁股坐在地上,随即,弹着两条小胖腿,天崩地裂地大哭起来。

"你这个短命的叫花子,你干嘛吓我家宝贝?"小胖墩的母亲比小胖墩还要胖,气喘吁吁地跑过来,搂住地上的小胖墩,将怒火对准了这个不识好歹的叫花子。

"我说了我不是叫花子!"志兴气得眼冒金星,这些城里人都是怎么了?难道都是聋子,听不懂自己的话吗?他明明不是叫花子,就算他饿得前胸贴后背,也没有伸手要过谁一分钱呐,那小胖墩为啥要来冤枉栽赃他?志兴猛然站起,因为几天都没吃饭了,他这下起身,眼前一黑,差点晕倒在地,脚步还没有往前跨一米远呢,小胖墩的妈用一只藕节般的胖手抓住志兴,怒气冲冲道:"你把我娃儿吓哭了,想走?哪有这么撇脱的事!"

志兴和这个胖女人说不清爽,唯有拿眼瞪她,很快,他们身边就围了几层看热闹的,这些人从来都不嫌事大,只要有热闹看,他们乐意围堆堆。

"对不起,对不起,这位女士,吓着您宝贝了,我替他向您道歉。小朋友,你看喜欢这个么?"围观的群众脖子伸得更长了,他们没想到这叫花子真走桃花运,竟有个美女主动上前相助。那美女替他道了歉,又从挎包里掏出一本连环画,但那不是普通连环画,快速翻动纸页,里面的人物会动起来,像是动画片。一个眼尖的老伯见多识广,叫起来:"是绵竹年画!"

小胖墩得了这件宝贵礼物,马上不哭了,一脸鼻涕眼泪,还玩得爱不释手。

美女摆平了胡搅蛮缠的胖墩妈,又对围观群众嫣然一笑:"大家有兴趣,可以在网上搜一下我的网店,我的'盛唐彩坊'小店有各种各样绵竹年画的衍生产品哦。"美女唐之蓝,一边说着,一边向大家散发了名片。她的名片设计得很漂亮,背面印的就是一幅传统年画,当即有拿到名片的围观群众开心道:"拿回去当书签都好看啊!"

众人散开,唐之蓝才有机会好好打量志兴,志兴禁不住她含有热度的目光,不好意思地垂下头。唐之蓝倒是爽朗一笑,一如少女时代般干脆利落:"志兴,别害怕,我老早就晓得你心里没有我,不是来逼你喜欢我接纳我的。"

志兴没料到唐之蓝这样坦白,他索性也苦笑着摊摊手:"你看看我现在,活该被人认成叫花子,我这样的人,哪还配得上你的喜欢?"哪晓得唐之蓝是个较真的人,听了志兴这话,当即批评他:"你是我十七岁时就喜欢的男生,不能这样贬低自己,再说,我当年同意退出,唯一原因是因为我知道你喜欢的人是远秀。"

志兴无言以对,他一身脏兮兮,唐之蓝打扮得时髦靓丽,他们站在街头一本正经地谈论年少时的感情,这情景怎么想,志兴都觉得不真实。在唐之蓝的再三询问下,志兴将这段时间在城里找工作失败的经历都原原本本地对她讲了,包括被人胁迫,差点去运毒,为了摆脱魔掌,弄丢了盘缠和身份证的事。

第十一章

唐之蓝叹口气:"幸好今天我来这里和客户谈点事,否则,就遇不上你了。"唐之蓝还说:"志兴,我送你回落凤坡吧,你出来这么久,难道就不挂念虎头吗?"

志兴眼圈一红,除了虎头,他还挂念别的人,可他嘴硬,一个子儿都没赚到,怎么有脸回去?唐之蓝才不管他有脸没脸呢,她行事就是这么风风火火,打电话租了辆车,将志兴"塞"进去,她也高高兴兴坐进去,对志兴解释:"我想远秀了,走,我们一道回落凤坡。"

远秀见到唐之蓝,自然是欣喜万分,她们就差没抱在一起又叫又跳了。当天晚上,远秀让小星和外婆睡,她与唐之蓝一直聊到后半夜。她们聊了很多很多,唐之蓝是个喜欢折腾的人,从年画师那儿学成出师后,她拒绝留在师傅那儿画传统年画,而是自己开了一家小小网店,将年画元素引入了饰品打造、时装设计、办公用品等,她满怀信心地对远秀说:"远秀,我们赶上了一个好时代,人们的物质生活水平提高了,精神需求也不断提升,做产业,一定不能因循守旧,咱要学会用文化元素推动产业发展!"

"之蓝,你说得真好!"远秀愣了愣,消化了一下唐之蓝的话,这才发自真心地表扬她。唐之蓝抿着嘴,微微笑了一下,她张张嘴,想把当年志兴送来一万五,帮助远秀渡过难关的事和盘托出,但见灯下的远秀一脸兴奋,整个心思都在"产业"上,唐之蓝又收起了秘密,她心想:远秀太不容易了,现在她看准了贵妃枣产业,正把劲头都放在上面,想要好好大干一场，这种时候，说感情的事，恐怕要分她的心，还是算了吧，女人嘛，要先搞好事业，再来说感情的事，更好。

志兴回来了，管他赚没赚到钱，只要一家人齐齐整整地守在一起，素琼就高兴得直念"阿弥陀佛"。

转眼就到过年了，一家人开开心心地围坐在一起包饺子、吃腊肉、嗑瓜子、看春晚，电视上正在播放刘谦表演魔术，小星和虎头两个孩子看得很认真，眼睛都舍不得眨一眨。素琼逗五岁的大孙子："虎头，你看得这么专心，想让魔术师叔叔给你变个什么出来啊？"虎头不假思索地大声回答："我想变个妈妈！"

孩子这话一出，众人哑然无声。

第十二章

远 归

一

根据玛雅预言，2012年12月21日是世界末日？

《2012》是桃香和宝来在电影院一起看的唯一一部电影，看电影时，正好是虎头望着刘谦表演魔术，说"想要让魔术师变个妈妈"的时候。桃香心头一震，怀中抱着的纸桶一倾，半桶奶油爆米花倒到了地上，宝来心疼地去扶爆米花桶，埋怨道："搞啥子？电影都是假的，你个瓜货！"桃香答非所问："我儿子想我了。"宝来哼了一声，儿子？那时桃香已经跟着宝来，在南方浪荡五年了，五年来都没想过自己儿子，咋忽然就动了这心思？宝来瘪瘪嘴，心中厌恶地想：女人真是麻烦！宝来没想到，从那天起，桃香身上某处神秘角落，仿佛复苏了一个叫作"母爱"的开关，她开始不时望着远方，想念落凤坡，想念刚刚满月就被她抛诸脑后的儿子虎头。可怜的孩子，没吃过妈妈一天奶，也不晓得长大了身体强壮不强壮？健康不健康？

桃香文化程度不高，但看了电影《2012》之后，对于"世界末日"的恐慌，竟在她心头扎下根来。如果到了那一天，地球上的全人类都要死去，那么桃香最想见到的人是谁呢？她闭上眼使劲想了想，发现竟不是宝来，而是连样子都不晓得的、从自己身上掉下的那块肉团团，小虎头。

宝来是有本事赚到一点钱，他对桃香倒不吝啬，有钱时会带她吃大餐，买化妆品，挨着服装店试连衣裙，但同时他也忍不住和别的女人腻腻歪歪。桃香发现过两次，和他吵过打过，她给宝来一掌，宝来就甩她一耳光，她挥一记粉拳，宝来就来一个扫堂腿。桃香被男人打过几次后，晓得了男女体力悬殊，她就算撒泼，也不是宝来的对手。当年志兴打她，如今宝来也打她，桃香心中气闷，想不通为啥自己这么倒霉，遇到的竟是对女人动粗的男人。她换了策略，不再动手动脚，而是撕心裂肺地大哭大闹，吵嚷着质问宝来为啥要和外面的狐狸精勾勾搭搭，宝来嬉皮笑脸："哎哟，你到底算是我啥人啊？咱俩一对野鸳鸯，你还真当我是老公，从头到脚管起来啊？得了，桃香，要说狐狸精，你真该照照镜子，看镜子里那位，是不是也叫狐狸精。"

宝来的话，好比一柄小刀子，一下一下旋进桃香心尖尖，痛得她呼吸都难，她和宝来之间，好好坏坏、吵吵闹闹地过

第十二章

着,像是两口子,又像是野鸳鸯,走到了2012年春天。如果玛雅预言是真的,全人类都只有大半年好活了,宝来大概也信了这个"最后限期",他不想再在桃香身上浪费一分钟时间了,他连一声招呼都没打,收拾了出租屋里值钱一点的东西,跑了。当桃香醒过神时,连她的手机都被他拿跑了。桃香一开始还不愿相信,她死守在出租屋,哪儿都不去,饿了就泡点方便面吃,她以为宝来只是和她吵吵嘴、赌赌气,他怎么会丢下她一个人不辞而别呢?直到房东上门,不客气地将门敲得山响,对着桃香吹胡子瞪眼睛:"你们欠了我三个月房租,到底什么时候给我?"这时,桃香才相信秦宝来真的不要她了,一个人逃之夭夭。

桃香被逼得没办法,房东虎视眈眈,她逃无可逃,只好在人家的监视下,翻箱倒柜找出一个破旧的通讯本,找号码打电话给国钰姐,请国钰帮忙,汇点钱救救急。国钰在电话中,用语速极快的东北话,对她噼里啪啦好一顿臭骂,末了,国钰还是念及当年桃香为自己亲弟弟换亲嫁人的旧情,给她汇来了五千元钱,又怒气冲冲地警告她:"以后你就算饿死街头,也不要再打电话找我了,你舅舅舅妈年龄大了,受不得刺激,你倘若还有丁点做人的脸面,就别去骚扰他们!"

拿人的手短,桃香只能硬着头皮,将国钰的责备当苦药,统统吞下肚去。她心头明白,舅舅舅妈是无从投靠的,国钰姐已用这五千元买断了她们的亲戚关系,天大地大,可哪里是她邱桃香的立锥之地呢?在房东的押解下,桃香去邮局取出了国

落凤坡

钰电汇过来的钱,交清房租,心头顿时空空荡荡,眼睛一酸,朦胧泪眼中仿佛又看到襁褓中弹动着小手小脚哭啼不休的一团肉,虎头呵,虎头。

邱桃香回落凤坡的大消息,是大辣子第一个发现的,她跑得上气不接下气,跑到果园去找远秀,现在,大辣子已经一点都不嫉恨远秀了,余大海说了,他死都是她大辣子的鬼,她若听了这话还吃别的女人干醋,那才是傻透了!如今,远秀栽培果树已经是青出于蓝而胜于蓝,余大海和她名为师徒,很多时候,反而是余大海向远秀讨教更加先进、科技含量更高的种植技术,大辣子便顺水推舟地和远秀恢复了旧交,也不顾辈分,平时见到人家,亲亲热热迎上去叫一声"远秀妹子",见到远秀妈,亲亲热热喊一声"素琼嫂子"。这种搞乱辈分的做法,也只有大辣子这种活宝才干得出来。这会儿,她就跑得脚底板朝天,肺里喘得像风箱,在果树中间看到远秀那个瘦怯怯的身子,高门大嗓地喊叫起来:"哎,远秀妹子……"大辣子顿了顿,接着大声喊道:"远秀妹子,你嫂子回来了!"

邱桃香到了家门口,竟不认识家门了。这是她的屋吗?没错,旁边是秦端公的小院,秦端公家里早早没了女主人,院坝脏得要命,墙角杂草丛生,走了几年,还是这副尊容,不过更凋败更衰落一些了。既然秦端公的小院认出来了,那许志兴的屋,就该在这里没错啊?可这崭新的青砖大瓦房,镂空篱笆墙里探出头的蔷薇花和绿萝,一只母鸡带着一群小鸡在院子里悠悠闲闲地散步,旁边的鸡圈半敞着,打扫得干干净净。邱桃香

第十二章

擦了擦眼睛，没错，是许家，院子里长着一棵枣树，她嫁过来那年便长在这里的。

一个头发花白的女人，端了半簸箕碎米来喂鸡，她看着桃香，也擦了擦眼睛，忽然叫起来："桃香？桃香你回来了？"

邱桃香嘴巴艰难地蠕动了一下，没有将那个"妈"喊出口，事实上，从她当年嫁到落凤坡，她喊素琼"妈"的次数，十个指头都数得过来。

◉

邱桃香回家的第一晚，关于她睡哪里，就和志兴吵了架。这几间亮堂堂的平房，是远秀用卖枣的钱翻修的，当时整饬好了新房，志兴坚决不住主屋，让素琼住，要不远秀和小星睡主屋，反正他不住，谁再逼他就不在这个家呆！家里的女人都有点怕志兴哪天想不开了又跑到城里去碰壁，她们赶紧答应下来。素琼心疼女儿，也坚决将主屋推让给远秀和小星，于是，主屋里住的，是邱桃香嘴里的"外人"，"一个嫁出去的女儿和她的拖油瓶"。

志兴说话很冲："没人欢迎你回来，你要是不愿睡我这间屋，你去隔壁睡，没人管你。"志兴竟然拿这话刺她？邱桃香顿时觉得一口腥甜的血涌上喉头，她花了点力气才将这屈辱咽下——隔壁？隔壁住着那老鳏夫秦端公，志兴这是拿话当刀子，杀人不见血哩。他讽刺邱桃香是秦宝来的野女人，也算秦端公半个儿媳吧,她要去隔壁睡,"公公"难道还敢拦着她不成?

桃香没争赢志兴,她狠狠吞下这口恶气,心头盘算着:来日方长!想不到我在外面过苦日子,你们已经在家里修了这么好的房子,过得舒舒坦坦的,哼!现在我邱桃香回来了,我才是许志兴明媒正娶的女人,虎头的亲娘,这个家说一不二的女主人,暂时忍下这口气,看我今后怎么和你许志兴算账!

远秀心细,怕桃香回来得匆忙,没带够洗漱用具,她领着小星,从村口小超市为桃香买来了新毛巾、新牙刷、新梳子、新睡衣、新拖鞋。远秀和小星进屋时,桃香与志兴的战争刚刚吵落牙,一两句狠话还是滑进了远秀耳朵。远秀面皮有点发烫,她将塑料袋送到桃香手里,喊了声"嫂子",桃香接过,从鼻子里哼出一声来。桃香想要让虎头跟她一起睡,之前虎头自己睡一张小床,如今志兴去睡了虎头的床,两爷子的确挤不下一张小床,虎头听了却将脑袋摇成拨浪鼓,七岁的孩子想了想,很快为自己拿了主意:"我要和奶奶睡!"桃香气得牙痒痒,但亲生儿子都这样说了,她又能怎么样?

虎头刚满月,亲妈就弃他而去,婴孩虽小,却也不是毫无知觉。那时虎头夜夜啼哭,远秀将他带在自己身边睡,一晚上不知道起来多少次,给虎头换尿布、兑奶粉,抱着他在屋里走来走去充当人肉摇篮。虎头再大一点,远秀要忙田里的活,照料坡上的果树,便是奶奶带着他睡,奶奶不但带着他,还带着小星,两个孩子,一头睡一个,小星和虎头脚抵脚,津津有味

第十二章

地听奶奶讲故事。

虎头虽然没有妈,身边却有奶奶、姑姑和小星姐姐,他觉得很快乐。只是长大一些,看到人家小朋友都有妈,他一个人没有,像是全体小朋友都有了变形金刚他虎头一个人没有似的。没有变形金刚,疼他的姑姑会带他去县城商场买,但没了妈,却是鼎鼎大名如刘谦的魔术师都变不出的。在虎头眼中,妈妈大概就是这样一种存在吧——人家都有,那我也要有。如今,妈妈真的回来了,他反而害怕得紧,能和奶奶睡,让他无比放松。

"虎头,你妈妈回来了,怎么不叫她一声啊?"熄灯了,素琼给虎头掖好被角,自己也躺下来。

"奶奶,那个……那个阿姨真是我妈妈?您没有骗我吧?"黑暗中,虎头睁着一双亮眼睛,严肃地望着蚊帐顶。奶奶爱干净,蚊帐已经很旧了,但总洗得干干净净的,仔细闻,还有一股洗衣粉混合太阳的香味儿。

"傻孩子,她当然是虎头妈妈,难道还会有人冒充你妈妈,跑到我们家来啊?"素琼有点心酸,她不晓得怎么和虎头解释才好,暗自希望有血缘连着,虎头能尽快和他妈妈熟悉起来。想想自己当年改嫁到落凤坡,志兴不比今日的虎头大几岁,志兴还不是自己身上掉下的肉呢,几十年处下来,两人却比亲母子还亲。如今,桃香和虎头本身就是嫡亲母子,他们应该会很快熟悉起来吧?

虎头却不怎么满意奶奶的解释,他之前是想有个妈妈,因为所有小朋友都有啊，小星姐姐也有妈妈，他一个人没有，那就比人家弱几分，这个感觉不太好，但现在他也有了一个妈，却横看竖看觉得这妈咋这么陌生呢？而且，妈刚回家就找爸爸吵架，好像还说了姑姑和小星姐姐坏话，这又是怎么一回事呢？

素琼无力去应答孙子小脑瓜中层出不穷的问题，她只能叹口气，用老年人息事宁人的口吻说道："虎头乖，只要虎头乖乖的，你妈妈就会高兴，家里气氛才会好，你要听话呀。"虎头不以为然地哼了一声。

这一夜，久久未眠的，可不只虎头一个。除了小星能很快就坠入甜甜梦乡，这家中的大人们，个个都辗转反侧，满腹心思。

桃香暗暗发誓：管它2012是不是世界末日，就算是末日，那也要等到12月人类才毁灭，还有大半年光阴呢。这大半年，我就要好好地活，将过去几十年的委屈一次性补回来！我算是看清楚了，明远秀这个女人不简单，之前她算什么？就一个无处容身的小寡妇，身后还跟着宋小星这个小拖油瓶。现在呢，俨然跟这个家的女主人一样，带着她的小拖油瓶，住着家里最好的屋子，志兴那个骚男人，不时拿眼睛瞄他的便宜妹子，天晓得他们趁着我不在，在这个家里闹出点啥子见不得人的丑事没？算了，我且将肚皮放宽点，之前我也和秦宝来那个杂种跑了几年嘛，就算志兴跟远秀有点啥勾连，一人让一步，扯平了，大哥莫说二哥，老鸹莫笑猪黑……只是我回来了，往后这

第十二章

位置都要摆摆正，老婆就是老婆，妹子就是妹子，这些道理，今后我定要让志兴晓得……

一旦拿定了主意，邱桃香气顺了，心平了，很快也进入梦乡。

"志兴，你过来。"志兴莫名其妙地看了一眼邱桃香，不晓得这女人葫芦里卖的啥药，他忙着吃了饭要下地呢。农忙季，家里就他一个男劳力，他可不指望邱桃香能帮什么忙，她只要不添乱就好。志兴继续低头大口扒饭，不理她。邱桃香便扭着腰肢自己靠过去了，脸先凑近，再翘起小手指头，往志兴腮上轻轻一刮。志兴身子多少年没接触到女人了，桃香忽然来这么一手，他仿佛被蜜蜂蜇中，浑身上下一激灵，面部肌肉都僵住了。桃香仿佛很满意自己的杰作，她曲起手指，弹了一下刚从志兴脸上刮下来的一颗白米粒，娇滴滴地"哎哟"一声："志兴，你是有老婆的人，这样邋邋遢遢地出去，莫让人家笑话哟。"志兴慌慌地拿视线去瞅远秀，仿佛怕远秀听了这话有啥反应，桃香气不打一处来——咋了，在这个家，难道她还不能对自己男人表现得亲热点了？那明远秀算个啥东西？说好听点就算许志兴的便宜妹妹，说难听点，她邱桃香不在的这几年，如果他们兄妹俩有点啥风流事，她明远秀放在旧社会，顶多算个妾！这想法令邱桃香的腰板挺了起来，她暗中给自己鼓劲加油：莫怕那"妾"，大红结婚证上，写的是你邱桃香和许志兴的名字呢！

邱桃香是个只要确定目标便坚定执着的人，现在，不仅对志兴表现得热情似火，对虎头，她也亲热得不得了。奈何虎头总用警惕的目光看她，仿佛不是她生的，她是一个该被提防的敌人。邱桃香主动提出买礼物送虎头，问了好多东西，虎头都再三摇头。

邱桃香气不过，为啥虎头不要亲妈的东西，却缠着姑姑给他买了一把多功能尺子啊？就是那种又能画波浪线，又能画三角形、圆形的尺子。远秀带着小星去菜园浇水了，素琼在院子里收衣服，左右瞅瞅，家里没人，邱桃香抓起那把淡蓝色的尺子，抬起腿，放在膝盖头上一折，塑料尺子立时从中间一折两半。邱桃香将尺子扔到地上，还气冲冲地往上面踩了几脚。

"你干什么？"刚刚在外面挖蚯蚓的虎头，不晓得怎么又回来了，刚好看到邱桃香折断他多功能尺子的一幕。虎头噔噔跑过去，一把推开邱桃香，从她脚底捡起已碎裂的尺子。

"你这个凶手！"

邱桃香惊呆了，她不晓得自己十月怀胎、辛辛苦苦生下的孩子，怎么会冲她这样大吼大叫，还给她扣上这样重的大帽子。

虎头的哭喊，惊动了院里的素琼，奶奶回来了，姑姑和小星姐姐也回来了。当虎头呈上"证物"，又抽抽搭搭讲了一通尺子的遭遇，家里几个大人都沉默了。只有邱桃香还顿足骂

第十二章

道:"你个小没良心的,你在瞎说啥子?明明是你尺子不小心落在地上,妈妈帮你捡起来,你不感谢妈妈就算了,还诬赖我折坏你尺子!你小小年纪咋这么坏,这么会诬陷人?再瞎说,小心我撕烂你的嘴!"

"看来是我要撕烂你的嘴!"一声断喝,如同惊雷。素琼胆子最小,她见志兴从外面一步跨进门,满眼怒火一脸凶相,顿时抬臂去架这蛮牛一般的儿子。志兴扶住素琼,表情痛苦不堪,嘶声道:"妈,这女人就是个泼妇,自打她回来,家里哪有一天安宁?"

"莫这么说,千万莫这么说。"素琼眼泪滚滚而下,一只手还无力地攀着志兴衣襟:"孩子,听妈一句劝,家和万事兴呐。"

虎头被气势汹汹的父亲、五官扭曲撒泼抵赖的母亲吓坏了,他一头扎进姑姑怀抱,远秀抚摸着虎头脑袋,无声地安慰他。志兴见到家中女人噤若寒蝉的样子,叹口气,将高高举起的巴掌,收了回去。

志兴觉得自己像被架到了炭火上,炙烤得他心中怒火熊熊。最近这几晚,桃香总要推虎头小房间的门,对,现在这房间暂时被志兴"接管"了。这个不要脸的女人,她推几下推不开,晓得志兴从里面上了门闩。她非但不知难而退,还握着拳头大力敲门,咚咚咚,咚咚咚,弄得一家人都提心吊胆,睡不安稳。

邱桃香不害臊不知羞,但志兴还要一张脸呢,特别是和远秀同在一个屋檐下,他要脸!邱桃香这个破货,趁着自己坐牢,便和隔壁的野男人离家出走,一跑便是七年时间,这七年,她尽过一天当妈的责任吗?她尽过一天当媳妇的义务吗?现在也不晓得和那秦宝来出了啥差错,她大刺刺回到落凤坡,回来就回来吧,她是虎头的妈,家里也不会不给她一碗饭吃,但瞧瞧她都做了些啥事?她擂战鼓般将门打得山响,生怕左邻右舍听不到,她要和志兴破镜重圆,主动送上门呢。但凡志兴是个男人,就该有男人的大肚量,难不成还小肚鸡肠的,久久不肯原谅她,和一个女人过不去吗?

志兴气得将后槽牙几乎咬断,他猛地拉开门,邱桃香几乎是一头栽进他怀里。这破货,不晓得在外面学了些啥妖精招数,穿了件布少得可怜的睡衣,倒在志兴怀里,贱兮兮地捏拳头轻轻捶男人胸口两下:"死鬼,怎么半天都不开门,快把人家冻死了!"

七八年了,邱桃香走了有多久,志兴便清心寡欲多久。他也是壮年男子,血气方刚,一个曾经熟悉的热腾腾、软乎乎的肉身子跌到他怀里来,他哪能不心如小鹿乱撞?但只是短短一瞬,志兴像头蛮牛,低吼一声,又重重一推,房门关得山响——他将邱桃香,推出了自己的怀抱之外,如果有可能,真想把她推出自己生活之外。

"哥,你别叹气了,你这叹气声,把鱼全都吓跑了!"周小方瞅了瞅自己和志兴身边的钓桶,今天受志兴影响,他们哥俩的钓桶里都是汪汪半桶清水,连半个鱼苗儿都没有,还比不上小小的虎头,人家小孩子倒更能沉得住气,钓上了两条小鱼一只虾。

"小方,不是我想叹气,这日子,咋就过成现在这样呢?"志兴苦恼地搓搓脸。周小方嗨一声:"得了吧,哥,桃香回来了,你们一家团聚,你呀,知足吧,老婆孩子热炕头,还有啥好叹气的?"志兴听不得桃香两个字,听到了又是一声长叹。周小方倒好,三十郎当了还没娶老婆,当光棍汉当得理直气壮,他哪里晓得,其实结婚的男人有结婚男人的苦楚,这苦楚还没法对外人一一道来!

小方才不管志兴心里多拧巴呢,他丢钓钩到水里,说着自己的开心事:"哥,眼看村干部就要选举了,我跟你说啊,这次我的目标可远大了,我想选村主任!"志兴心不在焉地嗯一声,小方有点不高兴地说:"哥,说好啦,到时要选我当村主任呐!"

可真到了选举那一天,志兴并没有写小方的名字,此次村干部选举,由村民先自主提名候选人,周小方这几年小组长当得好,他带领的组员很有默契地都写了他名字,但还有一个让志兴料想不到的名字——明远秀,也被村民提了出来。在填写选票单时,志兴毫无迟疑地写下了远秀的名字,很多村民都写了远秀的名字。

唱票结果:简云开当选为新一届村支书,明远秀当选村主任,周小方荣升村副主任。

周小方开心不改，不管副不副，反正现在挺胸腆肚地在村里走一遭，村民见到他，都笑得露白牙："周主任好！"他很快就适应角色，昂起下巴，手掌稍稍往下按一按，面带微笑回答："同志们好！"

回到家里，蔡包子笑得见牙不见眼，也对亲儿子说："周主任好！"周小方想一想，他很快回答："主任妈好！"

远秀当上了村主任，既在志兴意料之内，又在他意料之外。这几年，远秀带着大家，将昔日的荒山野坡，都种上了贵妃枣树，余大海虽是"落凤坡水果专业合作社"的会长，但遇到具体事物，他总有个口头禅："你们再找明秘书长了解一下情况吧。"在果农心中，明秘书长倒是与会长分量等肩的人物，她受到大家的爱戴和支持，能成功当选，是民心所望。

远秀如今将事业发展得风生水起，再反观自己，三十多岁的大男人了，做什么都不成器，和远秀一比，这样的差距，何止天上地下？志兴不愿去想，一想，便觉得心中锐痛无比。

如果说，以前志兴对远秀还存在那么一点点的"奢望"，邱桃香的归乡，彻底打碎了他的梦。不，不是因为邱桃香，她现在不管表现得怎样风骚蚀骨，志兴都能以一颗古井无波的心待之。他烦桃香，不是恨，而是更为具体的厌憎，就像面对一只老鼠一只蟑螂。人在面对老鼠蟑螂时，不会想到仇恨吧？你顶多只会去厌憎。但志兴发现，他有多么固执地讨厌邱桃香，远秀就有多固执地希望"哥嫂"能破镜重圆。

远秀啊远秀。志兴在心头哀叹："你真是这样想的吗？你

第十二章

和我,竟不想扯上丁点关联,所以她一回来,你就上赶着一口一个'嫂子',千方百计让我们'一家三口'团聚,你就一点都不体恤我的心。可你看到了吗,连虎头那么小的孩子,他也害怕和他妈妈相处,邱桃香对于虎头也好,对于我也好,都是个陌生人。"

许志兴满心苦涩,可惜无人能解,特别是他多年的小兄弟周小方,他现在又荣升为周副主任,满脑子的主意,正是放开手脚大展宏图之际,也不顾许志兴表情是否开心,跑来抓着人家,粗声道:"志兴哥,可找到你了,快来,快来,我们有大事要商量,你得帮帮我!"

原来,周小方是拉志兴一起参加"落凤坡第一届贵妃枣文化节"的筹办活动,这也是新一届村干部上台后的第一个"大动作"。简云开是总策划,具体负责此事的,是村主任明远秀和副村主任周小方。周小方劲头十足,他一点都不像"三把手",事必躬亲的态度,以及满溢的热情,让他很快在筹备小组内部收获了一个"周大总管"的称号。周小方一下子被抬升到"大总管"的位置,开心是开心,但开心了没多久,有人悄悄告诉他,以前宫里的太监头儿才叫大总管呢,他一听就不乐意了,主动撤了自己"大总管"的职,但跑前跑后的劲头还是一点没丢。

有周小方拉着,许志兴想躲懒也躲不成,晚上十一二点,还跟着周副主任在贵妃枣林前的"你枣广场"搭戏台子。周小方说了,这不叫戏台子,叫T台,我们落凤坡马上要迎来天南海北的客人了，说不定还有蓝眼睛高鼻子的外国人，所有村民都要与时俱进，记住这是"国际性的T台"，千万别叫成了戏台子。

五

喜庆的锣鼓敲起来，欢快的乐章响起来，落凤坡仿佛从未这么热闹过，人们从四面八方蜂拥而来，参加"落凤坡第一届贵妃枣文化节"。文化节上节目纷呈，除了丰富的文娱表演，还现场评选出了"落凤坡枣王"。

在评选"落凤坡枣王"时，有一个小插曲：远秀一开始不愿以种枣大户的身份参加比赛，因为她本身也是村干部，再参加比赛，会不会有"当了裁判又当运动员"的嫌疑呢？无奈村民热烈呼吁，不管小伙子还是老头子，大家都兴致高昂，将手拢成喇叭状，大声喊道："明远秀，明远秀，明远秀！"远秀推却不过，只能参加，不过，她提了一个小小的改进意见：那就是盲选。之前会议筹备组商定的，是由各位种枣大户，自己手托白瓷碟，为台上的十名专家评委送去贵妃枣。远秀提出"盲选"，托碟子的便成为十位高挑靓丽的模特，她们是从外地赶来，特意为文化节表演的，由她们托枣送审，自然更显公平公正。大家对明远秀这种绝对透明的竞争方式大鼓其掌。

没想到，就算盲选，最后拔得头筹的，仍是明远秀。远秀有些不好意思，她原先是暗里希望师傅余大海能成为第一届

第十二章

"枣王"的,余大海倒不在意自己当了"亚军",他笑眯眯地悄悄对远秀说道:"你看,台上那些农、林部门的专家对咱们十个种枣大户的果型、色泽、重量、口感等硬标准进行了评比打分,刚刚我听离得最近的专家说了,1号枣卖相不错,但甜度和水分稍稍次了一点,所以最终还是3号枣胜出。远秀,你的'3号'是实至名归,甜度与水分都恰到好处,你这个'落凤坡枣王',实力摆在那儿的,不必推辞。"

这次贵妃枣文化节,给人们留下深刻印象的,除了美丽干练的"落凤坡枣王"明远秀,还有那一群专程赶来表演节目并担当礼仪的靓丽模特,让大家眼前一亮的,是这些模特的服装,都带有鲜明的绵竹年画特色!

唐之蓝借着"你枣广场"的T台,完成了她的"个人服装首秀",她除了领来一群专业模特,展示了具有年画特色的服装,还有团扇、油纸伞、坤包等,全都巧妙地融入了年画元素,大家看得目不转睛,议论纷纷:"以前以为年画只能贴在大门上,原来穿在身上这么漂亮啊!""是啊,你看伞上的那个胖娃娃,太可爱了!""就是,原来这设计师唐之蓝,还是咱们明主任的好朋友,你有想买的东西吗?找唐设计师现场购买,报明主任的名字,可以打八折。""太好了,我要买一把扇子,你看那抱鲤鱼的胖娃娃多喜人,拿回去送给我儿媳妇,说不定明年我就能抱大胖孙子了!"……

唐之蓝倒了两杯茶,递给远秀一杯,两人以茶代酒,相视一笑。远秀也真是渴坏了,一口喝了个底朝天,唐之蓝笑她:

落凤坡

"女侠！"远秀悄悄叹一声："之蓝，我已经两晚上都没合眼了，落凤坡第一次举办这么大的盛会，大伙儿心里没底啊，今天活动这么成功，多亏了你。你看，大家多喜欢你设计的年画产品啊，模特身上的衣服，都恨不能当场给人家买下来！"

唐之蓝抿嘴一笑，其实，说实话，在参加文化节之前，她对"个人首秀"能否一炮而红并无把握。在人们的观念中，绵竹年画喜庆是喜庆，好看是好看，但那不就是过年时往大门上一贴吗？之蓝独辟蹊径，将年画元素融入当代生活，谁说年画一定要贴在墙上呢？难道就不能变成靠枕上的印画？不能变成钱包上的彩绣？不能变成精美的书签或者眼镜盒吗？年画可成为衣上的印花，可作为鞋上的装饰，她这个设计师，大胆打通了传统与现代、古典和时尚，使得一切"不可能"变成了"可能"。如果说之前的"盛唐彩坊"是"线上操作"，今天的"T台首秀"，便是"线下亮相"，她选择在落凤坡这样一个小山村作首秀，而不是选择繁华大都市，从今天的现场反馈看来，这步棋是走对了。

唐之蓝的"年画秀"让村民们看得津津有味，无形之中还带动了一些人的创作欲望，比如说余大海。

余大海眼珠子直愣愣地看着台上，所有表演都结束了，他还伸长脖子，保持这种长颈鹿态势，感动得快要哭出来，周小方过来碰碰他胳膊肘："嗨，大海兄，你咋了，那些漂亮模特妹妹给你下降头了？小心我告诉大辣子，晚上回去你要跪搓衣板的！"

第十二章

大辣子和村里的小伙姑娘们没大没小的,也成功降低了余大海的辈分,对,按照辈分,周小方也该喊他"叔",现在也是一口一个"大海兄"。

"大海兄"眼珠子亮亮的红红的,有点像兔子,他转过来看了周小方一眼,狠狠吸溜了一下鼻子,瓮声瓮气问他:"小方,我跟你说件事,你不能笑。"

不说这话还好,一说,周小方就憋不住想笑,他两片薄嘴唇快要包不住门牙了,忍得脸上肌肉直抖擞:"好,大海兄,我坚决不笑。"

"你还小……你不晓得,你爸肯定有印象,以前我年轻时,还曾是村里的文艺积极分子呢。"

周小方说话不算数,哈哈大笑了起来,空心竹竿余大海原来是被这场丰富生动的表演给勾起了心事啊,怪不得这么眼泪汪汪的。不过,他这模样年轻时演什么呢?上戏台子扮棵树?扮个旗杆子?

余大海生气了,脸一垮,转身就要走,周小方赶紧拦住他:"哎,哎,大海兄,别生气啊,我不是不信你,我信得不得了,是我不好,我年轻不懂事,没看过大海兄上戏台子……"余大海一瞪眼:"不是戏台子,是T台!"周小方赶紧点头如捣蒜:"对对对,是T台,咱大海兄,倒退三十年,是T台上的红人……"

余大海又多瞪周小方一眼,周小方回家,找他妈蔡包子打听一番。蔡包子紧皱眉头装模作样回想了半天,硬是没回忆起余大海这段光荣历史,最后还是周幺鸡想起来:是,那余大海年轻时特别喜欢唱戏,他曾经在样板戏《沙家浜》里毛遂自荐演过一次刁德一。原本演刁德一的演员吃坏了肚子,不停跑茅厕,实在上不了台,可余大海也不是能上台的角儿啊。他这刁德一只唱了几句,就因为荒腔走板,唱词完全跟不上锣鼓,被大家喝倒彩给生生喝下台去了。

可,几十年过去了,余大海心中依旧熊熊燃烧着一个文艺梦。

第十三章

赌　桌

一

　　余大海既然已向周小方倾吐了他的文艺梦，晚上回到家，怎么都睡不着了，在床上翻来覆去地烙烧饼。再说这大辣子，虽然她内心已洗清了远秀的嫌疑，但她那颗常年拈酸吃醋的心，绝非朝夕之间能改变的。她今天自然也去了文化节现场，但因为是观众，所以站得远。四里八乡的人围拢过来看热闹，人多得像围生铁桶，大辣子又不是一只鹤，站在后面，足尖跂痛了也没能看清楚 T 台上的"年画模特"走秀。她听那些抢占有利位置的人说了，模特真是太漂亮了，一个一个像是从画里直接走到落凤坡的！怎么，这余大海白天看美女看得入了眼，夜里睡觉还拨不出倾慕来，要在床铺上翻来翻去演相思戏么？

大辣子可算自个儿把自个儿给气着了，她猛然起身，也不披衣，蓬乱着头发扭脸就冲余大海吼："模特那么好看哇？你想得半宿都睡不着哇？"余大海吓得腿脚一伸，像是膝盖头被人用橡皮筋一拉，伸到极限弹回来。他赶紧起身去哄大辣子睡下来，给她盖被子，这过程中挨了大辣子两闷脚，余大海也不敢喊痛，只一味心疼道："你这是搞啥子？凉着后背了，明天又要咳嗽，看你咳嗽发烧，我比自己病了还难受！"

大辣子听闻情话，心里火气灭了三分，话语却还硬硬的："那你说，你大半夜不睡觉，是不是在这儿想模特？"余大海叫苦连天："哎呀我的辣子妹妹，我想啥子模特哦，我在想文艺！"大辣子眼明手快地从被子里飞出一只手，拧余大海耳朵："还说没想，啥子鬼文艺，老娘读书少你莫哄我，文艺就是那些妖精模特，模特就是来演文艺的！"

余大海啊哟啊哟，整张脸皱成一团，求饶道："姑奶奶，我发誓我想的文艺，不是你说的那个妖精文艺！"接下来，余大海竹筒倒豆子般，原原本本地对大辣子说了他的"伟大文艺梦"。

听罢余大海一席话，大辣子又是忽的坐起，隔着棉被，重重拍了余大海大腿两下，赞赏道："大海，你有这么好的想法，为啥子刚才不说出来？你看，害我白白误会你一场！"余大海这次不敢犟嘴了，只能在心里犯嘀咕：我就算要说，也得你肯给机会啊，你上来就是一副打妖精的战斗样，我哪有机会说？

余大海的想法是很好，他和大辣子夸下了海口：要用"快板书"的方式,将果树种植技术的要点编成"快板词",村里之前不是有广播站吗,后来渐渐荒废了,只是偶尔播放一两则开会的通知。如果将广播站重新恢复起来,每周固定时间推送"种果快板书",既丰富了人民群众的业余生活,又能让大家学到实打实的知识,多好!大辣子对自家男人有这种"宏图壮志",表示十二万分的支持。

  余大海坐在桌前,已经整整两个钟头了,这两个钟头,他感觉自己像是便秘一般艰难。原本自己要讲果树经,滔滔不绝张口就来,为啥要编成快板书这么难呢?哎呀,又要押韵,又要通俗易懂,咱果农脑子大概和那些知识分子构造不同,人家脑子随便一动,便是无数好词儿,余大海呢,将自己憋得脸色发青,愣没想出一句巴适的话。

  余大海伏在桌前创作,大辣子真当自家老公是艺术家,专门给他做了溏心蛋,沏了新绿茶,在屋里走路,脚跟都放得轻轻的,生怕扰了余大海的才思。周小方在窗外兴高采烈大喊"大海兄",大辣子立马冲到窗子前面,食指一竖,眉毛拧起,恶狠狠地"嘘"了一声。不过已经来不及了,余大海宛若被解救,从桌前一跃而起,向周小方热情挥手:"小方,小方,快进来!"

  周小方一个箭步跨进来,他看到余大海面前的白纸和圆珠笔,竖起大拇指:"大海兄,打扰你搞创作啦?"余大海皱眉苦笑了一下,趁大辣子不注意,拉过周小方低声说:"我憋老半天了,硬是憋不出一句像样的快板词!"

周小方忍住笑，一脸认真地说："所以我专门来找大海兄，和你合作啊，你来给我讲讲果树种植技术，我负责转化成朗朗上口的快板词，怎样？"

啊呀！真是想睡觉，老天爷就掉了个枕头下来。余大海太高兴了，他没想到周小方还有这本事，周小方谦虚地摆摆手："没啥，没啥，我们当干部的，是要一专多能才行，新时代对基层领导的要求，不低呐！"

大辣子看余大海满脸喜色，她也快活起来，跑进厨房，手脚麻利地给周小方端出一碗溏心蛋，殷勤道："周主任，快吃，吃了还有！"周小方心里美滋滋的，嘴里甜丝丝的，心想人家都说大辣子是个有名的泼妇醋坛子，不是这样的嘛，瞧瞧人家多识大体啊，一口一个周主任！

余大海和周小方迅速成为黄金组合，他们还私下偷偷给自己组合取了个名字，叫"大小组合"，只限他们两人晓得。如今，每逢周二、四黄昏，村广播站都会播放"大小组合"合创的快板词。周小方的确有两把刷子，他将快板词写得通俗易懂，就算没有文化的老太太听了，也连连点头，将学到的知识指导家里的青壮年："你们要'科学种果'晓得不？我一个老太婆都懂得起：'树干涂白的配方，石灰加盐和豆浆，浸泡搅拌变汤汤'，这快板书又顺口，又好记，不费啥力气就学到技术了，硬是好！"周小方心细，他分春夏秋冬不同季节的注意事项，推出"种果快板书"。村民们听得津津有味，在村里遇到余大海了，还拉着他的手问："余会长，你好久又和周主任一起写新词嘛？之前的那些，我都会倒起来背了，你们快点写新词哦！"余大海开心得眉眼溢笑，喜滋滋地说道："哎呀，一定一定，主要我们当领导的，事多，忙得很，但晓得大家的心愿，再忙，都要像从海绵里挤水一般挤出时间来搞创作，满足大家啊！"

余大海得了周小方这个有力帮手，尝到了当"艺术家"的滋味，曾冻结了几十年的文艺梦，如今一朝复苏，立马就枝繁叶茂。余大海打心底感谢周小方，他寻思着要给周小方送个什么礼才好，但送啥呢？现在落凤坡的日子，一天比一天好了，送红包送礼品都不合适，传出去还说他贿赂村干部呢，那怎么表示感谢呢？余大海想啊想啊，还真让他想到了，他高兴得又重重拍自己大腿一记。

余大海神神秘秘地拉周小方去角落说话："小方，有好事跟你说。"

"啥好事，大海兄，难不成，你是要当爸爸了？"余大海吓得赶紧去捂周小方的大嘴巴，压低嗓门紧张道："小方，千万莫乱说哟，你辣子姐姐去年已经绝经了，若被她听说我还想要个孩娃啥的，那不是杀了我的心都有？肯定又要怀疑我在外面有啥猫腻了。"

周小方扯开余大海的手，嘿嘿笑："那肯定是大海兄你平时不老实,猫腻多多,大辣子才防贼一般防你。"余大海感觉在这个问题上扯不清楚,他在男女问题上老实了一辈子,就因为娶了个醋坛子老婆,动不动就上门骂这个是狐狸精那个是小妖精,弄得他也连带着成了个花花太岁似的。余大海肚子里叹口气,将话题转过去:"小方,我是和你说认真的,莫开玩笑呢。"

周小方便也摆出认真倾听的表情。余大海便附在他耳旁,眉飞色舞地讲了:"你大辣子姐姐,娘家有个远房侄女,今年刚二十五岁,长得那叫一个漂亮!而且人家还有文化,读过大学的,怎样,配你这个年轻村干部,绰绰有余吧?"

余大海挖空心思,想到能为周小方介绍个漂亮媳妇,这才是最高规格的感谢啊!他都三十出头的人了,哪能不想媳妇呢?想当初,自己打光棍打到三十多,不晓得有多想"白天有个做伴的,晚上有个说话的"呢。周小方,你就可劲儿乐吧,人家大辣子这远房侄女,可是上好的人才……余大海想得这么美,想象中周小方至少要感动得抱住他,啪嗒亲他脑门两下吧?但是,没有,这周小方,也不晓得是不是官当久了,遇到这等好事,也能打官腔吗?

周小方是这样回答的:"大海兄,我现在一心扑在事业上,儿女情长的事,暂不考虑。"

余大海急了,一急就将长辈的姿态抬了出来:"不孝有三,无后为大!小方,你都三十多了,还不娶亲?男人嘛,先成家再立业,娶个贤内助,一点都不耽误你在事业上进步!"

第十三章

周小方也急了,拱手作揖,说出了真心话:"大海兄,不瞒你说,我心里已经住进一个人了,有了她,我咋能再去找别的女子结婚嘛?"

原来是这样!余大海对这个答案很满意,但他又对周小方嘴巴铁硬这件事不满意。铁硬的不只小方,还有一个许志兴。那邱桃香数次"色诱",想要将他们这块"破镜"给圆上,他都能冷口冷面,不给她一点机会。

邱桃香原是不信这个邪的,想当年,她才刚嫁给许志兴,那时虽然许志兴在床笫之事上不主动,但只要她使小小手段一撩拨,他也是激情如火的。两具年轻的身体,也曾有过无数夜美好的回忆,怎么现在他能对自己这么冷淡,表现得无动于衷呢?对,肯定是他沾上了别的女人,没说的,这几年,许志兴和明远秀那个贱人,住在一个院子里,同在一个屋檐下,他们哪还能忍得住心头这把欲火?恐怕早就明铺暗盖了吧?想到明远秀夺走了许志兴,邱桃香就气上心头,牙齿咬得咯吱响。

邱桃香捅破窗户纸,冲许志兴发难,看起来是一件小事起的因,她自己心里明白,"线头儿"并不在这儿,不晓得早就绕了几千几万里呢。起因是一家人围坐着吃晚饭,许志兴吃完第一碗,他要添饭时,顺手将空碗递给了远秀——他也并不是故意递给远秀,只是因为远秀坐的位置,离厨房最近。远秀很自然地接住空碗,刚站起来,邱桃香就冲他俩发了难。

邱桃香将自己的饭碗,狠狠往地上一掼,吓得两个孩子从桌旁弹起来,大气都不敢出地瞪眼望着五官扭曲的邱桃香,她冷哼一声才开口骂道:"我还没死呢!你们这对不要脸的假兄妹,就那么等不得了?"桃香将脸转向远秀,讽刺道:"你就那么下贱?没名没分的,当他的添饭丫头,连个妾都混不上?"她又将灼灼视线对准志兴的眼,语带挑衅道:"许志兴,我们还没离婚吧,现在我是你法律上的老婆,这点你承认吧?"

远秀原以为她已尝过人生最苦的苦楚,走过了最险的险滩了,但想不到还有这样的屈辱等着她,当着她的母亲和孩子的面,将她的尊严摔到地上,狠狠用脚底践踏、踩躏。

远秀的脸瞬间变得惨白,哭出来的反而是小星,小星哭得肩膀抽搐,她用袖子狠狠抹了一把眼泪,大声道:"你不准骂我妈妈!"小星一开口,虎头马上就和他姐姐站到了一边,手指着邱桃香鼻子,下结论道:"你是坏人!我讨厌你!"

邱桃香惊呆了,她设想自己撕破脸皮,将志兴兄妹俩的隐情大白于天下,他们会震怒、会跳脚、会吵骂得声浪掀屋顶,志兴说不定又会对她拳打脚踢……对,她是做好了充分准备,才会在饭桌上发难的。她内心甚至希望志兴来打她骂她,这样,她才会有累累伤痕的证据,才能博得人们的同情,所有人都会向着她。到时,志兴是那个输理的人,再不想接受她,也只能无言咽下这苦果了。

但是,现在家里哭得浑身发抖的,只有两个小孩儿,素琼也好,志兴也好,远秀也好,他们一律脸色发白,但没一个人站出来和桃香对仗吵骂。儿子骂了桃香是"坏人"后,志兴俯下身,摸了摸虎头脑袋,轻声说:"虎头,你和小星姐姐出去

第十三章

玩吧。"他像是眼中没有邱桃香这个人,自顾自拿了撮箕和扫把,将地上的碎碗和米粒打扫干净,再不说一句话。

为什么?邱桃香简直想上蹿下跳,想大声嘶吼,她丢出了多有杀伤力的一个"炸弹"啊,为什么家里的人像是死人一般?没人理睬她呢?

邱桃香其实是想错了,志兴不打不骂,不吵不嚷,不代表他内心没有震怒,实际上,他的心已经被邱桃香的"炸弹"轰成了一片废墟,一方焦土,他异常冷淡,更没动邱桃香一个指头,还是因为那两个字:厌憎。现在,邱桃香在他眼里,如同一只有毒的蟑螂,丑陋不堪,不值得恨,只有无穷无尽的厌憎。他真是低估她了,邱桃香自打重回落凤坡,她虽不时闹得鸡犬不宁,还未说出过像今天这样无可挽回的话。她不只是将志兴拉进了地狱,还让无辜的远秀陪葬!

邱桃香,好毒的女人,当她无耻地说出那个"妾"时,已经斩断了志兴对于远秀的微末憧憬,虽然那憧憬,只是暗夜一道最最微弱的光,但如果没有那道光,他要靠什么来撑过漫长寒冷的黑夜呢?

志兴关上房门,一屁股坐在床沿,这才感觉疼痛如万箭穿心,他无力地伸手捂住脸,片刻,掌心便已滚热而湿润。

素琼轻轻地叩门,她担心志兴,志兴越是这样平静,她越担心他会做出点什么骇人的事体来。志兴拉开门,素琼心疼地望着儿子,当年志兴只是一个流着清鼻涕,穿着露后跟破鞋的小孩子,转眼工夫,他都成一个中年男人了。可他塌着腰驼着背的模样,让素琼这个母亲心疼不已,她甚至天真地希望时光能回到从前,哪怕日子苦点累点,那时一家人齐齐整整地在一起,多好,志兴的人生还有得选择,多好。素琼原本是想进来开导志兴两句的,她忽然发现自己压根没有开口的权利。她能说什么呢?难道她当年一点都没看出志兴和远秀之间的情谊?就算看出一点苗头了,她能不管道德人伦,让他们兄妹相亲相爱吗?素琼不知道,她老了,脑子时常犯糊涂,以前的事,常常张冠李戴。她无话可说,只能以歉疚的眼神默默望向志兴,滑下两行清泪。

志兴的心,比被小刀慢慢凌迟还要疼痛。

桃香自摔碗之后,一直等着志兴来和她大干一架,她绷紧了脑海中那根弦,她可不怕他!但她等啊等,等来的竟然是志兴的躲避,日也不归家,夜也不归家,志兴去哪儿了呢?他迷上了打麻将。

志兴之前也会打麻将,逢年过节时,和周小方等好朋友凑一桌,打个八圈十二圈,谁输了就往谁脑门上贴白纸条,都是兄弟朋友嘛,不带"彩"的。现在他白天黑夜地泡在麻将馆,才觉得之前贴纸条简直是笑掉人大牙,那叫打牌吗?那叫小孩子过家家!打牌就是要"打钱"啊,钞票都搁在跟前,输了?输了好,真金白银地拿出去,一会儿工夫,一张大钞打散了,整零了,很快连碎钱都输得精光。输得好啊,输得痛快啊!人生不就是需要这样的输赢吗?许志兴呐许志兴,枉你活了几十年人,现在才算活通透,活得懂了点道理:这人世间,哪里是个说理的地方呢?你在外面没法说理,人家晓得你曾经是蹲过监狱的囚徒,你这辈子身上都带着这块洗不去的烙印了;你在家里没法说理,那人口口声声说是你的老婆,你儿子的亲娘,但她只会带给你伤害和侮辱,你连最想保护的人都保护不了,你还算一条汉子吗许志兴?只有牌桌上好,牌桌才是真正公平公正的地方,只有在牌桌上,你才活得像个人,像个男人!

志兴舍不得下牌桌了,麻将馆成了他的"新家"。他之前辛苦积攒的一点存款,不到一个月,都丢进了哗哗的洗牌声中,丢进了"二条""三筒"中。

"虎头,过来。"素琼招呼刚跨进家门的大孙子。这孩子,不晓得他跑哪儿去了,小星被虎头班主任叫住,还说了一会话才回家来,怎么虎头比他姐姐还要晚?

虎头低着脑袋,慢慢踱到素琼跟前,他仿佛预感到奶奶要和他说什么。果然,他刚挨过去,素琼已将手伸进围裙后的裤袋中,从里面掏出了一把零钞,数了数,塞到虎头手里:"傻娃娃,你们班主任喊大家交书本费,你为啥不回来说一声?如果不是小星告诉我,我都不晓得我大孙子受委屈了,这两天都没有新本子用。"

虎头竟忽然犯了倔,他将那一把零钞又塞回奶奶手里,大声说:"不用!奶奶,我去找我爸爸,让他给我钱!"

素琼人老腿脚慢,哪里追得上虎头呢?小孩子一溜烟就跑远了。

四

虎头走进麻将馆,首先被呛得猛烈咳嗽,这么大的烟雾,不但打麻将的男人们人手夹着一支烟,身后"抱膀子"的诸人,都在吞云吐雾,一开始,虎头竟然看不见人。他童稚的咳嗽声,引起一个"膀子客"的注意,那人朝旁边吐了口烟雾,问道:"小娃儿咋跑到这里来玩了?"虎头挺直腰背,忍住受了烟雾刺激想要流泪的冲动:"我是来找人的!"

虎头找到了志兴,但没找到他的书本费——也许志兴刚刚那一把,将兜里的钱都输光了,也许麻将馆太嘈杂,而志兴不分昼夜地奋战在这儿,连听力都受到影响,他并没听见儿子在说什么,潦草地扫了儿子一眼,推了他嫩肩膀一把,回头继续"奋战"。于是,虎头怀揣着低落失望的心情,怏怏离去。

八岁小孩子,他也有他的心事,也有他的不快乐,虎头眼里噙着泪水,弄不懂好好的生活咋就变成了这样?那时他没有妈妈,一家人照样生活得无忧无虑的,至少,爸爸从未拖欠过虎头的学杂费。现在他看似多了一个妈妈,却也平白多出许多烦恼!那么,这个妈妈,到底是拥有好,还是放弃好呢?八岁的小脑瓜哪里想得清这个问题呢?虎头就在这乱纷纷的思绪之中,一个不留神,摔到了干沟中。

第十三章

干沟并不高,但孩子扭伤了脚踝,动一动就痛得掉眼泪。虎头不敢动弹了,他躺在沟底,无比丧气地又开始想起来:谁让他当年向魔术师许愿,想要一个妈妈呢?

虎头当晚是趴在哑巴叔背上回去的,哑巴说不出来话,和素琼、远秀比比画画了半天,她们终于弄明白了——虎头从麻将馆出来,他对那条小路不熟悉,不小心才掉进干沟扭伤脚。远秀千恩万谢地送哑巴叔出门,哑巴叔多向她比画了两下,她很快猜出哑巴叔的意思了:在救起虎头时,孩子满脸都是泪!

远秀非常生气,那晚她也不管避嫌不避嫌,坐在堂屋里,一直守到子夜一点,等回了志兴。

"你知道为了你,虎头今天受伤了吗?"远秀刚说出第一句话,眼泪就落了下来,她为什么要冲志兴发火呢?因为他窝囊、没出息、逃避责任吗?因为他连累虎头受伤吗?还是因为远秀为了他,受了那么大的屈辱和冤枉,她竟不肯去恨他?

"虎头怎么了?"志兴仿佛一团稀粥的脑浆,在听到远秀的话时稍稍清醒,他起身就要往素琼卧室走,远秀腾地站起来,像一堵冰冷的墙挡在他面前,毫不客气地说:"你还知道时间吗?现在是看虎头的时间吗?"

志兴忽然生了气,他咚的一拳砸在墙上,语气凶狠道:"虎头是我的儿子,老子啥时候想看儿子,都是正确时间!"

饶是这样说,他推开远秀,冲进自己住的那间屋,拉开抽屉找出几张可怜巴巴的钞票塞进兜里,在出门时,他看到邱桃香也在堂屋,她衣服整整齐齐,不像刚从床上起来的样子。她与远秀像两尊沉默的塑像，面无表情地看着他。只是，在志兴翻找到一点赌资，再度出门赴下半夜的赌局时，邱桃香冲他背影狠狠啐了一口。

虎头扭伤了脚，请假在家休息，但八岁的孩子，正是调皮捣蛋的时候，哪里躺得住？素琼要忙家务活，远秀要忙果园和村里事务，邱桃香便主动请缨，说她愿意寸步不离地照顾虎头。素琼和远秀对视一眼，她们没什么意见，桃香本来就是虎头的亲娘嘛。

等到素琼和远秀都出了门，桃香几乎是怀着激动的心，端了一碗骨头汤送到虎头床前。桃香晓得自己不应该，这世上，哪有亲儿子受了伤还觉得"不错"的呢？但这正是邱桃香真实的心理，虎头和她一点都不亲，她回来这么久了，费了多少心思，贴了多少笑脸巴结啊，这孩子咋还是一头小白眼狼，那么小一个人儿，看她时眉心竟会拧起来，像是怀着警惕打量敌人。现在，虎头受伤躺在床上，要由她这个亲妈小心伺候着，说不定倒能解开孩子心结，让孩子真正接纳她呢。

桃香一切都设想得很好，唯独少算了一样：遗传因子的影响。她回来快一年了，当时担心的世界末日并未来临，每个人都好端端地跨到了2013。这一年，她为了能爬上志兴那张破床，花了多少功夫啊，但志兴就是有本事当她是空气，任她引诱也好，撒泼也好，他都能不理不睬。桃香咬牙切齿骂志兴是"犟种"，岂知虎头更是个"小犟种"。见到桃香进来，满脸堆笑地让虎头赶紧趁热喝骨头汤，虎头一点都不领情，坐直身

第十三章

子,眼神直往桃香背后溜:"我姑姑呢?我奶奶呢?"当孩子明白,他亲亲的姑姑和奶奶都有事出去忙了,今天家里只有"这个女人"陪着他照顾他时,他失望得重重仰躺下来,闭上眼睛,不客气地说道:"你出去吧,我要睡觉!"

桃香长这么大,还没受过这样的气,八岁孩子的敌意能有多大呢?事实上,孩子比成人纯粹得多,他的敌意程度,也比成人更为剧烈,不管桃香怎么温柔看顾,虎头都不肯拿正眼瞧她。可怜的孩子,谁又晓得他小小的心灵里有多少纠结呢?他甚至求过魔术师,能不能再变走妈妈,让爸爸不再沉迷于赌桌?但这心愿刚冒了个头,他又害怕地掐灭了它。

最让桃香嫉恨的,是傍晚时分,虎头听到远秀进屋的声音,他辨得出远秀的脚步声,"姑姑",远秀还未迈进卧室,虎头已经欢天喜地喊了起来,张开双臂,像一只等待妈妈翅膀拥抱的小鸟儿。

可那小鸟儿,难道不是从我邱桃香身上掉下来的肉吗?桃香咬着唇,眼角闪了一点点泪光。

毛谷川33岁这年,迎来了人生两样喜事,一是他当上了镇长,二是他与简春晓喜结连理。这几年,春晓几乎将自己的科研项目都放在了落凤坡,她当然有私心,落凤坡是生她养她的故里,落凤坡,也是她喜欢的人最牵念的地方啊。

毛谷川原本以为自己一辈子都不会结婚的，他是个固执的人，年少时动的心，哪里能轻易放下？可春晓也是一个固执的人，春晓爱他的时间，并不比他花费在远秀身上的光阴更短。春晓以一种执着而沉默的信念爱着他，温柔地陪伴，大胆地表白。人心都是肉长的，这么多年走下来，毛谷川渐渐明白了春晓的好。他们原本就是好朋友，从好朋友跨越到好夫妻，仿佛是水到渠成的事，所以他们商量好，就只领个结婚证，两家老人坐在一桌吃个饭，并不办酒请客。

五婶不太满意儿子这样悄咪咪地解决了终身大事，她是方圆百里都闻名的媒婆，老早就设想过，如果毛谷川结婚，她这个接新媳妇进门的婆婆将会怎样风光，至少请三天三夜的流水席，痛痛快快地热闹一场！但她从来拗不过儿子的意愿，甭说儿子如今已是毛镇长了，就说毛谷川拖到33岁才肯娶媳妇，她这个当妈的哪里有对策呢？她还不是只能干瞪眼，好歹这小子脑袋转过筋，没有当一辈子王老五，否则她这个金牌媒婆的脸面往哪儿放呢？

得知春晓当了"毛太太"，是毛谷川和春晓领证一个多月之后的事了，远秀觉得很不好意思，两个都是她从小玩到大的好朋友，他们结婚，自己怎能一点表示都没有？远秀寻思着，要送一件别致又典雅的礼物给这对新婚夫妇，她打电话向唐之蓝讨主意，唐之蓝咯咯笑："远秀，你来绵竹呀，我的'盛唐彩坊'线下门店正式开张了，小店售卖的货品，可都是精美又大方，别致又高贵哟。"

唐之蓝就是这种爽直的性格，她给自己的年画产品打广告，一点都不扭扭捏捏，一点都没不好意思的。远秀和她交往多年，最喜欢也是她这嘎嘣脆的性格。

　　远秀去了"盛唐彩坊"，原来这是一个四合院，有大大的天井，宽宽的堂屋。唐之蓝作了大胆装修，天井改成了阳光茶坊，后面的堂屋、厢房等全部打通，设为茶室和展列室。在这里，来客不但能看到琳琅满目的年画衍生产品，还能喝着香茗，听着悠扬的古乐，聊天、打盹、发呆，在阳光下一坐就是一下午。

　　"之蓝，真有你的，这儿到底是画坊还是仙境？"远秀惊喜地东看看，西摸摸，她对什么都好奇，这里多美啊。唐之蓝得意地露齿一笑："远秀，还记得我跟你说过吗？咱们的产品再好，要让市场认可，也得需要好的理念、美的载体，以及与时俱进的营销手段。"

　　"是啊，之蓝，你从网店起步，如今拥有了自己的实体画坊，市场和客户的认可，证明了你的每一步选择都踩在了点子上。"远秀由衷地赞叹，她是打心眼为唐之蓝高兴。

　　唐之蓝一笑，眼角牵出了浅浅细细的皱纹，但有鱼尾纹的女人多美啊，少女唐之蓝曾经说过："我既没有一个当官的爸爸，也没有一个富可敌国的爸爸，但我要凭借自己的双手，真正改变命运，做自己生活的主宰。"很久之后，远秀才知道唐之蓝上初中时，父亲已经故世，她们两个，都是没有爸爸的女孩。在人生最初的道路上，少了爸爸温暖大手的扶持，她们注定要比别的女孩走得更艰难一些，但不管再艰难，想要迎接美丽彩虹，不都得在风雨之后吗？她们的骄傲，不在于今天能拥有多大的成绩，而在于数年打拼，能以单薄之躯，扛住这风吹雨打。

两个相识相知十几年的老朋友，一人一杯红酒，就在"盛唐彩坊"的院子里，对着月亮说啊，笑啊，讲到难受的地方，一个流几滴泪，另一个温柔地劝慰，不知不觉，她们竟喝下了整整一瓶红酒。远秀长这么大，喝酒的次数屈指可数，认真算来，她能放开胆子痛痛快快地喝酒，也只有和唐之蓝在一起才会如此放肆。

"之蓝，你偶尔会有这样的感觉吗：我俩为什么这样要好呢？我看着你，就像在照镜子，你就像是另一个我，我是另一个你。"远秀是有些微醺了，平时，她断不会说出这种深藏心底的话。

唐之蓝马上接住话头："当然有，我们还未真正见过面，只是以笔友交往时，我已经有这种想法了，远秀，我觉得我和你之间的灵魂，是没有隔阻的，我懂得你，一如你懂得我。"

远秀听了这话，眼里盈满了泪，她举杯和唐之蓝的酒杯清脆一撞，两人喝下最后一点红酒。

"之蓝，真好，我只有对着'镜子'，才什么都敢说。今晚，你就当我醉了吧，因为只有醉倒的人，才敢讲出心底最深处的话。之蓝，你知道吗？我心里好苦，看到志兴现在这样子，我心里太苦太苦了……"

第十三章

喝下去的酒液，化成了远秀此刻脸上滚滚的眼泪，她轻声哭泣着，将这段时间以来，志兴沉迷于赌桌的事，全都告诉给唐之蓝听。她有多伤心，她有多失望，她不是没有和他沟通过，可她说的话，他能听进去多少呢？他什么都没有改变，从早赌到晚，从天黑赌到天亮。之蓝，你是没看到志兴他的眼睛，特别可怕，像是兔子一样红通通的，布满血丝，他竟然将自己的时间、精力和生命耗在赌桌上！就因为他，虎头还摔伤了脚踝！

听到远秀这席话，唐之蓝震惊极了，她曾在城市街角，亲眼见识过志兴的落魄相，但就算在那种境地，志兴仍然还有一分骨气，他不愿被人称作"叫花子"，他为了一句话，和人家小孩子横眉冷对。难道，如今的志兴，连最后的尊严都已剥掉了吗？

远秀哭着，这眼泪压抑了太久太久，她终于能痛痛快快地在唐之蓝面前落下泪来。唐之蓝心疼地看着她，冲动如同海潮一般，在她胸口涌动，带来又酸又涩的感觉，她咬咬牙，叹口气，终于将那个被灰尘包裹的秘密，托到了远秀面前："远秀，你还记得闹非典那年的事吗？"

远秀抬起一双惊讶的眼，不知道唐之蓝怎么忽然提到了那遥远的 2003，多么缥缈的记忆啊，却从未遗忘过，那时，如果不是唐之蓝慷慨相助，远秀真不知道自己得罪了放高利贷的鲁大哥，会给自己给宋家招来怎样的灾祸。

唐之蓝一字一顿地告诉她："其实，那钱，是志兴偷偷拿给我的，他逼我发誓，不让我告诉你实情。"

第十四章

尊 严

―

"你说,当年,是……志兴?"远秀手一滑,红酒杯跌到地下,残酒溅了几点在鞋面上,她也顾不上了,瞪大眼珠,握紧之蓝的手。

唐之蓝叹口气,点点头:"后来的事,想必你也晓得,那年志兴和他老婆因为钱的事闹得天翻地覆,他却咬死不说这笔钱到底去了哪儿。"

唐之蓝说的这些,远秀都晓得,因为晓得,她的心,瞬时被一种莫名的疼痛与酸涩鼓满了。原来,她才是那个罪魁祸首,是她,无形中破坏了志兴与邱桃香之间的信任,给他们婚姻埋下了地雷,是她,令邱桃香从2003年起,便活在一种不安定的状态中。事到如今,她如何责备邱桃香在家中挑拨是

第十四章

非,弄得鸡犬不宁?都怪她明远秀呀!

远秀无力地捧住脸,头脑晕沉沉的。之蓝也不说话,只从一旁搂住她肩头,轻声道:"远秀,志兴如今堕落到这种样子,并不是他想这样,你再给他一次机会吧。"然而远秀心中想的,却是另一回事,她想着:我要给桃香嫂子,多创造一点机会。

拿定了主意,远秀心里静了下来,她放下双手,眼神澄澈地看着之蓝说:"之蓝,我现在什么都不想,就想和简书记一起,尽快让落凤坡好起来,美起来!把咱们村的经济真的搞上去!之蓝,现在从村到镇上,还有最后三公里'断头路',一到下雨,就泛起黄泥浆,人走过之后,鞋子糊得不见原来颜色,天晴呢,又能扑好一层灰。简书记和我合计着,我们今年一定想办法把这条路整治好,让大家再无出行之忧。别的,我啥都来不及想,也没精力去想了。"

唐之蓝懂得远秀,她点点头,轻轻在远秀背上抚拍了两下。

远秀自从晓得自己当年无形中欠了桃香的钱,虽然后面她一点点都还给之蓝,请之蓝去送还"朋友"了,但她在桃香和志兴之间撕下的裂缝,哪里是那么容易黏合呢?回家之后,远秀便有意教虎头多亲近妈妈,为他们母子创造单独相处的机会,远秀想着志兴如今好赌入魔,指望不上他了,如果虎头能和桃香建立起久违的母子关系,也许志兴看在一家团聚的分上,会浪子回头也说不定。

一段时间过去了,连素琼都看出女儿的笨拙和无力,她悄悄拉住远秀劝道:"算了,远秀,不要再强迫虎头了,可能这辈子,父母子女都是命,有些是有缘的命,有些是无缘的命,你硬要把他们拉一块,虎头难受!"远秀仔细想了想,是啊,她亲生父亲,至今还在世上,但却从未和她们母女联系过一次,倒是远方的爷爷奶奶,以前小时候给她寄过书本和衣裳来,真心当她是孙女看待。别人问起她父亲,她下意识就会说出病逝的苦根爸爸,全然想不起那一个亲爹来。从此,远秀放开心结,也不再刻意逼迫虎头和他妈妈亲近。

　　桃香不是蠢人,她在志兴身上用了多少力,对方始终甩冷脸子,如今还借着打牌,远远躲开她。她在这个家呆得愤愤不平,自然也要找"友军",就算远秀不暗中帮忙,她也得咽下怨怒委屈,百般奉承自己的儿子,哪知这小子丁点都不买账,弄得桃香灰头土脸,挫败连连。她原本就不是一个有毅力的人,三番五次在虎头面前吃瘪,她也有些意兴阑珊了,只是念着对方是自己唯一的儿子,是身上掉下的一块肉,她才没有顺着脾气,对这个没心没肝的小子好一顿暴打!

　　桃香正在百无聊赖时,一个"故人"忽然回来了。

　　秦宝来回来得很是风光,开了一辆小轿车,只是在经过那截"断头路"时轮胎一滑,陷进泥坑里半天发动不了。秦宝来下车,随便叫住一个路过的村民,大剌剌就给人家扯了一张"红票子",叫那人赶紧去村里多喊几个壮劳力来帮他推车。那天一共去了七个人,每个人都得了一张百元大钞,还美滋滋地抽上了印着外文的香烟。七个推车人只用了一小时,便将"秦

第十四章

宝来在外面发了大财"的新闻,传得村里每个角落都能听到。邱桃香作为秦家邻居,自然也听到了。

邱桃香一开始不相信:这个瘪三秦宝来,当时连老娘手机都偷去的龌龊鬼,他有啥本事飞黄腾达?但俗话说三人成虎,邱桃香一开始态度坚定,却架不住村里老少爷们、婆婆大娘都在兴奋传说"秦家小子发达了"。这秦宝来,敞开院门,对着一圈"粉丝"高谈阔论道:"我在外面做点小生意,运气好,发了点小财,倒也不多,但这辈子就算躺着不做事,也是够够的了。"他这话一出,周围立时响起一片惊呼声。秦宝来很满意这样的效果,接着说道:"但我想啊,人不能这么自私,只有自己好算个啥子事呢?咱们要'共同富裕'嘛,我这次回来,就是为了和大家伙一道,共同富裕的!刚刚大春哥说咱们村里当下最头疼的问题就是那条断头路了,弄得大伙出行不便,'晴天一身灰,雨天一身泥'。没事,既然我秦宝来回来了,我一定该出钱出钱,该出力出力,咱们争取早点把路修好修通,让大伙儿出行更方便,你们说好不好啊?"

邱桃香听到隔壁院里,响起一阵猛烈热情的拍巴掌声。她心里痒痒的,有种说不出的感觉,仿佛自己从前有眼光,相中了秦宝来这只"潜力股",倒成了一桩值得得意的事了。

秦宝来仿若邱桃香肚里蛔虫,也不知他咋这么清楚她弯弯绕绕的心思,隔了一日,正好许家老的去赶集,小的去上学,家里空无一人,秦宝来正大光明地走进来,笑嘻嘻地伸出手。邱桃香啐他一口,语气已经软绵绵的:"干啥呢?学大领导见人就握手啊?"秦宝来依旧嬉笑着,一把强拉过邱桃香来,在她脸上香了一记,语气腻腻歪歪道:"妖精,为了你,我又追回落凤坡来,你再不理我,良心就该喂狗吃了。"

邱桃香几乎没有挣扎,瞬间就缴械投降。

邱桃香重投秦宝来怀抱后,她不说这一两年自己是怎么苦苦勾引志兴,低三下四扮娇扮痴,想让志兴再度接受她、可怜她的,她只恶声咒骂明远秀的不是。

"宝来,你是没见过明远秀那么不要脸的女人,她算什么?之前是许志兴的便宜妹妹,现在就是一个身后跟着拖油瓶的黄脸寡妇!她到底有啥脸面,跑回娘家一住就是这么多年,真把这儿当成她的窝了?我跟你说,宝来,如果她明远秀和许志兴暗地没有一腿,我用手板心煎条鱼给大伙吃!你是没看见过他们在饭桌上的眼神,你来我去的,那眼神,简直能烫死空气中的蚊子苍蝇!她明远秀暗中占了我老公的床,我难道还不能到外面寻点开心么?"邱桃香骂得酣畅淋漓,骂得义正词严,她自己都被感动了,仿佛自己才是那有理的一方。因为明远秀的介入,令她的婚姻变得不伦不类,儿子变得不远不近,她在许家的地位,也变得不尴不尬。

秦宝来呢,此刻正在与邱桃香鸳梦重温的兴头上,他才不管邱桃香嘴巴恶毒骂的是谁呢,一迭声地温柔附和道:"就是,

第十四章

那女人太坏了,敢欺负我们桃香,好桃香,别生气了,以后有机会,我来帮你收拾她!"邱桃香一听这话,又生怒意,抬高嗓门道:"你收拾她?你不是还要帮她吗?你口袋里有了两个钱了不起啊,还要财大气粗地修断头路,修好了,到时人家哪会念你秦宝来的恩,都说是简老头和明远秀那个贱人当村干部当得好!他们有本事,把路都修好了。"

秦宝来听了这话,赶紧用热辣辣的唇去堵邱桃香的嘴,他们毕竟是在秦端公房子里偷情嘛,如果被秦端公听到还凑合,再被一墙之隔的许家人听到了,那才是捅了天大的窟窿。再说,秦宝来没对任何人说,他所谓的发达,所谓的腰缠万贯,都是装出来的!甚至这辆小车,都是借来的,他这次回落凤坡,自然是有"大计",不过,男人在施展"大计"时,利用闲暇时间把玩把玩女人,放松放松筋骨,他也十分乐意。

邱桃香和秦宝来在外面跑了七年,已经野惯了,现在两人旧情重燃,他动不动就来堵她嘴,不让她说不让她喊,她心里不乐意,建议道:"下次不在你家里了,喊都不能喊,把人家憋坏了。"秦宝来这两年"空窗"得厉害,刚刚又钓上这女人,自然是百依百顺,当即表示:"祖宗,得,听你的,下次咱们去国有林吧,带上我从城里买的隔潮垫,嘿嘿。"

这天也是活该出事,国有林这儿,向来人迹罕至,再说又是大中午,太阳高悬天气热,村民起大早忙了田间地里的活,现在正好在家里美美地午睡,谁会跑到这边来呢?但恰恰就有人路过了,这人年过半百,依旧不驼背不弓腰,身形犹如一柄挺直的竹竿。

　　余大海为啥中午不睡觉，到处乱逛呢？说他乱逛，真是冤枉他了，他这习惯，又不是一天两天了，而是保持了好几年。他咋会培养出这样的兴趣爱好呢？这就说来话长了。虽说他这个水果专合社的会长，并没有领一分钱的工资，也没有占会员一厘的好处，但在余大海心里，这却是一份了不得的信任，了不得的崇高。他暗中发誓，要尽自己一切力量，带动落凤坡的鲜果产业，更上一层楼！余大海是个头脑清明的人，晓得成绩都是干出来的，不是喊口号喊出来的，怎么才能让大伙的水果都种养得好呢？他想出一个好法子：哪怕夏天温度再高、太阳再烈，吃过午饭，他将家中破草帽往脑袋上一扣，双手背着身后，"细竹竿"便晃出门去，挨着查看他的"会员"们果树种植情况。哪家果树该施药了，哪家果树得病了，哪家该剪枝了，哪家该疏果了，他不但用眼睛看，还常年在口袋里备着一个小本子和一截铅笔头，及时记下来，巡视完毕，便赶紧通知对方。如果遇到一个憨点的果树主人，余大海还贴时间、贴人工、贴农药，手把手上门去教，非要把果树问题解决了，他晚上才能安心睡得着觉。

　　对于余大海这种"午间巡视"的做法，以及此后无偿帮助别人养护果树的行为，大辣子非常不屑，她虽没有强烈反对，但话里话外，都冒着一股浓浓的酸味："余大海呐余大海，我看你就这么一点出息，每天中午像个贼似的，东摸摸，西瞧瞧，被太阳晒得像只红脸乌龟！"余大海晓得，大辣子讽刺他

第十四章

像做贼,还不光是因为他这种东瞅西看的模样逗人,而是在"巡查"之后,他还要背着老婆,偷偷去贴农药贴果肥,等等,哪怕他一身力气不值钱,这些东西,可是大辣子真金白银买来的,余大海呢,见对方是孤寡老人,二话不说,送;见对方身有残疾,不用多言,送。这是把自家的银子往外拿,送得大辣子多心疼啊!

余大海晓得老婆的心病,但他不能因为大辣子不喜欢,就改变"会长初心"啊。所以,这天中午艳阳高照,热浪滚滚,正常人都藏在家中睡午觉,连黄狗都选择在屋檐下蔫头耷脑地吐舌头,余大海还是意志坚定地戴上破草帽,走出大门口。

如果那天余大海偷个懒没出门呢?如果那天他没有热得火烧火燎,哪怕绕路也要走国有林凉快凉快呢?如果那天他穿林子时,就算听到有怪怪的声音也不去理会,更别说走上前窥伺呢,那么,他不就避免这惊人的一幕了吗?但是,如果时光倒流,想必余大海还是会这样。因为和大辣子结婚多年,余大海早就受了老婆潜移默化的影响,变得十分八卦了!

余大海如今八卦的本领,一点都不比大辣子差。这天下午,他从国有林一路小跑地回到家,掀开蚊帐便冲大辣子喊:"辣子,辣子,你快醒醒!"大辣子从酣眠中被活活摇醒,非常不爽,她打了个手掌都捂不住的大呵欠,满脸起床气:"干啥子？房子着火了还是又地震了？"

余大海瘦脸上的每根皱纹都冒着八卦的油光："辣子，我刚刚看到的，比火灾地震还吓人！"

接下来，余大海绘声绘色地给大辣子讲述了他是如何撞见"两个叠在一起的白身子"，他走近了一瞧，看得清清楚楚，那不就是秦宝来和邱桃香吗？传说他们前几年就闹过一场私奔，但那毕竟是听说，没有具体人证，这两个当事人又足够狡猾，从未听他们亲口承认过，但现在余大海是眼见为实啊！他把一切都看得清楚明白，实锤在此，容不得人抵赖！

大辣子的瞌睡，一下子全醒了，她抓住余大海手问："真的？你看清楚是邱桃香和那个姓秦的？他们没发现你吧？"大辣子难得这么关心老公，感动得余大海优先回答她第二个问题："我这么机灵，他们发现不了的。是啊，真是邱桃香和秦宝来，你还不信我吗？我眼神好得很，窗外飞过一只蚊子都看得清。"

余大海还沉浸在老婆对他无微不至的关怀之中，他并未在意：大辣子并不是在关心他，而是要问清楚，那对不要脸的有没有觉察到被人发现？倘若没觉察到，哼，那就休怪大辣子出手了，她与这不知羞耻的邱桃香，可是有一段恩怨要细说细说呢。

既然有了余大海奉上的珍贵情报，在接下来的几天时间里，大辣子将全部精神都放在了"跟踪"与"侦察"之上，她的监视对象只有一个人，那就是邱桃香。为何大辣子此时要针

第十四章

对邱桃香呢?俗话说得好:日久见人心。她过了这些年才真正明白,当初如果不听邱桃香这个恶毒女人的挑唆,她大辣子这么英明神武,哪里会傻乎乎上了当,闹嚷着问余大海是不是跟他女徒弟有一腿?谁都晓得她大辣子是个掩不住遮不了的爆竹脾气,一点就着,她那么上蹿下跳地问,那么声势浩大地闹,结果村里人人都认定了余大海是个"老不羞",这对她大辣子,颜面何曾又添光彩了?反正,说一千道一万,她之前为何会被人利用受人摆布?完全是那邱桃香太狡猾、太阴险、太毒辣了呀,她对自己的小姑子心怀嫉妒和不满,倒找了大辣子这把"枪"来"扫射"。一想到这个,大辣子便悔得肠子也青了,气也粗脸也白了,明明一顿饭能吃下三大碗饭,现在吃下两碗半都要揉着胃闹心口痛了,这不是邱桃香的错是谁的错?

大辣子此前一口咬定明远秀是狐狸精,甚至不惜将脏水泼到简老师身上,如今,她咬牙切齿地恨邱桃香心怀鬼胎,欺瞒了善良天真的她,导致她与明远秀多年来关系失和。现在人家远秀是村主任,上纲上线想一想,这算得上"挑拨干群关系"呢。于是,她精心策划,一手导演了"抓奸"大戏。

大辣子带着村里几个时间空闲又好热闹的妇女,抓住了正在一起覆雨翻云的野鸳鸯。那几位妇女真是有备而来,无须大辣子吩咐,拍视频的拍视频,留照片的留照片,现在生活好了,咱农民难道包包里没个智能手机吗?在一片混乱之中,最让邱桃香想不到的,是秦宝来竟然跑了,他跑了,把最难堪的一幕留给了邱桃香。

落凤坡

邱桃香平时嘴巴不饶人，这会儿早就吓得魂不附体，慌慌张张从地上捡了衣服，掩着身子，抖索个不停，用眼神哀求这群嫂子大婶，能高抬贵手放她一马。大辣子一瞪眼，瞬间打破她的奢求："邱桃香，你也有今天！你不是最喜欢嚼别人是非，还将我们家老实巴交的老余拉下水吗？怎么，现在不敢说话啦？你这个不要脸的货，就因为你这张臭嘴，我们老余受了多少委屈多少白眼啊！"大辣子一副正义凛然的样子，似乎已全然忘记自己曾怎么压迫余大海，嚷得全村都误会老余和女徒弟不清白的旧事了。

邱桃香无计可施，唯有低头呜呜哀哭，她不记得自己是怎么从地上爬起来的，怎么在妇女们如铁水般滚烫的眼神下穿好衣服的，更不知道她是怎样深一脚浅一脚地往回走的。事实上，那几位妇女并未十分为难她，她们没有打她，也没有拦她，但她们鄙薄的眼神，活像一个个尖利的锥子，在她身上脸上，戳出了无数个血糊糊的小洞。邱桃香前脚走，她们就用麻雀传信的功力，将这件丑事，渲染得全村都晓得了。

虎头是在村路上忽然撇开小伙伴，噔噔噔几步跑到邱桃香身边，拉住她手的。邱桃香惊愕不已，自从她的风流丑事，传得人尽皆知，这两日她如同过街老鼠，走到哪里，人们的嘲笑和鄙夷就跟到哪里。今天她好不容易鼓足勇气出门，还是因为秦宝来。她给秦宝来打了不下百个电话，秦宝来终于答应她，今早回到村口来，接她一起走。她信了他，她又信了他！但她傻傻地从清早草尖还顶着露水，一直等到了中午学生放学，都没等到秦宝来的影子,再打他电话,已经关机。邱桃香绝望了,现实容不得她不绝望,她真要到了这一步才肯承认,秦宝来对她的花言巧语,不过是想再骗骗她的身子罢了,压根就没有一分真心。

当然,邱桃香那时并不知道,秦宝来要急匆匆逃跑,并不仅仅为了躲避她,还有别的更为重要、急迫的原因。邱桃香也没有力气再关心秦宝来的品格问题,她只为自己而感到心寒、痛楚,如今她在落凤坡,犹如背上了沉重十字架的罪人,所有人都有权审判她的罪恶,她该怎么办呢?她又能怎么办呢?

就在邱桃香心如死灰时,虎头跑上前,拉住了他妈妈一只手。

㈣

邱桃香做梦也想不到,平日和自己生疏无比的儿子,竟会选择在这样的时间,以这样的方式,表达他对母亲的支持。虎头才九岁,他对大人的世界,懂得多少呢?就算他不懂村人那些指指戳戳,那些挤眉弄眼,他至少懂得他的母亲,平时多趾高气扬的一个人,忽然就像被寒霜打的茄子,发了蔫,驼了背。她原本以为今早秦宝来一定会带她远走高飞,就像九年前一样,但现实甩给她一记响亮耳光,她终究被他抛弃。邱桃香茫茫然往回走时,还拖着一个装满衣物的拉杆箱,她这副尊容,真是给了村人新的好谈资。她自己也晓得自己是啥鬼样子，不敢再奢望有半点同情，但那一年多都不愿与她亲近的儿子，忽然就跟了过来，拉住她的手。

邱桃香怔住了，她有点不敢相信这是虎头，但更不敢抬眼看孩子清澈得无一丝杂质的眼睛，于是便将视线怯怯地停留在母子相牵的手上。虎头一只手和他妈妈拉在一起，另一只手在衣服兜里找了找，找出两个"小元宝"，用金灿灿糖纸包裹的巧克力，是小星姐姐省下来送给虎头的，虎头舍不得吃，一直留在兜里。现在，他非常慷慨地一次性将两个"金元宝"都掏出来，拉开邱桃香的手，放在她掌心："喏，这个糖好吃得不得了，小星姐姐说，吃了巧克力，有啥子不开心的事都会变得开心。我送给你吃，你就不会不开心了。"

邱桃香仿佛被一股电流击中，她浑身上下都僵住了。虎头还小，不习惯与母亲保持这样的亲昵，稍等片刻，发现母亲并未摊开手掌握住糖，他索性用两只小手往内一包，将邱桃香接糖的手握起来，轻轻嗯了一声，不好意思地撒腿就跑。

邱桃香握着那两个小小的金元宝，仿佛握着世间最宝贵的财富，她不知一个人在风里站了多久，也许是十分钟，也许一个钟头，也许半天，时间对于这个女人，已经丧失了意义，她生平第一次感受到了亲情的温暖与美好。那是她邱桃香的儿子啊，在全世界都唾骂她鄙视她时，只有他站出来，给予母亲有力的尊严感。尊严？她邱桃香这几日宛如裸体走路，走到哪儿，流言蜚语便跟到哪儿，她还配提"尊严"两个字吗？但虎头暖暖的小手告诉她：当然配，不管别人怎么看她，她曾经犯

第十四章

过怎样荒唐的错,他永远都是那个希望她开心的人,希望她拥有尊严的人。

一声短啸,犹如从胸腔血海中奔涌而出,邱桃香跪倒在地,捂住胸口,眼泪痛快流下。

邱桃香走了,她的走,和她的来一样那么迅疾而悄然,她留下一个大信封给志兴,里面躺着一封信,还有一份她已签名的离婚协议书。

素琼是真的老了,不认老不行。以前她借着一点月光都能纳鞋底做针线,现在老眼昏花,还是大白天呢,为了找到志兴打牌的麻将馆,她捡了一根树棍当拐杖,一路上还问了好几个人,走错了两次岔口,好不容易才找到麻将馆。

素琼是来送信的,她给志兴打电话,志兴手机关了机,远秀又去市里开会了,儿媳妇再度出走,家里出了这么大的事,她这个老人没了主意,唯有第一时间赶来通知儿子。

志兴打牌打得昏天暗地,他记不清自己有多长时间没见到母亲了,陡然见一白发苍苍、消瘦得衣襟肥大的老妇人踱进来,志兴竟没有认出这是疼爱了他几十年的母亲。素琼眼里却只有儿子,一把拉住志兴的手,素琼含着泪说:"儿子,跟妈回家吧,你媳妇答应和你离婚了。"

志兴愣了一下,他脑子还有些不清爽,这么长时间赌瘾如妖魔,缠住他健康的肌体,侵蚀了他头脑正常的思维能力。他一时还未从乱麻般的思绪中理出线头来,只是像一个迷路的三岁孩娃,被惊喜落泪的妈妈牵住手,从诱惑无限的牌桌旁带走。

志兴被门外的太阳刺了一下,不经意地闭了闭眼,这几个月来,他没日没夜地赌,仿佛将自己长在了牌桌上,现在忽然看到刺眼的阳光,竟不知今夕何夕。

有了志兴,素琼临时拿来充当树棍的拐杖也不用了,挽着儿子,像追回一件失而复得的宝贝。母子一道往家走,在路上遇到瘸五叔两口子,瘸五叔有点惊讶地皱皱眉,对五婶说了句"去去就回",撒开腿瘸拐得颇为厉害,几步追上了志兴,对素琼抱歉地一笑,招呼志兴道:"志兴,你过来,有点事跟你讲。"

五婶是个八面玲珑的人,她怕素琼一个人站在那儿无趣,也凑过来和素琼说话,可能是职业病,三两句又扯到婚事上,五婶说的是远秀:"远秀这女子,硬是比个男人还能干,看她在村里轰轰烈烈搞果园、修公路,当村干,做的哪桩事不让人竖大拇指?不过,我是个老观念的人哈,觉得女人再怎么强大,还是要有个归宿才好,你说呢嫂子?"素琼从嘴角扯出苦苦一笑,什么都没说。

瘸五叔和志兴头碰头说话,五婶听不见这爷俩到底在嘀咕啥,心里好奇得要命,也只能在一旁踮脚翘首地干瞪眼。

瘸五叔说的话很简单,他嘱托志兴:"赶快带你妈去城里找好医生瞧一瞧,她脸上气色不大对头。"

当年志兴从牢里出来,找不到发家致富的法子,多亏瘸五叔提议他们合伙养羊,不管最后成败与否,至少瘸五叔给予了

第十四章

志兴温暖,重振了他的信心。志兴敬重瘸五叔这个长辈,他说的话,志兴当真记在了心里。

志兴捏着化验单就哭了,他怎么敢相信呢?妈妈竟然是得了肝硬化,已经是晚期了。医生是个胖胖的中年妇女,她很同情地倒了一纸杯水,拍了拍志兴肩膀道:"我晓得你的感受,别太难过了,而且,病人对自己身体是最敏感的,她不可能一点感觉都没有,你妈妈到了现在才来,我猜,她是怕儿女担心,才瞒着你的,你就当配合老人心愿,别伤心流泪了。"

素琼从查出病因到离世,时间很短,中间间隔不到一个月。这段时间,即使远秀陪床,志兴也坚持要守在医院,租不到陪护床没关系,他在椅子上坐一晚,只要能让他守着妈妈,他都乐意!幸好小星很懂事,会煮饭洗衣,在家照顾弟弟,大人才腾得出时间看护病人。

有一天,素琼看上去像是精神多了,面色也有几分红润,她竟然忽然有了胃口,想吃钟鼓楼的小笼包,志兴忙不迭出门去买,将素琼交给远秀照看。远秀从小就和妈妈亲,她快七岁了才随妈妈改嫁来到落凤坡,对于之前那个家、那个生父的记忆都是有的,所以她清楚记得生父有次喝醉酒后,嫌女儿挡了他的道,将远秀一脚踢翻在地,狠狠踹她,若不是妈妈挡在她身上,替她挨了这些拳脚,她能不能安然活下来,都是一个未知数。为何上天要这么残忍呢？远秀的亲人，都要一个个夺走吗？先是苦根爸爸，然后是小星爸爸，现在，又轮到妈妈了？

素琼拉着远秀的手，不允许女儿眼含热泪地想这些悲伤的念头，她瘦得骨头都能戳出皮肤了，慢慢摸着远秀一双不再娇嫩白皙的手，开口涩涩道："孩子，你的婚姻变成这种样子，都是妈害了你，你怨妈不？"远秀止不住眼眶失重的泪，成串落下，她拼命摇头，泣不成声。素琼依旧微微笑着："你不怨妈，说明你是好孩子，心善，懂得为别人着想。但妈心里怨自己啊，如果不是当年我一时糊涂，我的远秀，哪里会这样……"远秀再也忍不住了，她一头扎进妈妈怀里，大声哭道："妈妈，您别说了，我什么都不要，什么也不求，只要您好好的。"

"好，好。"素琼在她背上抚拍了两下，想说什么，又将那话咽进了肚子里，她换了轻松的语调："远秀，刚刚简老师不是打电话给你吗，村上有事找你，你今天先回去处理吧。"远秀不舍地望着妈妈眼睛，不，她不想走，现在她只想守在妈妈身边，看着在医生妙手下，妈妈一点点好起来。素琼却说："有你哥守着，担什么心呢？明天再来看我吧。"刚好志兴也买回包子来，他在一旁附和着，劝远秀回去。

后来，远秀一直后悔，她不敢正视自己的心，怕真的会冒出怨恨的念头：是的，她竟然恨志兴，如果当初志兴不搭腔，她是不是就能陪在妈妈身边，陪她走完人生最后一晚？那宝贵的一晚，素琼竟留给自己的继子，而不是亲生女儿。

第十四章

倘若远秀明白最后一晚，素琼对志兴说了些什么，想必她不会再伤心，可那些话，志兴当时也好，未来也罢，都羞于对远秀启齿的。

素琼果真对自己身体了如指掌，她晓得精神忽然变好，通体忽然安泰，并不是药到病除，而是回光之兆，她还有话对志兴说，过了这一晚，恐怕就没有机会了。

"志兴，我并没有生你，但这几十年来，我早就当你是身上掉下的一块肉，在心底，你就是我的亲儿子，你晓得吗？"志兴双膝一软，他也不知自己怎么就跪倒在地，泪流满面。

素琼喘口气，接着说："如今，你已经和桃香正式离婚，从此便是自由身了，以后，不管你爱谁，想娶谁当老婆，妈不管死了活着，睡在黄泉下面，都会为你高兴的！"素琼不说这话还好，一说到"死"，明知这是绕不开的话题，但她入院以来，一对儿女，偏要时时处处瞒着她，哄她只是有些轻微肝炎，炎症消了就能出院，现在，素琼自己冷不丁说出"死"字，怎能不让志兴大放悲声？

素琼伸出手，颤颤巍巍地摸了摸志兴肩膀，唉，志兴是作了什么孽，他现在竟瘦成了这样！不行，如果到了下面，遇到苦根，告诉他儿子竟然被赌瘾戕害得如同行尸走肉，他会怪自己没有尽好当妈的责任！

拿定了主意，素琼轻咳一声，积聚体内仅有的气力说道："志兴，你能在妈面前发个誓吗？"志兴呆怔怔地抬起一张泪水模糊的脸。素琼说道："你发誓，今后不再赌了。"素琼这样说着，伸出自己皮包骨头的手，拉志兴起来。志兴不愿起来，他跪着发誓："妈，我以后再赌，就誓不为人！"志兴不但发了重誓，还咚咚咚给素琼磕了几个响头。一种模模糊糊的预感，如同烟雾般缭绕在他心头，他虽不愿承认，但却隐隐约约捕捉到预感的真相——妈妈是在做最后的嘱托！志兴心头悲苦难抑，五味杂陈，真想用一柄小刀，剜开心口，好让妈妈看看他还有良心！他还知羞耻！他是个男人，知道疼痛、晓得悔改的男人！

素琼满意地点点头，说了这么多话，她仿佛疲累坏了，靠在枕头上，闭眼默了一会儿，她才轻轻说了一句话："志兴，以后远秀就麻烦你多照顾了。"

志兴惊慌慌抬起头时，素琼仿佛累得再也无力倾吐一个字，她坐在那儿，发出了轻微的鼾声。志兴小心翼翼地扶妈妈躺下睡好，给她掖了掖被角。

那一晚，志兴明明有陪护床，他也不肯躺平身体安睡，一直坐在椅子上，双眼眨也不眨地望着妈妈，今晚素琼仿佛丁点不受病魔侵蚀，睡得格外安静、恬美。

快天亮时，志兴坐在椅子上打了个盹，做了个梦，梦醒之后，他忽然发现身旁低微的鼾声消失了。素琼，永永远远地离开了他们，离开了她深深爱着的一切。

第十五章

斩 贫

妈妈离开了，远秀很长一段时间，都不能接受这个事实。在她意识里，妈妈仿佛还在落凤坡，在槐树下纳鞋底，或者在河边洗衣裳，在曾经的村小窗外给一对儿女送雨具，或者在月光下给一对孙儿讲故事。不，妈妈没有死，她怎么会离开远秀呢？她走了，今后还有谁来保护远秀、看顾远秀呢？

看到远秀神思恍惚的样子，志兴心如刀割，他不由自主地，一次又一次回想起坐在椅子上那个梦，在梦中，他看得清清楚楚，推门进来的是爸爸，多年不见，爸爸竟然年轻了许多，衣着看上去也很整洁挺括，他腰身是直板板的，头发是乌黑油亮的，他没有和儿子打招呼，径直走到床边，俯下身对素琼说："素琼，辛苦你了，我来接你，跟我一道走吧。"

梦醒后,妈妈便停止了呼吸。志兴每每回忆起这个梦,心头又是悲伤,又是释然。悲伤,因为他失去了妈妈;释然,是因为来接妈妈的人,是她心爱之人,与她一道上路,天上人间,管它上穷碧落下黄泉,都不会再害怕。

但要将这样的意思告诉给远秀,志兴却说不出口,他觉得还是太残忍了。

邱桃香已经回到她曾经生活过几年的南方城市,打了电话给志兴,也许是因为不用见面,只在电话里交谈,彼此竟很客气,犹如一对老朋友。志兴说了秦宝来的事,原来这次秦宝来回落凤坡,是想借"集资赚高利息"的谎言,来套取大伙儿手里的钱。他花言巧语,说自己承包了一段高速路修建项目,如果想要发财的父老乡亲,可以投入进来,众人拾柴火焰高,一起赚取高额利息!幸好当时秦宝来和邱桃香的风流韵事被大辣子撞破,其中有位颇具"互联网思维"的嫂子,将他们的视频发到网上,秦宝来的朋友看到这仓皇逃窜的小子,正愁没地方找他呢——借了车走,说好借三天,现在都不止三十天了,朋友气得几乎要报警!现在发现秦宝来在落凤坡,自然赶紧撵过来要他还车。秦宝来"富豪发达"的面纱就此被扯破,他想要骗村民的钱,这下再也无人上当。他比邱桃香还狼狈,也早她一步,远远地逃到了外地。

邱桃香得知了秦宝来的种种劣迹,像吞下一只苍蝇般恶心,她有些后悔:为何自己当初瞎了眼,会爱上这样一个人渣?为了秦宝来,她放弃了整个安稳生活,放弃了成为一个好妈妈的机会，可现在，覆水难收，说再多后悔的话，也无济于事。离婚了，邱桃香难得地放开了恩怨，淡淡道："我晓得了，谢谢你告诉我。志兴，"快要放下电话了，她又忍不住叫住他，咬了咬嘴唇，还是将那句话艰难地说出口："以后，找个喜欢的好女人过日子吧。"

志兴也许是"嗯"了一声，也许毫无反应，邱桃香泪眼朦胧地放下手机，她想至少从今天开始，她要为了虎头，当一个好人，一个有尊严、不向他人乞讨半分的有骨气的好人了。

又到新春佳节，大家爱热闹，一台春晚戏，不厌其烦地看了又看，反正电视开着，随它演去。大年初三，村里外出打工的年轻人都回来了，热热闹闹，家家户户都飘着腊肉香肠香，笑声、歌声交织成乡村春节的欢快乐章。

志兴仿佛是受了蛊惑，他也不知道自己的双腿，怎么这样不听话，就这样带着他走到了麻将馆外。里面传来的声响，哗啦啦的洗牌声，碰碰碰的出牌声，一切都多么熟悉啊，只要往牌桌上一坐，眼里就只有这缩微的"长城"，再也看不到别的，任它什么愁情别绪，统统入不了心里，多好。志兴仿佛受着魔鬼的引诱，一只脚，已经踏上了石头台阶，三步，只要往上走三步，推开那扇朱红油漆的门，他就能再度享受无忧无虑的牌桌时光了啊。

就在另一只脚，往第二级台阶迈步时，志兴耳畔忽然传来了这样的歌声：回家的路　数一数一生多少个寒暑/数一数起起落落的旅途　多少的笑　多少的哭/回家的路　数一数一年三百六十五/数一数日子有哪些胜负　又有哪些满足……

　　是刘德华在春晚舞台上演唱的《回家的路》，从邻居家的窗户飘过来，如同一片片薄荷叶子，覆到志兴额头上。歌声犹如一只有力的大手，瞬间将他拉进记忆的深渊，他眼前仿佛晃动着一盏昏黄的灯光，光中映照出他长跪不起的影子，他曾磕头发誓，再沾赌瘾，誓不为人！志兴心头一紧，蓦然醒了过来，他不再犹豫，转身离去。

　　志兴是在回家的路上，听到周小方说话的，倘若是平时，也许他还不会这么冲动，但当时，他才花费洪荒之力，压制住身体里奔腾的魔鬼，听到周小方说这话，犹如火上浇油，怎不火冒三丈？

　　每逢新春佳节，五婶这个金牌媒婆就特别忙，不是忙着"工作"，而是忙着吃酒，四里八乡都有她这个月老一手牵起的贤伉俪，不是东家请她吃饭，就是西家邀她喝酒，她这几天都在外面应酬。周小方跑来找她，扑了好几次空，今天终于在村道上见到她，赶紧屁颠颠地迎过去，噼里啪啦倾吐自己的诉求。

　　志兴倒不是故意偷听人家讲话，天地良心，他真是无意中撞见的，但正因为无意，志兴才更为生气。

　　周小方是这么说的："五婶，求您帮帮忙，我想请您老出马，帮我做个媒！"周小方似乎还腼腆了一下，但他很快意识到机不可失失不再来，正月里五婶交际应酬太多，要再耽误一段时间，人不是又老一点吗？

第十五章

鼓足勇气的周小方,也不管这是在外面村道,他闭起眼睛,腆起肚子,大声道:"五婶,我想请您帮我去向远秀说媒,对,就是咱们村的明主任,我喜欢她很久了,如果她答应我的求婚,我一定会把小星当成自己亲生闺女,一辈子都她们母女好的!"

周副主任难得这么热情洋溢地放飞自我,道出真心话语,他感情澎湃地说完这番话,刚睁开眼睛,便遭空中一异物重重一袭,周小方一声惨叫,眼前金星飞舞,他跌到地上,半天才睁开眼,抬起头不敢相信地哼唧道:"志兴哥?"

对,是志兴哥,将他周小方揍成了熊猫眼。而五婶,早就逃之夭夭了,当然,她没有忘记将周小方这个副主任想娶人家明远秀正主任,反被远秀哥哥打了个鼻青脸肿的事,传给了来串门的邻居。这邻居不负众望,很快,整个村子都传遍了这事。风自然也吹进了远秀耳朵,她骤然间明白志兴一颗心,有多烈就有多苦,她不再怨他了,取而代之的,是一种沉沉如醇酒的感情,涩中带甜,苦后微酸。

方明生要到落凤坡来,他人未到,村民们已经兴致勃勃谈论起他来,严格来说,大家谈论的也不是方明生,而是"扶贫干部"。

脱贫攻坚?什么才叫贫,什么是为坚呢?

有文化的村民，赶紧掏出手机，上网一查，给大家普及知识道："哎呀，你们晓得不，在2013年11月3日，习近平总书记在湖南十八洞村，和村干部、村民代表拉家常、话发展，就在这次交流中，习总书记第一次提出了'精准扶贫'嘛。"

哦，大家明白了，这个下派的"第一书记"方明生要到落凤坡来，是为了协助简书记的工作，推进"精准扶贫"的。

接下来，这群围坐在大槐树下的村民，就本着自己的理解，对"精准扶贫"提出了自己的想法，他们时而争吵时而点头称是，时而辩论得面红耳赤时而又握手言和。因为方书记人影还未看到，只是文件下到了村里，他们也搞不清楚"新官上阵"到底有哪几把"斧"？村民们说来说去，没有形成一个统一意见，倒是让一些心思活的村民动起了歪脑筋，比如蔡包子。

周小方自从当了村官，整日在外面忙得脚不沾地，蔡包子以儿子为荣，觉得周小方这样兴兴头头地干事业，是给祖宗争光的事，她脸面也好看。但所谓"灯下黑"，周小方忙来忙去，唯独忘记了给自己家的父母大人及时传达文件精神，增加他们的知识储备量，这就造成了一个尴尬的后果：身为村官的母亲，蔡包子偏偏将精准扶贫的思想内涵理解偏差了，而且差到了十万八千里。

蔡包子是怎么理解的呢？她心想：扶贫，扶贫，这意思还不好理解吗？要"贫"，国家才会扶你，如果你是个有钱人家，国家干嘛花钱花力气来帮助你啊？所以，只要方明生一来，我就要翻找出早年最破最烂的衣服穿在身上，对，还要打扮打扮

第十五章

周幺鸡,他一个驼背,看上去就像半残疾,如果再穿件破衣服,不是讨口子都是讨口子了!

蔡包子是个行动力很强的女人,念头一旦升起,她恨不得一秒之内就将此变为现实。周幺鸡干活回到家,发现冷锅冷灶,连口开水都没有,他勉强喝了两口冷水,心想这蔡包子现在连饭都不做了吗?儿子还没把媳妇娶进门,她咋就拿捏起婆婆的架子来?

周幺鸡还真冤枉蔡包子了,她哪里是摆架子呢,周幺鸡推开卧室门进去,看到他老婆正跪在地上,屁股撅得高高地朝着天,她半张脸都贴着地,正伸长了手臂,要从床底下拉出一口箱子来。那箱子,不晓得是哪年塞进床下的,也不记得里面装了啥宝贝了,这蔡包子今天一不怕苦二不怕累三不怕脏,一心一意想着拖箱子出来,也不知吃错啥药了。

周幺鸡不客气地朝蔡包子肥厚的屁股上拍了一下,蔡包子吓得啊的惨叫,待回过半张灰扑扑的脸蛋,看清是自家男人,赶紧攀住周幺鸡胳膊,艰难地从地上站起,嘴里催促着:"快,快,周幺鸡,你虽是个驼背,但手比女人长,你赶紧跪下来,帮我把最里面那口黑箱子给扯出来。"

周幺鸡不乐意了,打人不打脸,哪有像蔡包子这样的,张口闭口就说人家是个驼背,就算人家是驼背,你不是也跟驼背过了一辈子么?蔡包子正在兴头上,丝毫没理会周幺鸡高兴不高兴,焦急地大声道:"快跪下,咋个还不跪?如果我手够长,哪里还会求到你头上?快点快点,别磨蹭了。"

周幺鸡满脸不高兴地跪在地上,驼背如同一座小山包,他使劲一扯一拉,将蔡包子望眼欲穿的黑箱子拖将出来。蔡包子眉开眼笑,也不管箱盖上铺了铜钱厚一层灰,鼓起嘴使劲一吹,迷了周幺鸡的眼,他抱怨不迭地站起身,舍不得走,倒要看看蔡包子葫芦里到底卖的什么药。

蔡包子从箱子底,翻找出了两件"宝贝",是他们两口子早年的衣服,周幺鸡完全忘记了家里还收着这样的破烂:周幺鸡的线衣肩膀和后背被虫蛀了几个大洞,她那件蓝劳动布外套,两边肘部都打了大补丁。蔡包子眼睛灼灼,左右手各提一件衣服,满意地朝自己点点头:"嗯,应该穿得下,我年轻时和现在身材差不了多少嘛。"说完了,她将破破烂烂的线衣硬塞到周幺鸡手里:"喏,记住明天'第一书记'进村时,你要穿这个!"

周幺鸡啊了一声,烂线衣像是红炭火,他一把丢到地上,又是摇头又是晃脑:"你你你,你咋让我穿这个呢?咱家就算穷,也没到这种地步吧,你这不是故意出老周家的丑吗?"

"什么老周家?周幺鸡啊周幺鸡,你还没有得老年痴呆症的话,应该记得住吧,当年你这个穷酸弹花匠,是倒插门进我蔡家的,这里,应该姓蔡的说了上算才是!"

周小方副主任回家时,他父母还在喋喋不休地争吵,关于

第十五章

到底谁当家的事,这些年他们已经争吵过不下一万次了。周小方身经百战,他极有经验地往二老中间一插,使出圆滑伎俩,当两人裁判:"好啦,好啦,一三五爸爸当家,二四六妈妈当家,星期天,咱们学城里人,放假!"

周幺鸡和蔡包子四只眼一齐瞪过来,周小方心里一虚,心想今天可能事态棘手呢,但当了这几年村干部,这点调解本领,周小方自忖还是有的,不怕遇到多棘手多困难的事,办法总比问题多嘛!于是,周小方拿出了村官的派头,选张凳子坐下,请二老说说,今天到底是啥事点燃了火药桶。

听着周幺鸡结结巴巴的讲述,蔡包子不耐烦地打断三四次,从中添油加醋,周小方终于听明白了:原来他妈妈是想逼老爸扮贫困户,博取第一书记的同情,争取多为咱家要点钱!

周小方大吃一惊,内心涌起的第一个念头是教育群众的重要性和紧迫性,时不我待。他整天忙着村里事务,咋就忘记家中也有"群众"呢?周小方蹙紧眉头,轻咳一声,摆出官家态度:"嗯,蔡玉梅同志。"蔡包子愣了一愣,这是在叫谁呢?在心头反刍了一下才醒悟过来:哦,原来自己大名叫蔡玉梅,这些年都被人"包子包子"地叫,儿子冷不丁叫起户口本上的名字,倒让她糊涂了。可这小子,怎么能无端端直呼爹妈名字,要造反了不成?

周小方才不管他妈瞪不瞪眼,不紧不慢地说道:"蔡玉梅同志,我在此要对你提出严肃批评啊,你怎么打算的?扮贫困户?这贫困户是能扮的吗?往小了说,这是给咱落凤坡丢脸,往大了说，是在违背现有国家政策，你可知道，和政策作对是啥后果？"

蔡包子吓得魂不附体，如果换个人来和她说这些话，她恐怕认为人家是故意唬人，但对方是周小方，是她亲亲热热、千金不换的好儿子，这世上，哪有儿子闲得无聊吓妈妈的？这么说，周小方说的是真的，她差点就犯了错误啊！

周幺鸡在一旁眯着眼歪着头听着，脸上浮现起满意的神色，趁着蔡包子不注意，他和儿子眼神短促交流了一下，一个在说："儿子，好样的，只有你拿你妈有办法！"另一个说着："爸，必须的，看来要教育农村群众，是一项漫长工程，任重而道远呐！"

蔡包子忽然啊的一声大叫，吓了这对父子一跳。她慌慌张张地说道："我得去和邻居说一声，柱柱妈、常花花和老憨婆她们都说明天要穿得破破烂烂地迎接第一书记进村，我赶紧去通知她们，免得她们也犯政治错误！"

多亏蔡包子及时传达了小方副主任的精神，村里那些翻箱倒柜找最破最烂衣服的婆姨们才晓得，"第一书记"有一双火眼金睛，他来精准识别贫困户，就是精和准！

那些心怀美梦的女人们一听，顿时蔫巴巴歇了菜，第二天，她们不但不敢穿破衣烂衫，还找出家里最好的衣裳，打扮得男人和娃娃都一派喜气洋洋，让落凤坡莫名其妙沉浸在一派节日的氛围中。

周小方以为警告了村民甭打歪主意，扮贫困户争取救助就

第十五章

万事大吉了,哪晓得方明生车刚拐进村口,又着了一尊瘟神的道。

秦端公昨天也在大槐树下,村民们七嘴八舌讨论在脱贫攻坚这场战役中,自己将担任啥角色时,秦端公在肚子里冷笑一声:哼,说这么多屁话干啥子?这年头,最硬挺的只有人民币,既然那第一书记是从上面下派的干部,肯定手里握着大把资金,手指缝里随便漏点出来,那都了不起,你们这些蠢人,想啥穿破烂一点表情憋愁苦一点,扮成叫花子好博同情是吧?我偏不,我秦端公跟你们才不是一个层次的人,要让这权大钱多的第一书记乖乖听话,最好的办法,是捏了他的短,占了他的理,嘿嘿嘿嘿……

明远秀是在村委会被人叫走的,她正和简书记搬抬桌子,为方明生腾出宽敞点的办公环境,村民在门口跳着脚大呼小叫:"简书记,明主任,赶紧到村口来吧,秦端公和第一书记快打起来啦!"

远秀吃了一惊,放下手里工作赶紧随报信人跑过去,简云开上了年纪,腿脚不便,一个劲催她先走,自己紧跟过来。

远秀还未赶到现场,已听到秦端公极富个性、拖得长长的哎哟声:"天呐,现在是不是光天化日?还是不是共产党的天下?我就问你,第一书记,甭管你是天大的官,就算是玉皇大帝,你的小车撞了老百姓,能这么算了吗?世上有这么便宜的事吗?"

方明生满头大汗,感觉浑身长满嘴都说不清了,越急越是舌头打结："老乡！请您先从地上起来吧老乡！我真的没有撞到您啊，就算一丝丝擦挂都没有，车都刹住了您才冲过来躺倒，怎么能怪我撞着您呢？"

"天呐！我活了几十岁的人了，难道还诬赖你不成？看你这年岁，比我儿子大不了几岁，咋能这么对长辈说话呢？哦，你车没撞我，我是故意讹诈你，我讹诈你什么呢？我吃多了吗？刚刚你还掏五百元让我去医院检查身体，乡亲们说说，如果你真没撞我，为啥掏这个钱？你这不是做贼心虚吗？"

方明生的确没意识到，他刚刚想息事宁人，从兜里掏五百元打发秦端公，倒被他抓住了把柄，这时，已有二三十个村民围拢来，他们都不是目击证人，皆是听到秦端公杀猪般的大喊大叫才跑来看热闹的，所以，他们也说不清楚到底孰是孰非，很快就分裂成两派，一派说秦端公心不好，故意学人碰瓷，想讹诈新来的第一书记；另一派却说第一书记仗着自己有个官衔，撞了人还想狡辩抵赖，实在不该！

远秀心里很快有了主意。

远秀和方明生也是头次见面，她故意先不和他打招呼，而是俯下身，亲切地对横倒地上的秦端公说道："秦大叔，您别急，现在时代发展了，小车性能先进了，车上都装有行车记录仪，咱们这就打电话报交警，警察来了，将行车记录仪一调出来检查,真相立马浮出水面!"远秀这一说,感激得方明生眼泪快要掉下来,他却是既感激又忐忑,因为他这是一辆新车,老婆为了方便他市里村里来回跑,不耽误工作,才买了这辆车送给他,还没来得及装行车记录仪呢!

围观群众听了远秀的话,纷纷惊喜附和:"就是就是,咱们怎么这么笨,想不到呢,我儿子车上也有行车记录仪,这就是证据啊,撞没撞人,证据说话!""当然啦,如果谁都这么聪明,那不是都能当村主任了?咱们的明主任才是头一份!""别废话了,赶紧打电话报警,警察同志来了,马上能查出谁说谎!"

刚才还赖在地上哼哼唧唧像只癞皮狗的秦端公,这会儿一跃而起,在众人的哄笑声中,捂着老脸,夹起尾巴迅速逃走了。

看热闹的人们散去,简云开刚好赶到,他气喘吁吁地伸手与方明生相握,歉意道:"方书记,对不起,我们村民给你惹麻烦了。"方明生紧紧握住老书记的手,摇了两摇:"简书记,别这么说,刚刚被这位老人一缠闹,倒是令我更清楚了一件事:咱们扶贫,不光是扶物质上的贫,更重要是扶精神上的贫,扶贫更要'扶志'和'扶智'啊!"

这话说得好,远秀笑吟吟地和方明生握手,她还未开口自我介绍,方明生率先说道:"明远秀,对吧?我可是久闻大名哟。"远秀哦一声,不解地望着方明生,她实在想不起来,到底在哪儿见过这男人?她只晓得方明生是从省文联下派的扶贫干部，听说本人是个业余作家，爱好文艺，远秀读书时的确非常喜欢写作，那时还在期刊上发表过几篇作品，不过是多年前的老皇历了，现在她自己都忘记自己曾是一个"文艺少女"了，到底和方明生有啥交集呢？

方明生觉得明远秀抿嘴思索的模样真是可爱，现在他懂得了，为啥唐之蓝会这么喜欢远秀，她们看起来是那种联系松散的朋友，有时各忙各，一两个月也记不得给对方打个电话。但不管她们是否腻在一起，两个人的心，仿佛从未远离过对方，就像唐之蓝充满诗情画意地说过："我在照镜子时，仿佛照出的是远秀，我相信远秀照出来的，很多时候都是我。"

方明生不卖关子了，笑眯眯地从背包里掏出两包喜糖，递给简书记和明远秀一人一包："远秀，我刚刚和唐之蓝领了证，她是我的新婚妻子。"

呀！这可让人想不到，远秀一手捂住嘴巴，惊喜得说不出话来。

虽然方明生刚进村就遭了秦端公一场"拦截"，但他对于未来的工作开展并不气馁，落凤坡有妻子最好的闺蜜，刚刚远秀几句话就打破僵局，摆平了装疯卖傻的秦端公，方明生实打实地看到了远秀身上的能力。"扶志和扶智"的念头，像一枚种子，就此在方明生心底扎了根。

方明生看得不错，这几年，在简云开、明远秀、周小方等村干部的带领下，落凤坡在基础设施建设上下了大本钱。因为发展果树经济，围绕贵妃枣打好文化牌，现在村里的种枣大户,收入不菲,小日子过得滋滋润润,但老百姓口袋里有了钱,是否就真的"脱贫"了呢?秦端公跑来躺车头下,他不接受区区五百元的"和解金",用意不言而喻——他是想就此讹住方明生,今后好讨要更多好处哩。这就说明了秦端公精神上的贫瘠和穷乏,要让落凤坡整个儿脱贫奔康,看来还必须在细处下"绣花功夫"不可!

方明生摩拳擦掌之际,还有一个男人正在角落生闷气,这便是周幺鸡。

周幺鸡这一辈子,想想也真不容易,年轻时因为自己背上顶着个大罗锅,虽说会一门弹花匠的手艺,但"罗锅弹花匠"其实比正常人更累数倍。他自惭形秽,晓得自己既穷又丑,找不到心仪老婆,蔡家刚流露出一点招他入赘的意思,他想都不想,立马把握机会,当了上门女婿。

结婚之后,两口子感情说好也不好,说坏也不坏,反正拌嘴常常有,吵得厉害了,刺激得周幺鸡热血上涌,难得地铤而走险一次,又因偷牛坐了牢。现在老了,眼睁睁看别人家都把经济搞得红红火火的,周幺鸡不甘心自己家还是那幅寒碜模样。周小方早年在城里混,头发一会儿黄一会儿红,没见他往家拿几张票子,现在他当了村干部,更是一心无私只为公。但这孩子,眼看就三十五了,真是皇帝不急急死太监,他虽瘦点矮点,但长得还算称头俊气,稍微收拾打扮一番,还是精精神神一小伙子,他这个岁数还不娶媳妇,到底想的啥?罢了罢了,做儿子的没准备好,当老子的要提前准备好红票子才是。

这两天,周幺鸡又被他老婆刺激了,那两件烂衣服没套在身上,倒是套进他心里,憋得他出气都难受,他拿定了主意:一定要想办法赚钱,将家里经济搞上去,只有家里富裕了,蔡包子才不会想入非非去寻那些鬼主意,也才能攒点资本,将来为小方娶媳妇之用。

周幺鸡主动提出要和志兴合作,志兴一开始还有点不好意思,因为他之前还打了人家周小方一顿嘛。但周幺鸡父子都不记仇,特别是周幺鸡,为了鼓动志兴,他特意认真听了两天广播,现在张嘴就来:"志兴,国家记挂咱们农民,习主席号召全国都要'脱贫攻坚',咱们不能不记国家的情。"周幺鸡这样一说,反而激得志兴满脸通红,他生在落凤坡长在落凤坡,空有一身蛮力,心心念念也想把家乡建设得富饶美丽,但这些年下来,他都干了些什么?之前,他甚至还沉迷于赌桌,像个瘾君子一般对麻将牌恋恋不忘,甚至一度丢弃了为人子为人父的责任。周幺鸡不说这个"情"还好,一说,志兴梗起脖子,大声道:"我有手有脚,不当贫困户!"

"说得好!"周幺鸡这声叫好,仿佛从驼背里迸出的话,格外铿锵有力。夸了志兴有志气,接下来就好办了,周幺鸡满面红光地建议道:"志兴,你和我家小方从小一起玩到大,今天叔就在你面前充个老辈子,和你说句掏心窝子的话:我是再也

第十五章

不想受穷了!你呢志兴?你想受穷吗?"

周幺鸡这两天专专心心听广播,真别说,他还领悟了一点说话的技巧,三言两语的,将志兴心中的激情燃点起来,瞬时,志兴眼眶暴凸,犹如充血,大吼一声:"龟儿子才想受穷!"

这爷俩,越说话越投机,越说心就越往一起靠,他们仔细琢磨了一番,决定了:两人合资买一辆二手小货车,往城里拉水果卖!

合计出这样的主意,并不是空穴来风,志兴前两年就考了本本学了驾照,他学驾照,其实是有点私心的,为的还是远秀,远秀先是当了专合社秘书长,后来又当村主任,三不五时地要去外面开交流会、参观、学习。远秀也想过自己去考驾照,但她是个天生的"路痴",缺乏方向感,让她摸上方向盘,志兴怕她会开到省外去,心里只会更打鼓。志兴想着,他先去把驾驶证考下来,将来他要赚钱给远秀买辆"专车",她再去哪里,他就能当"专职司机"送她了。

周幺鸡慕才心切,他甘愿出三分之二的钱,志兴只用掏三分之一,爷俩很快就从二手市场购回一辆小货车,开始了他们的水果零售生意。

周小方真是好哥们,不记隔夜仇,志兴打过他,他睡一觉就忘,见志兴表情羞赧,他还大大咧咧地上前拍大哥肩膀,悄声道:"哥,我这打,挨得值!如果不是挨你两拳头,我咋晓得,你跟我喜欢的是同一个女人?"眼看志兴又要鼓眼,周小方脖子一缩,赶紧双手合十补充道:"哥!别生气,我晓得了,说错啦,从今天开始,明远秀同志就是志兴哥心里的女人,和我周小方没有半毛钱关系,好吧?"志兴叹口气,有点哭笑不得,他不知道拿活宝周小方怎么办。其实,他更不知道拿自己怎么办,远秀,在同一个屋檐下住了几十年的远秀,难道我俩这一辈子,永远都只能是兄妹吗?我还有机会,对远秀表达藏在心中太久太久的情感吗?

现在,志兴和周幺鸡合伙做水果零售生意,爷俩忙得脚不沾地。这倒是好事,令他不再有心情胡思乱想,像个怨妇一般,时而牵肠挂肚,时而自惭形秽,他要感谢周幺鸡点醒了他:男人大丈夫,活在世上,如果心头没有二两志气,那像什么话?那不是活得还不如一条咸鱼么?

周幺鸡多年前当弹花匠,走村串巷做生意,那时他人年轻,头脑也活络,虽说长相不佳,但嘴巴甜,会说话,倘若他是个闷嘴葫芦,当年蔡包子的爹也不会那么大方,招了他这个上门女婿。和蔡包子结婚三十多年,周幺鸡郁闷地发现,老婆比他更能说。和蔡包子交手多年,周幺鸡深刻体会到"好男难与女斗"的苦楚,他便沉默下来,真成了闷嘴葫芦,但内心,哪里那么容易偃旗息鼓呢?如今可好,他们老少爷们搭档做生意,志兴车开得稳,秤称得好,但论及邀客讲价,他还真不如这位叔叔。周幺鸡在失而复得的生意场上恢复了嘴巴功力,一时两人都感到痛快无比。

当然,最让周幺鸡心里畅快的,是他和志兴两人共有的

第十五章

"黑历史",他们皆是"进过里面"的人,如果换一个搭档,说不定这还成为周幺鸡心头一根刺,但和志兴在一起就不会,有时爷俩生意做得顺溜,多赚两个铜钿,他们还会在收摊后,选一家小馆子,要上两个小菜,烫一壶小酒,烧乎乎喝下肚,什么话都放开聊,连"里面"的故事,也张口就来。周幺鸡聊,志兴听;志兴讲,周幺鸡听,他们觉得再没有和对方搭档更愉快的事了,越说越能说到一块去。

周幺鸡是个罗锅,他曾为自己身上这座"大山"痛苦了几十年,难过了几十年,甚至为此抬不起头来,但现在,他忽然发现,买主竟然会高看他这位驼背一眼!怎么说呢,周幺鸡私下也和志兴掏心掏肺地交流了一番,认为可能现在生活好了,大伙儿物质水平提高了,精神方面也就跟着提升,之前大家饿肚子,饭都吃不饱,谁有心思来同情一个驼背呢?现在不一样了,吃饱穿暖的城里人,竟将周幺鸡当作"落凤坡鲜果"的一面旗,公开表扬他:"叔,您这是和压迫您的'大山'坚决做斗争,佩服您啊!"还有个不太会说话的男青年,心地倒是好的,但这话听起来颇为刺耳,他竟然说:"叔,您是身残志坚!"好在如今周幺鸡不断提升了自我修养,没有和这小子计较,权当耳旁风过去了。

城里人喜欢来买"驼背叔"的水果,因为他卖的水果质量优异,价格公道,而且驼背叔善于聊天,和他交谈很是快乐。附带着,人们还满足了一点点同情心,觉得自己又行了善事帮了驼背之人,功德无量。

落凤坡

买主和卖主都快乐着,不少人都向周幺鸡、志兴打听:"去你们落凤坡,路好走不好走?那儿风景好看不好看?有好玩的景点吗?到了村里,能找到吃饭住宿的地方不?"

第十六章

四　好

问及"落凤坡"风景如何,这可是周幺鸡的拿手好戏,风景?想想吧,咱们那儿论美人,留下过倾国倾城的杨贵妃足迹,论起英雄来,是三国里鼎鼎有名"卧龙凤雏"之一的庞统葬身之地,又有美人又有英雄,还有满山遍野的花草果木,你们就想想吧,落凤坡美不美?靓不靓?

那些买水果的一听,顿时眼睛都亮了,不少人和周幺鸡互加微信,说如果将来去落凤坡玩就找他,周幺鸡笑眯眯地来者不拒:"好啊好啊,欢迎欢迎!"

收了摊,坐到小酒馆里,周幺鸡也和志兴扯到这件事,他说四川人喜欢耍,天府之都嘛,耍高兴了比啥都强,说不定,以后咱们落凤坡真能"笑迎四方客",迷倒这些爱耍的人!志

落凤坡

兴对这样的远景憧憬不大,他现在全部心思都放在运售水果上,这段时间风里去雨里来,爷儿俩精诚合作,真金白银赚到了票子,志兴琢磨着,他们去换辆载重更大的货车,到时跑一趟,利润更高些。

周幺鸡不是特别同意志兴的想法,因为他们现在是跑零售不是跑批发,虽说现在的小货车载货量是有点"供不应求",但若换了大车,会不会造成水果滞销呢?这鲜果不比别的东西,不必说头天果子和第二天要卖出两个价,就算清晨和黄昏两个时间段,售卖的价格都截然不同。这些话,周幺鸡在肚子里翻腾了两滚,最终没能说出口,他不想打消志兴的积极性,再说,搭档嘛,彼此意见有分歧是正常的,就看谁让一小步喽。周幺鸡内心十分善良大度,他决定当那个"让一步"的人。

卖掉旧车,志兴手里钱不够,贷了点款,这次和周幺鸡一人一半资金,买了辆新货车。坐在高高的驾驶室里,视野更开阔,他心情更愉悦,内心鼓动着豪情壮志:沿着这条路继续走下去,一定会赚到钱,男人,要有了钱腰板才会硬,到时才好将肚子里那些话,痛痛快快说给别人听!

这天,志兴开车,先送周幺鸡回到家。他倒车时,听到毛家院子里有人在大声争吵,好奇地探头张望,过了一会,竟看到远秀和春晓两人,手挽手地从院子里走出去,春晓眼睛红红的,远秀温柔地笑了笑,帮春晓理了理被风拂乱的头发。志兴想张口叫住她俩,怔了怔,不知怎么又哑了口,眼睁睁看两个女子挽手走过田埂。远秀穿着一件水蓝的衣裳，走得远了，仿佛与蓝天融为一体，他收回视线，干巴巴地咽了一口唾沫。

志兴并不知道刚刚在毛家院子里发生了什么事：

五婶去恭请秦端公上门，话是这样说的："秦端公，你说这生儿育女之事，鬼神管不管？"秦端公神态倨傲："不是你这个媒婆管的吗？没有媒婆做媒，哪能让不相识的男女结为一家，又哪能生养娃儿？"

五婶叹口气。真是家家有本难念的经，她纵横捭阖"媒场"几十年，撮合了多少对恩恩爱爱的鸳鸯，这些小家庭又生下多少可爱的胖娃娃呀，为何到了自己家，情形就这么被动呢？想来，最大可能性就是春晓年龄大了，结婚时已经是三十出头的人，现在一晃眼就要过三十五，放在旧社会，这个年龄都能当奶奶了，可怜春晓连当妈的滋味还没尝过！五婶想起这个儿媳妇来，心里就又是急又是怜，要说春晓不能干吧，经她妙手授粉，果树当年就能挂上又香又甜的累累硕果，但说她能干吧，她结婚也有两三年了，为啥肚子一直平平的，连只母鸡都不如呢。

宝贝儿子家里一直不添丁，这当妈的心就一天放不下，她在家里琢磨来琢磨去，也不知怎么，就琢磨着请秦端公来跳一场法事。五婶心里想，指靠不上人，我还是指靠鬼神吧！这秦端公跳了几十年大神，应该还是有两把刷子的，反正死马当成活马医，花点钱，买个心安也好。

于是，五婶便恭恭敬敬请来秦端公，穿上杏黄长袍子，戴上高高黑帽子，手持一柄桃木剑，在毛家小院跳起大神来。

秦端公摇头晃脑跳得正酣呢，岂知半路杀出个程咬金，这毛瘸五，嘿，真不知道一个瘸子咋有那么大的火气，他双手握住八仙桌桌沿，往上一掀，就将桌子掀倒在地，什么香烛纸钱，什么杯杯碗碗，跌了个噼里啪啦满堂彩。

"呀！"秦端公和五婶顿时尖叫起来，五婶刚想上前去捉她男人的手，毛瘸五扭转脸，瞪起一双牛眼，脸上肌肉仿佛扭在一处，五官都嗖嗖地往外冒怒气。五婶不敢耍强，只好弯腰拍了拍自己大腿，皱眉抱怨道："你这个死老头子，这是干啥子？发癫了不成？把供桌都掀翻了。"

五婶不说还好，毛瘸五一听这话，更是气冲牛斗："供桌？供的是哪尊神？奉的是哪位仙？秦端公，你少在这里装神弄鬼，小心老子去告你，公安局也要抓你们这些封建迷信！"

这话可吓唬不了秦端公，反而激得他恶语相对，右手食指伸出来对准自己鼻尖，斜着眼道："告老子？告老子的恐怕还没出生吧！再说，老子为啥在这里，还不是为你毛家有后？你不感激就算了，还敢告老子，你是想断子绝孙吧？"

秦端公这话说得恶毒，五婶瞬间便脸色惨白，她顾不得与秦端公计较，只冲毛瘸五发火："你干啥子嘛？我搞这些过场，都是为咱们谷川能为咱生个大胖孙子！"

"我看你就是鬼迷心窍！"毛瘸五气得颤颤巍巍，指头戳向五婶。

五婶受了这天大的委屈，再也忍不住内心怒火，她杏眼圆

第十六章

瞪,梗着脖子向毛瘸五发了火:"我鬼迷心窍?你是不懂当妈的心!想当初,我还真不如顺了谷川的心思,让他和远秀在一起,现在小星都长成大姑娘了,春晓呢,还是一只不会下蛋的母鸡!"

春晓和远秀刚好走到门外,听到这话,脸色顿时煞白。远秀握了握春晓的手,暗中用力,拉她离开,到底没去撞破这一院的鸡飞狗跳。

家家有本难念的经!远秀内心其实很心疼春晓,春晓吃了多少苦,才能和毛谷川在一起啊,又不是春晓故意不要孩子,但这生儿育女之事,哪能那么"心想事成"?都要指靠几分天意嘛。

远秀暗中为自己好友叹息并祈祷,而方明生呢,头昏脑胀地扎进"家务事"中,却连诚心祈祷都不中用,急得满头大汗。

事情是这样的:2016年9月起,四川大力开展以"住上好房子、过上好日子、养成好习惯、形成好风气"为主要内容的"四好村"创建活动,作为第一书记的方明生,担纲此事,不定期抽查村民家中,是否像会上要求的那样:农具摆放得整整齐齐,家具上不染灰尘,床铺整洁,地面清洁?

这天下午,方明生连着抽查了两户村民,都挺不错,第二家村民柴草摆放得乱七八糟,经方书记指导,人家很快就答应打扫出小杂屋来,将柴草堆放整齐,不再放于屋檐下,看上去有碍观瞻。但到了第三家,方明生却吃了闭门羹。

第三家,说起来还是"干部之家",周小方这家两个大老爷们都不是当家的,女主人只有蔡包子一个,此刻她叉开两腿,拳头插进腰眼,好一个圆规造型,牢牢锁在了房门口,打死不让方明生进去检查。

方明生先是讲道理:"婶子,咱们省上推'四好村',这四个好,是脱贫攻坚工作的四川版'目标',如果咱们落凤坡完不成任务,岂不是给整个四川丢脸吗?"

蔡包子自然有一套歪理等着回敬第一书记:"哼,就算给整个中国丢脸,给整个亚洲丢脸,今天我也不让你进这个门!老话说得好,管天管地,管不了人拉屎放屁。你们官当得再大,哪能插手老百姓的家务事?真是怪了,房子也要看,茅厕也要检查,我说方书记,你是城里来的官,恐怕不懂咱农村的情况吧?"

方明生急了,当即说道:"婶子,我虽在城里工作,但我老家是农村的,父母兄长现在也都在乡下生活,他们那儿也在开展'四好村'的创建活动,没有哪里搞特殊化呀。"

蔡包子眼珠子一轮,下巴一昂:"我不管!反正这屋是我的,我不乐意你进屋检查,就是不让你进来看,你不服,喊警察抓我啊?"

方明生这下真是"秀才遇到兵,有理说不清",麻烦的是

第十六章

周小方今天不在村上,到邻村观摩学习去了,他找不到这个有力救兵,又不愿就此放弃,周围已经站了八九个围观群众呢,如果方明生就此乖乖认输,那以后村上工作还怎么开展?他去哪家,人家都挂一把铜锁,放一只恶狗,丝毫不配合他这个第一书记的工作,他哪里还有脸留在落凤坡,口口声声要将落凤坡建设得美丽富裕?

周幺鸡一大早就和志兴去城里卖水果了,不晓得他老婆闹的这出"一妇当关,万夫莫开",不过,若随随便便放第一书记来"家访",他心里也是老大不乐意的,为啥呢?因为他们家,只比垃圾堆好一点点。

周幺鸡父子俩各自忙自己的事,蔡包子理应将家务事规整清爽,但她从当姑娘起,就缺乏这方面的能力。她家的衣服,洗净晾干是从来不叠的,揉成一团团塞衣柜里,要穿的时候,往往扯一件衣服,掉出来一大堆,穿在身上也像是咸菜样。蔡包子尤其不喜欢扫地抹灰,她现在哪敢放方明生进屋呢?地面上堆那么厚一层瓜子壳,还有什么橘子皮、烟头、碎骨头,让第一书记看到了,那岂不是打自己的脸?

蔡包子不让外人进屋,方明生又冲不开蔡包子的坚实堡垒,双方就此僵持下来,大眼瞪小眼。

远秀赶来时,方明生还在周家门外干瞪眼。远秀亲自上前,与蔡包子谈判,和颜悦色地讲:"婶子,我们绝不是故意针对您,只是全省都在争创'四好村',咱落凤坡不能落后,落后了,小方和我都得去毛镇长那儿'背书'的。"

落凤坡

还是远秀灵,打蛇打七寸,上来就抬出周小方这张牌,蔡包子最害怕影响到宝贝儿子的仕途,想了一想便爽快让路,一边收腿甩胳膊,还一边给自己找补:"我这是看在明主任的面子上,明主任开了口,我们小方每次都积极响应,这次自然也不能例外!"

远秀哭笑不得,她和方明生进了门,扑面而来的首先是一股腐臭味,他俩鼻腔一酸,方明生更是打了个响亮喷嚏,摘下眼镜擦拭,连声说"对不起"。随着方明生和远秀拥进屋的,还有那一群爱看热闹的村民,他们啧啧称奇:"蔡包子真厉害啊,能把一个家弄得比猪窝还乱,怪不得她家周小方都三十大几岁了,还没找到老婆——哪有姑娘敢嫁这么脏的窝啊!"

蔡包子铁青着脸,不错眼珠地看方明生为她铺床叠被,扫地擦灰。远秀洗拖布时吓了一跳:拖布上竟长着三朵小蘑菇!不晓得这蔡包子已经有多久没用过这拖布了。

方明生帮哑巴叔申请了负责村道清洁卫生的公益性岗位,从此,一辈子孤苦的哑巴叔也成为有工作的人,每个月都能领到 800 元工资。扫扫地捡捡废纸就能赚 800 元?而且哑巴叔还将路上捡到的瓶瓶罐罐收集起来,积攒了一袋就提去废品回收站,这又是一小笔收入,看到哑巴叔又老又蔫竟然会"时来运转",村里有些人心理不平衡了,盘算着哑巴叔占了天大便宜,

为啥国家就没想到给他们送这么大的福利呢？这其中的代表人物，就是大辣子。

按说，大辣子是村里日子过得很好的人家，她和余大海一辈子没有生养，到了五十多岁，既不用辛辛苦苦为娶儿媳妇备彩礼、修新房，更不用养孙子贴钞票。余大海是远近闻名的果树专家，现在名气越来越大，县里都以他的名字成立了"名师工作室"，他一人赚钱，大辣子躺着花也花不完。但人心就是这么古怪，大辣子再不缺钱，也克服不了内心的羡慕之情，在她看来，这哑巴叔，真是交了天大好运，国家为啥就对他这么优厚呢？自家的余大海，做了这么多好事，为村里的经济发展做了恁大贡献，为啥国家不来照顾照顾余家呢？

大辣子越想越觉得自己占了理，她是个想到风就是雨的女人，一刻都不愿耽搁，在坡上瞅准了方明生的位置，一溜烟就跑过去，截住人家，直杠杠问道："方书记，你啥时给我也安排一个公益性岗位呀？"方明生吃了一惊，不错，对面是大辣子，村里有名的"富户"之一，她咋来索要公益性岗位呀？这本来就是照顾困难人员或特殊群体的，大辣子哪里困难又哪里特殊了？

但大辣子完全不买这个账，她自然有自己一套说辞："特殊？我家还不算特殊呀？方书记，你去左邻右舍打听打听，咱们家的余大海，这些年义务帮贴了大伙儿多少？我就不计较工钱了，光说余大海偷偷摸摸送出去的啥子果苗、种子、农药、薄膜……你晓得这是一笔多大的数？算出来吓死人！咱们心好,不去计较这个,现在只想让国家呀帮衬帮衬咱,我大辣子也不是白要国家的工钱,我晓得,公益性岗位嘛,也要做事的,我呢,身体健康,愿意做事,愿意工作,你就安排我做事嘛,一举两得,你说是不是?"

方明生头皮发麻,他自惭形秽地认识到,自己枉自还是省文联的一名工作人员,闲来舞文弄墨,出版过好几本书,但论及嘴皮功夫,他远远不如一个农妇,他压根不晓得怎么说服大辣子。倒是大辣子,语速极快,一张嘴像是打机关枪,突突突,片刻就让方明生哑口无言。

方明生面红耳赤,还好简云开如同神兵天降,为他解围来了,简云开笑眯眯地说:"大辣子,现在咱村安排的公益性岗位,原则上都得鳏寡孤独,你哪一头都不占呀,如果为了抢这么一个位置,要你和余大海离婚,你肯不?"

若不是看在简云开年龄大、威望重,大辣子早就一口啐过去了,让她和余大海离婚?他们恩爱了一辈子,早就是一对同命鸟儿了,哪能分手?大辣子红了脸,鼓了眼,听简云开这话说得,要争这么一个破位置,得让她离开亲爱的余大海,算了算了,就算给她大辣子一座金山银山,也不如她亲亲的余大海这座"大山"!

大辣子讪讪而去,方明生叹口气,也想转头离去,简云开叫住他:"方书记,晚上有空不?到我家里来喝两盅,上个月我过生,女婿送了两瓶酒来,还没启封,咱们小饮几杯如何?"

方明生是性情中人,三杯薄酒下肚,脸上浮起红云,张口便倾吐苦恼:"简书记,我也是农村长大的孩子,怎么现在做乡村基层工作,老是被群众质疑我不懂民情,怪我不接地气?弄得我这个第一书记像是个摆设,还常常给您和远秀添麻烦,害您们为我解围!"

简云开微微一笑,起身举酒壶为方明生斟满一杯,轻轻拍了拍他肩头道:"这不怪你,方书记,干基层工作,是有复杂的一面,其实理顺了,工作就好开展了。"

接下来,简云开说了这样一席话:"方书记,说真的,你花这么大力气抓'四好村'的建设,我看在眼里,高兴在心里,真的很高兴!因为在落凤坡,当前需要的并不是解决温饱问题,而是要'四好齐备'才是真的好啊。你先说说,这'四好'是什么?"

方明生如同在课堂上被老师点名的学生,当即坐直腰肢,大声回答道:"住上好房子,过上好日子,养成好习惯,形成好风气!"

简云开喝了半盅酒,顿了酒杯,大声道:"对喽!咱们不但要住好房子,过好日子,推动物质文明进步,而且要物质和精神'两手抓',倡导好习惯、好风气,这是为了激发农村群众的内生动力,加强农村基层法制建设,创造更加和谐美好的生活环境!"

接下来,简云开逐条分析道:"住上好房子,就是要防止新村建设漏掉一户贫困户,也防止农民因建房而债台高筑致贫;过上好日子,人们对美好生活是有憧憬的,其实这憧憬是这么朴实：学有所教，劳有所得，病有所医，老有所养，住有所居，能做到'上学看病不揪心，生老病死不担心'，群众才有幸福感；养成好习惯，要从点点滴滴做起，讲卫生、讲礼貌、讲节俭、讲勤劳等，养成令人终生受益的好习惯；形成好风气，是为改变乡村不良风气，追求正能量，改变之前的赌博之风、迷信之风、浪费之风、不孝之风等。只有这样，全方位改变个人，才能改变乡村。建设'四好村'，功在千秋！"

　　方明生如同醍醐灌顶，他以崇拜的目光望向简云开，这位曾桃李满天下的老师。此前他的诸多疑惑，在简云开如同春风化雨的语言滋润下，仿佛都已云开雾散。对，简书记说得对，既然脱贫攻坚是一场硬仗，要建设"四好村"，也不是一朝一夕就能完成的事业，需要付出心血和精力，他既已担起重任，绝不能中途撂下！

　　远秀生日快要到了，这竟然是周小方提醒志兴的，这提醒本身，就让志兴老大不高兴，他不由得生出一种酸溜溜的念头，情不自禁地想道：哼，难不成周小方贼心未死？还对远秀有啥想法？周小方自从挨过志兴拳头，在感情方面变得鬼灵鬼灵的，他哪里看不到志兴眼中的醋意呢？赶紧拍拍志兴肩膀，贴心说道："哥，我巴望着，你早点把远秀娶回家，不对，你们本来就在一家，反正，赶紧的，兄妹变夫妻，这才是一段佳

第十六章

话呢!"

志兴也不去计较周小方这话说得是否古怪,他花了心思,自个儿偷偷去城里珠宝店买了一个金戒指,想着远秀生日时送给她,一为贺生,二嘛,志兴有点不好意思深想,他自我安慰道:远秀这么聪明,莫非还不明白,一个男人送戒指给女人,到底是为了什么?

在挑选戒指时,专柜上的小妹一个劲向志兴推荐钻戒,最新款的,闪亮亮的,"钻石恒久远,一颗永流传"嘛。志兴专心专意只看纯金戒指,挑了最贵的一款,分量重,工艺精巧,他思量着,戴在远秀白皙的无名指上,不晓得多好看!付款时,志兴也不含糊,从腰包里抽出一厚叠钞票,专柜小妹恭恭敬敬选礼盒,她们也灵光,选的红丝绒盒子上,还贴着"一箭穿两心"。志兴一看这精美造型,立马心如小鹿乱撞,怦怦跳动。

志兴将戒指揣在裤袋里,像是揣了一个甜蜜的希望,火热热地贴着他肌肤,令他每走一步,都能感受那份暖烫。他已经想好了,等远秀生日那天,约她在县城见面,就在他们以前念书的县中学门口。在那儿,远秀曾度过了最无忧无虑的少女时光,如果时间能倒流,志兴说什么都不会允许远秀辍学,就算他累死苦死,他都要勇敢承担起全部责任,让远秀能继续念书,一直念到女博士!但世间最恨的,便是没有后悔药。

周幺鸡是志兴的亲密搭档,很快就看出志兴心情异常愉悦,他好奇地问:"志兴,你这几天是怎么了,中彩票了吗?

落凤坡

咋一个人呆着嘴角都弯弯的,还有事没事地哼小曲?"志兴不好意思承认,他准备给远秀一个惊喜。今年,刚好是远秀本命年,有人说本命年大吉,又有人说本命年要"过坎",志兴只希望能用一场迟来的求婚,消解远秀命途中所有的"坎",只为她留下顺遂通途。志兴在这样兴兴头头思想时,一点都没想到十几年前,为了给父亲冲喜,他与远秀曾被同时投入到了一场错误的婚姻中……

志兴掩不住眼底眉梢的高兴,所以,当大卡车撞上那辆电瓶车时,他嘴角的微笑还未及时褪去,车祸已经发生了。周幺鸡反应比志兴快,"天哪"一声,仿佛从胸腔中直直地劈出来,含着惊,带了血。

电瓶车车主撞断了一条腿,志兴当时就被交警带走协助调查了。周幺鸡慌张得浑身筛糠,他自忖自己不是能处理此等大事的料,第一个电话打给小方,第二个电话,打给了远秀。

几天后,胡子拉碴的志兴,从大辣子那儿得知,远秀除了赔医药费给电瓶车车主,竟然还赔了一大笔钱给蔡包子!大辣子消息灵通,村里犄角旮旯的小道消息统统晓得,她以同情口吻对志兴说道:"远秀真的不容易,那蔡包子,我真见不得她落井下石的小人样!"

原来,蔡包子找上门和远秀闹,趁着志兴和周幺鸡、周小方几个男人在交警大队处理车祸事宜,蔡包子直截了当,迅速反应,找远秀索要赔款,这理由,乍听倒像是有几分道理:"货车车头撞得稀巴烂,看来以后很难再做水果生意了,我们

第十六章

周幺鸡年龄一大把了,还被一个后辈忽悠着创业,容易吗?车是他开的吗?不是!那他就不该负责任,这责任都该许志兴负!这货车,我们周幺鸡可是出了一半钱,现在,退股,你赶快把买车的一半钱还给我!"

远秀没有半分争辩,按照蔡包子说的数,她一分不少地赔了钱给蔡包子,视作对周幺鸡"退股"的补偿。当志兴从交警大队回来,他满心苦涩地想着:现在,什么都没有了,不再有水果生意,他和周幺鸡设想的远大前途,被自己一个不慎,破灭成了肥皂泡,前面赚的钱都不足以填这个大窟窿。他真恨死自己了,为啥不听周幺鸡的话,要换大车呢?在换车时他就带了一点账,现在遇到这种意外,一下子捉襟见肘,他想要将钱还给远秀,不让远秀来为他的错误买单,却连这点微末心愿都难以实现!

也许最让志兴介怀的,是远秀半个字都没有提,她不提自己替他出了一大笔钱,她不提蔡包子追上门来兴师问罪时,自己是怎样低三下四地劝慰她。志兴宁愿远秀打他骂他,怪他是个窝囊废、惹祸精,也好过远秀现在这么默默地,将一切事情都揽在自己身上,她难道忘记了自己是个女人吗?女人的肩膀是多么柔嫩脆弱,她为何要背负这么多!

"爸。"一眨眼,虎头都11岁了,这孩子,越长大,眉眼就越像志兴,性格也像,就算哪里磕伤碰伤,疼得他青筋直冒,他也咬紧牙不叫一声苦。志兴转过来,挤出一个苦涩的笑,他想对儿子说点什么,摸摸虎头脑袋,走过去,嘴巴微张,手抬到一半,忽然泄了气,皱眉挥挥手,让虎头走,虎头眼里噙着泪,低头走了。

虎头走到厨房,在小板凳上坐下来,抱着腿,下巴搁在膝盖上发呆。远秀正在炖汤,揭开锅盖,撒了一点细盐,回头看到虎头这幅少年老成的模样,孩子甚至还长长地叹了一口气,远秀只觉好笑,双手在围裙上擦了擦,过来在虎头额头上挨了挨,问道:"作业做完了,咋不出去玩?又没生病,在这儿发啥呆?"虎头将目光转过来,迷迷瞪瞪地问:"姑姑,我爸是不是不喜欢我?"

远秀心里一沉,仿佛被锥子戳了心,她蹲下来,搂住虎头柔声说道:"快别说这些傻话了——你爸不知道有多疼你爱你呀。"

在远秀生日的前一天,志兴忽然发现自己咳出血来,清晨他嗓子发痒,咳了数声,咳得心脏闷痛、腿脚发软、眼前发花,他强撑着墙壁想站起来,一用力,差点跌倒在地,睁大了眼,看见他刚吐出的痰里,带着一团鲜红的颜色。血?我竟然吐血了?

志兴瞬间想起了父亲,父亲就是因为这个病去世的,一开始,他身体并无其他异样,只是吐血……人的身体里,能有多少血呢?志兴心中一凉,四肢仿佛被针刺一般,酸涩疼痛,迅

第十六章

速蔓延开来。

也许，一切都是命吧。志兴晃着肩膀，往后山走去，他的父母还有后妈，都葬在那里，村人背地都说苦根命好，前后娶了两个娘子，两个女人对他都是巴心巴肝，现在，他的坟墓在中间，凤英和素琼一人一座坟，左右排列。苦根百年之后，竟然有两个女人陪伴，怎能不让人羡慕？当然，这也得感谢志兴，当初素琼最担心的，也是她死后没有归宿地，人家苦根和凤英是原配夫妻，哪有她横插一脚的道理？就连村里主事的老人，遇到这种情况也不好发言，志兴却一锤定音，让后妈的坟墓，紧紧挨着父亲旁边，和他的生母，分毫不差，三墓几乎连在一起。这让村人惊诧的同时，也感叹于志兴的大度和孝心。

志兴往父母亲墓地走去时，遇到了手握大扫帚、正在奋力清扫垃圾的哑巴叔，哑巴叔心眼明亮，他将志兴拦下，比比画画了一番，志兴大致看懂了他的意思：哑巴叔见志兴神情萎靡，以为他还在为之前车祸一事忧心，便劝解他年轻人看开些，世上有啥解决不了的难题呢？志兴苦笑着谢过哑巴叔，继续往山上走。

北风拂动了草叶，扑在脸上，像一记记严厉的掌掴，志兴麻木的心中升上这样一个念头：他何尝不想解决人世间一切难题呢？前提是他还活在人世间，拥有大把光阴，才能有这样的资格啊，如果属于他的时间已经不多了，他哪里还敢做梦，奢望自己不该拥有的东西呢？也许，这就是命！命中注定，父亲遭受的厄运，同时会遗传到当儿子的身上。

那天,志兴一个人坐在坟头,他给父亲、母亲、后妈分别都磕了头,跪下时眼睛潮湿,抬起头便泪水涟涟,他想也许过不了多久,他就会来陪他们了,到时,怎么对父母他们说呢?自己在世三四十年,过得浑浑噩噩:想爱的女人,到头来都不敢表白心声;想做的事业,最后弄成了一团糟。他许志兴,活脱脱就是一个失败者呀!就算到了地下,都羞于见到父母亲人的失败者!

第二天,远秀一个人在县中学门口等了很久,很久,久到她确信志兴不会来了,他约了她,又忘记了这个约会。远秀回去的路上,双腿沉重如灌铅,却依旧在为志兴找理由:也许他最近遇到那么大的打击,忘记时间了。

毛谷川开着车,看到人行道上的远秀,摇下车窗叫她名字,非要送远秀一程,远秀却之不恭。上了车,系安全带时,毛谷川忽然一拍脑门,叫一声:"啊呀,我都忙忘了,远秀,今天是你生日吧?"远秀不好意思地微微一笑,点了下头。毛谷川立即歉意道:"真对不起,老同学,差点都忘记了,你和春晓是同一天的,只不过不同月份,这样吧,我打电话给春晓,晚上我们一起吃个饭,为你庆祝生日好吗?"远秀心中微微酸涩,她婉拒了毛谷川的好意,一心想着回家,心有不甘地想:难道他真的忘了吗?连旧友毛谷川都记得,他和自己在同一个屋檐下呆了这么多年,怎么会忘记呢?

远秀回去得有点晚,能干的小星,已经做好了几道菜,脸蛋红扑扑地往桌上端,看到妈妈进屋,小星跑过来,一手还托

第十六章

着一个凉拌菜,开心道:"妈妈生日快乐!""乖,小星真乖。"远秀含笑望着十四岁的女儿,时光真快啊,一眨眼,小星都是大姑娘了。

志兴明明听到了小星的话,奇怪的是,他毫无表情。远秀有些失望,她不愿这样想,念头又一直往那里跑——志兴不是不小心忘记了,而是故意的,但他为什么要开这样的玩笑呢?难道他不知道,他约远秀今天去县中学门口,远秀是带着怎样的憧憬和期待赴约的?她要怎样说服自己,挣脱开旧事的纷扰,才能坦然迈出这一步。现在呢,她迈出去了,他却冷静地缩回脚。

远秀将叹气声咽进肚子里。吃饭了,远秀和小星坐一张长凳,对面是志兴和虎头。志兴冷着一张脸,他今天真是古怪,视线漂移,不是越过远秀头顶看墙壁,就是低垂脑袋死死盯着桌面,不和远秀眼神交接。

小星也觉得饭桌上气氛有些怪异,今天是妈妈生日,这孩子心里快乐,她忽然想到虎头弟弟在小学全校作文比赛中获得二等奖,便怂恿虎头念一念他写的作文,极力想让晚餐气氛活泛一些。虎头有点不好意思,但他从小最听这个姐姐的话。小星催了两次,虎头便从书包里拿出本子,大声地念道:

"《我的妈妈》:在我生命中,有两个妈妈,生我的妈妈,在很远很远的地方工作,她答应等我长大了,要带我去大城市玩,我很想念她,但并不寂寞,因为我身边,还有一个妈妈。不,她现在还不是我的妈妈,我叫她姑姑,如果有一天,姑姑能变成我的妈妈,我就是全世界最幸福的孩子了,因为我同时拥有了两个妈妈……"

远秀怔怔的,豆大的泪珠在她眼眶里直打转。志兴黑沉着脸孔,忽然摔下手中筷子,没跟大家打招呼,起身便往外面走。志兴起来得急,专心念作文的虎头一个不留神,摔了个屁股墩,惊得唉哟一声。

远秀眼中的泪,啪嗒砸落到桌上。

第十七章

仙　境

一

　　远秀真的很开心，每次她心情最糟时，唐之蓝仿佛都有心灵感应，能来到她身边，为她纾忧解愁。当然，这次唐之蓝来落凤坡，既为了远秀，也是为了自家老公。唐之蓝和方明生，虽说是"小别胜新婚"，但她看到远秀神色有异，便跟老公撒娇道："人家今晚要和远秀一起睡啦，你自己乖乖的，不要乱蹬被子哦。"窘得方明生眼镜腿一个劲往鼻梁下面滑，他红着脸推眼镜腿，心里想的是老婆不解风情，不理解他呆在落凤坡，欲眼望穿等待她来的个中苦楚，口里说的却是大度潇洒的话："当然，当然，你们闺蜜好长时间都没见了，当然要在一起尽情说悄悄话。"

　　到了晚上，唐之蓝真的抱着个枕头来敲远秀的门，远秀笑着推她肩膀:"快走快走,你来都来了落凤坡,还想让方书记独守空房,他会恨我的。""他敢!"唐之蓝挤进门,嘻嘻一笑,搂住远秀肩膀说道:"天大地大,不如姐妹情大,老公?靠边站!"

遇到这么生猛的女朋友,远秀真有点哭笑不得。

唐之蓝摸摸远秀的脸蛋,又摸摸自己的,叹气道:"远秀,你咋保养的?我天天用国外进口护肤品,咋肌肤还是不如你紧致?你呀,哪里看得出女儿都那么大了,活脱脱还是一个小姑娘嘛。"远秀有心事,语气颇为低沉道:"啥紧致啥小姑娘啊,之蓝,这一晃眼,我的小星就快考高中,而我,活脱脱一个老太婆了。"

"喊!"这话唐之蓝可不愿意听,她一个骨碌翻身坐起,披头散发地大声说道:"谁要敢说你远秀是老太婆,那绝对是瞎了眼!"远秀赶紧去拉唐之蓝,惊道:"祖宗!小声些呀。"唐之蓝复又躺好,头并着头轻轻笑:"远秀,我认识你多少年了,哪里还会不懂得你?你是怕这屋里哪个人听到你的话了吧?"远秀唉了一声。

唐之蓝胳膊肘撑起脑袋,饶有兴趣地问:"你们到底要拖到什么时候,才肯捅开这张薄薄的窗户纸?"远秀再也控制不住心中奔涌的情感,竹筒倒豆子般,她将自己生日前夕,志兴如何约她在县中学见面,她如何空等他一场,晚上回家,他只字不提爽约理由,还在饭桌上提前离开,弄得一家人尴尬无比的事,统统告诉给唐之蓝听。

第十七章

唐之蓝默默听着,她越听越火大:这许志兴,真是她少女时代倾心过的男子吗?他如果是真心对远秀,又怎会这般戏弄她?如果不是认真的,那么这些年,他们彼此受的苦、流的泪、吞下的委屈,难道都只是一场梦?

唐之蓝一边生气,一边在肚里谋划:明天,我一定要揪住志兴,问个清楚明白!

唐之蓝第二天没找到志兴,志兴失踪了三天,唐之蓝可等不到他那么久,"唐彩画坊"就要开第三家分店了,她有很多事要忙。临走前,唐之蓝将方明生叫到跟前,叮嘱他:"你要盯牢许志兴!"这话说得,让方明生丈二和尚摸不着头脑,不过他晓得,自家老婆十几岁就认识落凤坡这一家人了,和许志兴也是老朋友,大概许志兴不小心得罪了之蓝,才让之蓝这般黑口黑面的,赌气说话。

唐之蓝和远秀都想不到,这三天,志兴是在哪里度过的,他去了一百多里之外的一个大水库,在水库边,呆呆坐了两天,从朝霞升起,坐到星星满天,从月亮当空,又坐到阳光融融。这个水库到了周末会有不少人来,钓钓鱼,看看水,吟咏两句诗词,感叹感叹人生。其他的时间,这里很安静,志兴便享受了两天水库纯然的宁静。

志兴置身美景之中,他心中涌起的却全是绝望的念头。虎头的作文,仿佛一柄利刃,轻轻划开他胸口薄薄的肌肤,刀尖触碰着他怦怦跳动的心,一股若有若无的血腥味,随之荡漾在鼻尖。

志兴的心，被深深震撼了。虎头那么小的孩子，尚且怀有渴望，期盼姑姑能成为自己的妈妈，无意之中，虎头竟为他的父亲道出心声！志兴在虎头面前，从未吐露过点滴心事，但他不说，难道孩子的眼睛不会自己去看，孩子的心不会自己分析吗？志兴逃跑了，狼狈地从家里逃开，他也不知怎么就坐车到了水库，晕沉沉地坐下来，沉静如一棵树，一坐，便是两天两夜。志兴在水库边，想得最多的，是他要不要就此跳下去。

　　如果自己真是遗传了父亲的病，志兴想到这里，便感觉周身血液一冷，他脸色如同死人般苍白，苦涩地想着：如果真是这样，我绝不治疗，绝不再浪费家里一分钱！这些年，虎头能茁壮成长，依靠的其实不是他这个父亲，而是远秀姑姑，对于虎头而言，想必远秀的分量远远重于他，没有他，家里不会有什么变故，但若没有远秀，两个孩子怎么办？天会完完全全塌下来。所以，哪怕是为了自己儿子好，志兴辛酸地对自己说道：我也不能那么自私，用毫无希望治愈的病，再次拖垮远秀。

　　但真的要跳下去吗？一了百了地结束生命？志兴又感到勇气不够，他还有很多舍不得，很多不甘心。远秀，远秀，他僵直的手指伸进裤兜，反复摩挲着早早买好的戒指盒，那里面，装着一个男人对一个女人一辈子的承诺，从很多很多年前开始，他就想对她许下的承诺，命运却令他们一错再错，他还有机会亲口说出那句话吗？他有这样的资格吗？

　　志兴浑浑噩噩地坐着，他手机早就没了电，荒郊野岭的，他也没地方充电,到了第三天,他体力支撑不住,饿得腹如刀绞。肉体的疼痛,竟带给他一点点生的希望,他一只手捂住胃,另一只手努力撑着地站起来,不,他不想死,现在他想吃东西,他想活下去,他想快点回到落凤坡!

志兴刚回村口,就和一辆白色120擦肩而过,车后还跟着一群神色紧张的村民,看到志兴,嘴快地向他传达消息:"志兴,你晓得不,哑巴叔扫着扫着地,怎么忽然就晕倒了!大牛爹下死劲儿掐他人中都不中用,还是远秀当机立断,赶紧打了120,这不,远秀也跟着去医院了。"

志兴吃一惊,赶紧回家将手机充上电,在厨房寻了个冷馒头,狼吞虎咽啃起来,手机能开机时,他打给远秀,问清楚在哪家医院,随即赶了过去。

哑巴叔和志兴非亲非故,但一直对志兴很好,也许潜意识里,一辈子没有结婚没有生养的哑巴叔,将全村的小辈都当成自己子侄,对所有小辈都很好。志兴是个知恩的人,他记得哑巴叔的恩典,顾不上自己此刻还有多少烦心事,搭车去了医院。

远秀正好要回落凤坡,帮哑巴叔办理相关手续,她将志兴拉到一旁,也忘记了之前两人存在的芥蒂,眼红红地对志兴说道:"医生检查结果出来了,哑巴叔患的是肝癌,不过很幸运,得病初期就被发现了,手术成功的可能性很高。"

志兴大吃一惊。癌症?哑巴叔怎么会患癌症?这些天,这个字折磨着他,令他寝食难安,甚至差点轻生,现在,他好端端地站在这儿,每天在村里勤勤恳恳打扫卫生的哑巴叔,竟然确诊患了癌症!

远秀急着要回村里去,叮嘱志兴去盯着输液瓶,液体快输完一定按铃请护士来换瓶,便匆匆离去。

志兴拖着步子,怀着难以名状的心情,一步一步挪进了哑巴叔的病房。

哑巴叔并未昏睡,他看到志兴,啊啊打着招呼,没有输液的那只手抬起来,志兴赶紧快步走过去,坐在床边椅子上,捧住哑巴叔一只手。

"哑巴叔,您怎么会得那个病啊,您心肠这么好,一辈子都在做好事,老天爷咋会让您生病的?"志兴话一出口,触动的却是深埋的心事,他喉头哽咽,低下头,让哑巴叔的手抵在他额头,哑巴叔却固执地用那只手去擦他脸上的热泪。

志兴已经担惊受怕了这么久,将自己困在漆黑一团里这么久,冷不丁地得到哑巴叔的关爱,他索性痛痛快快释放出心中的酸涩苦楚,大放悲声。

如同一头受伤后咆哮的狼,志兴觉得折磨自己的心事就像一个定时炸弹,横亘在他心头,随时都可能爆炸,他呜呜哭着,再也无法承担这样的重担,将秘密和盘托出:"哑巴叔,我,我可能也得了绝症,活不了多久了……"

第十七章

哑巴叔急急地往上托志兴的脸，老人急得五官都变了形，哑巴叔用一只手比画着，又拉过志兴的手掌来，在他掌心反复写字，志兴泪眼蒙眬地看清楚了，哑巴叔写的是"查"字。小时候，别的孩子都欺负哑巴叔不会说话，苦根可怜他，自己在学堂上认了几个字，都统统教给哑巴叔，"查"，便是为数不多的一个字。几十年前，苦根哪里晓得呢，他当年的善行，会种下深深的因，如今成为拯救儿子志兴的果。

"查？哑巴叔，您是说让我去做检查？不不不，不，我不要去检查，我怕知道最不愿知道的结果……"志兴惶恐地摆着手，他还想挣脱哑巴叔，但哑巴叔的手如同一把铁钳，紧紧握住他手腕，令他逃脱不得，哑巴叔反复而固执地写：查，查，查。

志兴快要崩溃了，他最终艰难地点了头："好，哑巴叔，我听您的，我去查，就算死，我也要做个明白鬼……"

医院仪器先进，并没让志兴提心吊胆害怕太久，他拿到了结果：一切正常。

什么？一切正常，那他怎么会吐血？志兴去找医生，医生听完志兴结结巴巴的讲述，慢条斯理说："可能那段时间你压力太大，肝火旺盛，才会痰中带血，别担心，调理调理就没事了。"这医生是个白胖老头，头发花白了一半，说起话来不紧不慢，瞥了一眼志兴，又补充道："你们年轻人，就爱自己吓自己，不过，你是对的，身体有不舒服就该来看医生，免得将小病拖大，耽误治疗。"

落凤坡

　　白胖医生原本是表扬志兴，听到志兴耳朵里，他哭笑不得，因为他并不是怕小病变大病才来及时问医的，而是自己将自己骇得要死，先给自己宣判了死刑。一点小毛病，他差点要生要死的，这话若传到别人耳朵里，恐怕十个人有九个要笑话他的。

　　不过，不管怎么说，"死而复生"的感觉真好！志兴拿着化验单，简直想在上面叭叭亲几下！

　　如果说志兴虚惊一场很幸运，哑巴叔这个精准贫困户，得到国家政策扶持，大病"兜底"。他无须担心十万元手术费用，远秀帮他填写了一系列单据，最后哑巴叔一分不花，成功地完成了手术。

　　大家都说哑巴叔"大难不死必有后福"，哑巴叔也这样想，他在医院安心静养了几个月，当他再回落凤坡时，揉了揉眼睛，觉得眼睛有点不够用了：自己生于斯长于斯，这儿竟会越变越美！

　　"花果长廊"是简云开、明远秀和周小方等村干部的"大手笔"，原先是一条破破烂烂的泥巴路，他们带着村民，将之打造成了一条"花娇艳、果飘香、叶儿清清凉"的漫游长廊，"顶棚"上覆的是葡萄藤，或者丝瓜叶，到了收获季节，垂下累累硕果，"廊外"鲜花盛放，蜂忙蝶舞，走上一遭，什么暑热烦恼都忘了，通体舒泰。这不，"花果长廊"刚打造好，便来了好多城里人，他们背着大包小包，带着"长枪短炮"，对着这极富设计感的乡野美景拍啊拍，恨不能将整个落凤坡装进照片去。

出院归来的哑巴叔眼噙热泪,他在心里轻轻说:我这是到了仙境吧!

落凤坡也搞起了乡村旅游!像周幺鸡卖水果时无数次夸过的海口一样:这里山美水清,花香草绿,果园里果子香甜,阳光下黄狗摆尾,还有美丽传说,历史典故,民风淳朴,是一个"来了就不想走的村庄"!

还记得当时,远秀刚向方明生提了"葵花采摘节"的念头,方明生立马站起,激动说道:"远秀,这真是一个好点子!现在人们出去旅游,已经不再仅仅局限于'静态观赏',看看美景呼吸点新鲜空气就好,大家欣赏推崇的就是要有'互动'意识的游玩,让城里人自己来园中采摘向日葵,好啊!既满足了人们亲自劳动的乐趣,同时又享受了优美的自然风光,肯定大受欢迎!"

方明生说得不错,一年之后,当城里人潮水般涌来落凤坡,过"花果长廊",采摘向日葵,有兴趣者在柴火灶上一试身手时,人声鼎沸,音乐飘扬,迎来了四面贵客。

大辣子笑得嘴都合不拢,因为她坛子里的干咸菜全都卖出去了,卖了个她都想不到的好价钱。她眉飞色舞,手指头蘸了唾沫来清点钞票,一边点一边笑着说:"大海,以前家里都是你挣钱,以后我也能顶半边天啦,你看,咱家的干咸菜,人家当宝贝一般,抢了个底儿朝天!蔡包子今天也赚了不少,她卖了一百多个土鸡蛋。哈,她麻着胆子定了个八元钱,人家买主实诚,说城里超市的土鸡蛋都卖十四元一斤呢,八元,简直太便宜了,哈哈哈哈……不过这蔡包子也不瓜,她脑子转得快,马上就说那我家的是正宗'落凤坡土鸡蛋',也要卖十四元,你看,青山绿水就是品牌保证。真有她的!蔡包子赚了钱,可不像我这么温柔,她还没收摊,嘴里嘟嘟囔囔的,就在那儿骂她家周幺鸡了,说'他妈的周幺鸡,平时胡说八道,说啥子他才是做生意的料,老子就是一个会跳锅边舞的,今天倒让他看看,咱妇女力量大得很,生意做得好得很!'"

余大海最是配合他的宝贝老婆,眼睛笑成两道缝,一迭声讲:"要论做生意,什么周幺鸡蔡包子,都赶不上我家大辣子!辣子,累了吧?"余大海一边说一边殷勤地上前给大辣子捏肩膀,大辣子很享受地哼哼了两声:"累啥累呀?就在家门口一坐,把坛子里什么干咸菜干豇豆摆出来,买主像是蜜蜂闻到花蜜味,嗡地就围上来了。呀,赚钱的感觉真好,赶明儿,我要用这钱给你买件新褂子。"

余大海光是每年卖水果,都有十多万的收入,大辣子是落凤坡数一数二的"富婆",不过,之前花老公的钱和今天自己赚到"第一桶金",意义完全两样。原来通过自己双手劳动有所得,感觉是这么好啊!大辣子畅想着给余大海买件啥样的衣服,余大海深受感动,愈加巴结,捏了大辣子的肩膀,又给她

第十七章

松头皮,像是伺候胜利归来的大将军。

几十年前的落凤坡,是个道地的"穷窝窝",男儿娶不到媳妇,闺女远嫁他乡,一说起这地方,人们就瘪嘴摇头:那儿土干、坡高、缺水,流了一斤汗种庄稼,看能不能打出半斤粮食来!毛瘸五对此印象最是深刻,当年若不是担水,他也不会失足跌断一条腿……他眯起眼,回想着自己的孩提时代,那时土也黄,草也黄,就连落凤坡上空的天,仿佛都蒙着一层淡淡的黄尘,像一张绝望的网,罩着这里的草木牲畜,穷苦百姓。现在,这仙境一般的地方,真是落凤坡吗?让人太不敢相信了,她美丽得步步是景,富饶得仿佛掬起一把泥来搓一搓,都能搓出汪汪的油来。

"爸,在想什么呢,那么出神?"原来是儿子谷川回来了,小心翼翼地搀着媳妇春晓,小两口笑眯眯地向"寿星"打招呼。春晓肚子里怀的是双胞胎,挺着一个"巨肚",行动十分不便。五婶听到声音,赶紧从屋里飞奔出来,争着去搀扶儿媳妇,不住地嘘寒问暖:"春晓,辛苦吧?妈晓得你辛苦,不容易,两个娃呀,当年我只怀谷川一个,他调皮,在我肚子里翻跟斗,都把我折腾够了,咱们快进屋坐,我都跟你说了,你爸这生日,又不算什么整数大生,你不用专程坐车回来,可把你累坏了!"

五婶和春晓去了里屋,谷川坐下来陪他爸晒太阳,给毛瘸五敬了一支烟,父子俩点上,美美地吸了一口,毛瘸五心里高兴,嘴上还是说:"你妈讲得对,还有一个多月,就到春晓预产期了,现在还让她坐车往落凤坡跑,怕她身体受不住。"

"爸!"毛谷川又好气又好笑:"春晓从小和我在落凤坡长大,这里不但是她婆家,也是娘家呀,她回来给您祝生,顺便看看岳父,心情松快了,身体反而更健康呢,再说春晓从来就不娇气,哪会对这一点点事叫苦喊累的。"

"嗯,春晓是好孩子,你们都是好孩子。"毛瘌五也不知怎么,一股怅怅的情绪升上心头,他叹了口气。毛谷川敏锐地捕捉到他爸的叹息声,问道:"爸,您有什么心事吗?"

毛瘌五摇摇头又点点头。父子俩又新点燃了一支香烟,烟雾之中,毛瘌五终于讲出了自己对志兴的担心。

志兴?毛谷川眉毛往上一挑。他从一开始,就不怎么喜欢志兴,究其理由,可能还是出在远秀身上,当年远秀丧夫,他鼓足勇气,想要照顾远秀母女,远秀坚决而温柔地拒绝了他。可别小看男人在爱情中的自尊心,毛谷川一直在苦苦反思,自己到底哪里做得不好,才会让远秀不够爱他?思来想去,他找到了答案:远秀不接受他,不肯爱他,只因他是毛谷川,不是许志兴!

这个发现令毛谷川痛不欲生,因为这不是他改变自己多少,做得多好就能弥补的,他不能,今生今世他都变不成另一个人。又过了几年,毛瘌五主动拉出狱后没事干的志兴一道养羊,"创业"失败,毛谷川为啥冲他爸发那么大的火?扪心自问,他担心父亲身体是真,但还有更深层的一重原因:他不喜欢父亲和志兴扯上半点关系!但今天,当毛瘌五再度说起志兴的名字时,谷川却感觉心里有块坚冰,似乎在一点一点地悄然融化。

看到落凤坡这么美,往来旅游的人这么络绎不绝,志兴心里五味杂陈,他恨自己诸事不成,现在他想趁着客来如云的东风,开一家农家乐,却苦于没有资金。向远秀借钱?不,他死也不肯。可没有钱作为启动资金,他心里的设想就只能是空想,最后在肚子里渥得烂掉臭掉。

昔日的师傅毛瘌五亲自上门,他不但找到志兴谈合作开农家乐的事,还递上了一张银行卡,密码6个6。志兴瞪大了眼珠,眼眶撑得太辛苦,很快,滚圆的眼泪便落了下来。毛瘌五拍拍志兴肩膀,语重心长道:"志兴,你的不容易,瘌五叔都看在眼里,这次,咱们还是拉周幺鸡一起搞农家乐,周幺鸡嘴巴活,揽客交际是一把好手。我呢,我从年轻时就养羊放羊,大家都只道我是羊倌,却不晓得我还有一手烤全羊的绝活,是我之前的师傅教给我的,咱们要开农家乐,就推出烤全羊这道大菜,你看怎么样?"

志兴说不出来话,眼泪糊了他的眼。他忽然举起手,狠狠给了自己一巴掌,吓了毛瘌五一大跳。志兴咬牙说:"瘌五叔,我犯浑,我不是人!以前遇到芝麻点大的困难,我就退缩,就逃避,就怨天尤人,不晓得怎么办,成天只晓得怪这个怪那个……谢谢您,谢谢您看得起我,肯这么帮我……"毛瘌五抓住志兴的手,不让他再打自己,动情地说:"孩子,当年我和你爸苦根,是一起长大的好兄弟,你就相当于我的侄儿呀。我们这辈子,一直在吃苦,你爸比我苦多了,当年为了给你妈治病,你那时小不记得了,他大年三十还在挨家挨户借钱,跟叫花子似的。但不管多苦,人活着,腔子里就要有一口气,这口气散了,人也没魂了,你说是不是?"志兴使劲点头,一股温暖的力量,注入他的脊骨之中,他挺直了腰背,紧紧握住了拳头。

周幺鸡听说志兴和毛瘌五请他一起合伙办农家乐,高兴得马上就跑过去开"筹备大会"了,他家蔡包子卖土鸡蛋尝到了赚钱甜头,颇有些看不起他的意思,又学那些厉害娘们,将钱袋子捏得紧紧的。周幺鸡见了志兴和毛瘌五,刚从外面迈进家门,蔡包子就一本正经地抢先开了口:"周幺鸡,你莫被那个许志兴灌点迷魂汤就分不清东南西北!我看呀,就是许志兴八字生得不好,他和毛瘌五合伙养羊,遇到寒潮,羊死了,他和你一起贩水果,车子又撞伤人,赔了个兜底朝天。你现在若再敢拿家里的钱去和这个霉气鬼一起合作,老娘第一个不答应!"

周幺鸡不耐烦地翻个白眼,粗了喉咙道:"你放心!志兴一个人拿出了启动资金,我不用问你要一分钱,咱们这个农家乐,不但能开起来,还会开得红红火火!"

鞭炮奏响,音响大鸣,志兴专门上阵,舞了一回狮子,"喜羊羊农家乐"在一派欢乐喜庆中正式开张了。

第十七章

毛瘸五、周幺鸡、许志兴相互配合默契，一个多月下来，一结账，账目上的数字吓了三人一跳。周幺鸡最是激动，他不顾自己驼背，原地一蹦，差点摔倒在地，志兴扶他站稳，他眼中蒙着一层浊泪叹道："真没想到啊，我周幺鸡一下子变成万元户啦！"毛瘸五见不得周幺鸡这么一惊一乍的样子，故意板起脸孔来："倒退三十多年，你要是个万元户，你光荣！但现在，你看万元户算个啥？"周幺鸡脖子一梗，回道："我不管！我晓得城里有本事的人能赚大钱，白领不算啥，还有金领嘛，我就是说咱农民，咱们一辈子在土里刨食，一辈子没离开过落凤坡，要在落凤坡寻到这么好的赚钱机会，容易吗？不容易！这要感谢现在简书记、明主任他们将落凤坡建设得这么漂亮，大家才愿意来，咱们也有生意做！"

周幺鸡这话说得十分在理，不但志兴和毛瘸五频频点头，连路过的方明生听了，都停下来朝自己点两下头，又摸出随身带的小本子，快速地记下了周幺鸡的话。周幺鸡一看方明生动笔杆子，慌了，跑过去脸红红地说："方书记，我是不是说了不该说的话？"方明生收了笔，严肃道："怎么会是不该说的话？幺鸡叔，你这话说得太正确了！你们知道吗，习近平总书记刚提出了乡村振兴战略，接下来，咱们农村将迎来更好的历史发展机遇！"周幺鸡稍稍放了心，只要他没乱开黄腔，没有不慎说出点啥"反动言语"就好，可这方书记，他成天揣着个本子，在落凤坡这里走走，那里听听，又是为何啊？

方明生笑得一口喷出茶水，呛得咳嗽连连，好一会儿才平复下来,他擦着眼角的泪说道:"周幺鸡同志,我郑重跟你说:我这不是在'记账',而是在收集素材!""素菜?你收素菜干啥子?现在日子好过了,咋不多吃点肉呢?"方明生再度爆笑,他解释道:"其实,我另外一个职业是作家,现在看着落凤坡变得这样好,心里欢喜,想要将这些变化都写下来,随时有灵感或者听到有意思的话,就记上两笔。"

现在,周幺鸡打铁的脑袋终于弄懂了:他说的话,很可能被方大作家写进书里,那可是会流芳百世、不朽万年啊!他激动地跑回家,对蔡包子宣布了这个重大新闻。看吧,蔡包子不是笑人家是倒插门,笑话了一辈子吗?现在让她看看,嫁的这个男人多能干,连作家都看得起他呢!

蔡包子却没将周幺鸡的激动当回事,她现在有自己一分激动,不耐烦地听男人说完,她问道:"嘿,如果我告诉志兴一个秘密,你说志兴肯不肯让我在'喜羊羊'上班?"

蔡包子还是挺有自知之明的,她晓得开"喜羊羊",周幺鸡没有出一分钱,她便不正眼瞧这个"业务经理",将志兴视作老板,秘密,也只说给志兴一个人听。

其实志兴早就猜出来了,毛瘸五哪会拿出那么大一笔钱资助他开农家乐呢?这是毛谷川和春晓的家庭积蓄,毛谷川之前不喜欢志兴,志兴自然也看毛谷川不顺眼,想不到,最后他还

第十七章

是接受了毛谷川的帮助。换了从前,志兴也许会为"被骗"这件事耿耿于怀,甚至冲动地卸下担子,为了维护自己可怜的自尊而拒人千里之外。现在他是真的成熟了,经历了生活种种磨难,他渐渐看清了自己身上有多少缺陷,为自己和他人带来过多少伤害,他的不成熟、冲动、好面子,曾令他数次滑落深渊,好在他身边的人从未放弃过他,他们一次次救他起来,如果到了现在,他还冥顽不灵,这样的许志兴,连他自己都厌弃,还说什么给远秀幸福呢?

蔡包子眨眨眼,她原以为是报告了一个惊天大消息,哪晓得志兴表情这么坦然,没有起到预期的效果嘛。蔡包子有点不死心地问:"那我来'喜羊羊'帮工的事……""随时欢迎啊!"志兴一锤定音,斩钉截铁。蔡包子心花怒放,从此她就和周幺鸡"夫妻双双把班上,夫妻双双把家还"了。

到了年底,志兴已经能将之前借的钱,全部还给毛谷川了,他不但还了钱,还为毛谷川的双胞胎儿子各送了一份精美礼物。毛谷川现在已是毛县长,志兴感叹:"毛县长,你的两个孩子长得多可爱啊,虎头虎脑的。"毛谷川摆摆手:"志兴,千万别叫什么毛县长,说个笑话,那天一个阿婆耳朵不好,听人家叫'毛县长',她跑出来问一句:'哪里的毛线长?毛线不都是一团一团卖吗?'"志兴忍不住哈哈大笑,这一哈哈,拉近了两人的距离,从前横亘在他们之间的莫名的敌对之意,消散如烟。

毛谷川接着吐槽:"快别说两个儿子有多好了,我妈从现

落凤坡

在就开始担心将来俩小子的终身大事问题,她雄心壮志地谋划,还指望二十多年后,能替她两个孙子找到孙媳妇呢。我妈都晓得说:'谷川,生儿子就是有了一座建设银行,你得好好为两个儿子做建设,免得到时他们找不到媳妇,要怨你这个当爹的无能!'"

志兴再度大笑,他从来不知道,仕途中人毛谷川,还有如此幽默可亲的一面。

按照规定,方明生早就该回原单位了,但他软磨硬缠,多争取了两年"任期",但过完年,他怎么也得离开落凤坡了。离开之前,他很想再为大家做件实事,于是向群众广泛征求意见,询问大家如何展现过上了好日子的幸福喜悦之情。大伙儿七嘴八舌,倒是余大海的计策,拔了头筹,他提议搞一台"农民春晚",到时落凤坡的村民,有才艺的献才艺,有钱的出钱,有力的出力,啥都没有的就坐在台下当热心观众,用力拍巴巴掌!

方明生肯定了余大海的主意,村里的大姑娘、小媳妇都跟着激动起来,她们平时干活都爱哼哼唱唱,吃过晚饭,还邀邀约约地去跳广场舞,内心都是颇为爱好文艺的呢,如果把她们好好组织起来,一定能搞出一台精彩的"春晚"!

现在是科技新时代,余大海满面红光地在方明生面前出了主意,他说的话,及时被人录下,微信转给大辣子,大辣子一听,顿时心里疙疙瘩瘩,一小股邪火,忽而忽而直往头顶升。

大辣子不高兴啥呢?当年余大海说自己为了"文艺"写

第十七章

"果树快板词",大辣子单纯热情,一百个支持他,却不晓得他这鬼头脑,还对老婆留了一个小秘密,不肯推心置腹说给大辣子听!

原来她还没嫁过来时,余大海就是落凤坡的"文艺积极分子",有点人来疯。他虽三十多岁了,因为没结婚,和一堆姑娘小伙混在一起,也不觉得特别扎眼。他是个出了名的热心肠,就像此后当了果树专家,还保持"巡村查问题"一样,那时他也恨不能帮助这个帮助那个,把"文艺宣传队"每个人都照顾得巴巴适适的。

问题就出在他三十大几的人了,还没结婚,成天这么"疯",自己呢,"文艺细胞"又很一般,上台演个刁德一都能被人轰下去,还这般穿得像花蝴蝶样在真正的"文艺分子"中间乱飞,叫人看不惯。那时舞蹈队有个跳舞的小媳妇,绰号叫"红鞋",因为她总穿一双漂亮的红舞鞋。有次他们去邻村演出,搭小货车过去,回来时天黑了,"红鞋"迷迷糊糊的,不知怎么脱鞋坐在车顶上,下车找不到鞋了,顿时哇哇大哭起来。余大海最是积极,他打着手电筒,循着找了一路,愣是在一条干沟里找到了从车上颠下来的红鞋。这原本是一件"学雷锋"的好人好事,不知怎么被人一编排,传到了"红鞋"男人耳朵里,那男人是个暴躁冲动的性子,竟相信了风言风语,跑来打了余大海一顿,诬陷人家是个癞蛤蟆,成天对着他老婆瞎献殷勤!

大辣子是最近才听说此事的,当年她嫁过来时,余大海已

落凤坡

经戒掉了文艺"瘾",成天捧着一本果树栽培的书看,一点都不"文艺"了。再后来,余大海写快板词,又过了一回"文艺"的瘾,走路都像踩在弹簧上,脑袋昂得高高的,又有好事者看不惯余大海这么嘚瑟,告知了大辣子这段旧事,大辣子心眼原本就只有针尖大,这下可落了疤,看余大海和哪个女人走得稍微近点,她都能顽固地捕风捉影。怎么,现在余大海哪根筋不对,都是奔六的老头儿了,还想去当啥文艺分子?

大辣子一不高兴就要吵架,她其实不该叫大辣子,该叫大爆竹才对,但这次,大爆竹遇到一盆冷水,兜头泼下,张牙舞爪很快就偃旗息鼓了。那盆神奇的水,是周小方泼的,周小方当领导时间长了,话说得很艺术:"辣子姐,如果你不让我大海哥去当这个'春晚副策划',阻碍了落凤坡的文艺事业发展,影响了落凤坡的安定团结,这就是犯了路线方针错误。"趁着大辣子一害怕,余大海这"副策划"的位置就坐稳了。只不过,大辣子对外说的是另一个版本,她这样说道:"狗日的周小方,硬是看得起我家老余,说缺了老余这个红萝卜,还真不成席了!当然,我也要给周小方几分薄面嘛,要不以后他不帮我家老余写快板词了,咋办?"

第十八章
春　晚

一

落凤坡老老少少都在精心筹备春晚节目，就连幼儿园的小朋友，他们也决定要出两个舞蹈节目，一个是《两只老虎》，一个是《娃哈哈》。举村都忙忙碌碌，全民兴奋地准备迎接大年初一的"落凤坡春晚"，他们将晚会时间定在大年初一而不是大年三十，是想把除夕之夜留给各家各户庆团圆，到了第二天，再来一个全落凤坡的大团圆！

秦端公这个除夕却过得很不好，他不是不想团圆，但他不想要这样的团圆——在外面"找大钱"的秦宝来腊月二十八仓皇跑回落凤坡，腊月二十九，几个"歪瓜裂枣"，如同逐着腐肉的苍蝇，跟着跑了来，他们目标明确：还钱！追债追得让人过不了节，这是什么道理嘛！秦端公十分气愤，不过，他气愤的方向好像用错了，首先他应该责怪自己的宝贝儿子不该去借人家高利贷才对，而不是满心愤愤地指责要债的太敬业，大年三十还在落凤坡，守着秦宝来耗。

这三位要债的，长相也挺有个性，一个胖子，一个秃头，还有个凶巴巴的小个子，让秦端公最惊奇的，是这小个子仿佛才是他们的"领导"。胖子和秃头想要说什么，都要先瞧瞧小个子的眼色，若小个子发表了什么意见，胖子和秃头必定会再加一句："坤哥说得对！"

他们倒是不认生，大剌剌跨进秦端公的屋，吃他的腊肉，喝他的烧酒，抽他的卷烟，秦端公越想越觉得窝火，筷子啪的一摔，横眉竖眼道："你们到底有完没完了？欠债，好大个事嘛，都不让人把年过完再来！"

"好呀！"那小个子也跟着摔筷子，而且是往地上摔，气势要足得多，摔了之后，他用指头点了点缩着脖子坐在桌角的秦宝来，斜睨着他，犹如瞅一堆扶不上墙的烂泥："你问问你儿子啊，敢骗我们老大，说了十天前还钱，他小子鬼精灵，脚底抹油，跑啦，我们兄弟仨追到落凤坡来，容易吗？他还敢不还钱！"

小个子说着话，忽然站起，屁股下的凳子摔翻，咚的一声，这就吓破了秦宝来的胆，他两手抱头，惊惊慌慌道："别打我，别打我，我还，一定还，不是说了吗，再宽限一天，时间还没过。"小个子冷笑一声，早有旁边的秃头恭恭敬敬将板凳拾起，搁好，还伸手掌去抹了抹上面不存在的灰，请小个子

第十八章

坐下。小个子坐下,将脸转向秦端公,慢条斯理说:"跑得了和尚跑不了庙,何况我们现在都到了你这间庙呢,你儿子惹了事欠了债,你这个当老子的,不能不管吧?"

秦端公头皮发麻,他硬撑着别露出害怕的神情,黑沉脸孔,端起碗,捡了筷子,闷闷往嘴里扒饭,他真是有苦说不出啊!

秦宝来是比那三个要债客早一天赶到的,一回家跑进院子,就像一只惊弓之鸟锁了大门,转过身,双膝一软,朝秦端公跪下来就是咚咚磕了几下头。秦端公惊得往后退了好几步,他儿子长到这么大,还从没对他行过这样的大礼,这是怎么了?

秦端公上前想去扶宝来起身,宝来攀住父亲两只胳膊,呜呜哭了,不顾鼓了一个鼻涕泡,边哭边说:"爸,救救我吧!我在外面欠了三万块钱,不晓得咋利滚利滚到了八万,对方说如果我再不还钱,就卸下我一条胳膊,爸,帮帮我,你有多少钱都拿出来,那帮人太可怕了,我不想没有一条胳膊……"

秦宝来这一通哭诉,弄得秦端公内心好不酸涩,但他怎么告诉儿子呢?自己真是爱莫能助!现在落凤坡家家户户都过得好,倒显得秦端公家里的日子,是"王小二过年,一年不如一年",之前秦家过得滋润,是因为谁家有个头痛脑热,驱恶辟邪,都跑来请他跳神,但现在村干部多厉害啊,三令五申要"破除封建迷信",大伙儿追求科学、文明和进步,这不是要砸秦端公饭碗嘛?可怜他胳膊拗不过大腿,也只能眼睁睁看自己

落凤坡

"门前冷落车马稀",这两年,更是一桩生意都没做。

就算不搞"副业",如今落凤坡大力发展乡村旅游,在家门边摆个小摊,卖点水果土特产什么的,也能赚铜钿啊,为啥秦端公这么捉襟见肘?这就要从他们父子的本性说起了,秦宝来当年大刺刺地勾引走了志兴的老婆,这父子俩如出一辙,竟都喜欢打人家老婆的主意。秦端公有次去镇上跳神,不知咋的,和那家的麻子脸女人眉来眼去,暗中有了牵连。这麻子脸女人,不但有一脸大麻子,而且也是当了奶奶的人了,天晓得秦端公咋喜欢上她,她又看上了秦端公哪点?反正这两人就热热火火地"恋爱"了,爱着爱着,麻子脸的老公看出了端倪,这老头儿年轻时卖过"三大炮",甩糯米团子时需要一手好腕力,他现在虽早已不卖"三大炮",但年轻时的功夫还在。

一天,老头儿跟踪这两人,冷眼看他们进了小树林,老头儿不动声色,只从地上捡了两粒石子儿,跟在他们后面。当这对不知羞耻的野鸳鸯脸挨着脸,学电影上的人抱成一团"啃来啃去"时,老头儿的愤怒再也无法抑制,他如同发射暗器,砰砰两粒石子,经他铁腕甩出,一粒打中秦端公屁股,一粒打中他上臂,屁股还好说,上臂挨了"暗器",仿佛被武功高人点了穴,顿时酸麻得秦端公眼泪直淌,胳膊抬都抬不起来。丧失了招架之力的秦端公,吃了那老头儿十几个耳光,老头儿还不满意,逼秦端公拿出一笔钱来,才答应"私了",否则要报警抓他,光天化日,勾引良家妇女!那个大麻子也不是什么真心爱人,被她家老头儿这样一咋呼,之前说得热热乎乎的爱啊肉

第十八章

啊全都忘在了九霄云外,捂脸嘤嘤直哭,倒真像黄花闺女受了坏人引诱。

秦端公自认倒霉,多年家底,就这样拱手奉上,后来回家反复思量,总觉得哪里不对,仿佛是中了大麻子夫妻的"仙人跳",不过事到如今,也只能忍下这口恶气。现在儿子哭哭啼啼地回家来要钱,他哪里有钱补儿子的窟窿?秦端公羞于提及自己的事,又说不出积蓄洗白的理由,秦宝来抱着他爸哭了一阵,一分钱没要到,心中竟无端端升起一股怨气。

转眼就是大年三十,这三个要债的,眉心深锁,个个心中都藏着一把无名火,特别是那小个子,看啥都不顺眼,一会伸腿踢一记衣柜,一会又蹬沙发一脚。他虽干的是收债工作,但人家也有一家老小,还有一个脸如圆盘的老婆,老婆和小个子微信视频,抱着奶娃儿举高高,小个子刚刚高兴着,圆脸老婆脸色一转,厉声勒令他赶紧回家,叫花子还要过大年三十呢!

小个子哪里不想回家了?可他任务还没完成嘛。

眼看一天期限将过,秦宝来见这三人如围铁桶般将他困在家中,他出也出不去,逃也逃不掉,心里像是火烧一般,眼珠子一转,秦宝来咬咬牙,向上提了提裤腰带,发狠地咬了咬牙巴骨,既拿定了主意,便换一张谄媚笑脸,上前对三位收债客弯腰拱手,打千作揖,谦卑地说:"三位大哥辛苦了,我这就去村里拿钱，你们在家稍坐，我很快回来。"

小个子不吃他这套，怒眼一横，下巴一点："胖子，你跟着这小子去，免得他耍什么花样！"秦宝来赶紧拦住胖子，满脸堆笑地小声解释："别，别，大哥，你有所不知，我么，嘿嘿，是找我相好借钱，我相好的老公，这两年走狗屎运，赚了大钱，相好看在我们旧日的情分上，不会不帮我，但胖哥如果跟在后面，我相好害了怕，就不会帮我了。三位大哥若不信，你们问我爸，我有没有说谎？"

秦端公有点懵，秦宝来的老相好，不就是邱桃香吗？但这邱桃香离开落凤坡都好几年了，他咋忽然提起这桩？不过，看儿子可怜巴巴的眼神，秦端公心一软，当即拍着胸脯，豪气万丈地为他作证："老子还在这里呢，跑得了和尚，跑不了老子这座老庙，你们就让他去吧！"

几分钟后，秦端公为他这句轻率的作保，悔青了肠子。

秦宝来一出门，撒腿就往柳树下跑——秦家院子门小，小车开不进去，负责开车的秃头便将车停在了旁边柳树下，他们也闹不清秦宝来是啥时候偷了车钥匙，他一摆脱"三尊神"的控制，立即飞奔去开车门。

"格老子的！"小个子不知是不是看多了电影《黄飞鸿》，重度迷恋鬼脚七，无惧人矮腿短，见啥踢啥，现在被他一脚踢翻在地的，是作为"人质"扣押在他们手头的秦端公。秦端公毕竟上了岁数，冷不防挨了一大脚，扑倒在地，顿时哎哟哎哟大声叫唤起来，只觉一身老骨头，统统散了架。

第十八章

小个子带领胖子和秃头冲到门外,也是活该秦宝来倒霉,他心里慌张,看到凶神恶煞的追兵赶来,顿时手抖脚颤,加之这又不是他的车,短短时间哪能熟谙车的性能?胖子虽长着一身泡泡肉,身形却最是灵活,他张牙舞爪地扑到车头上,想要挡住秦宝来。秦宝来心下更是百猫抓挠,急急往后倒时,撞上柳树,熄了火,他还未锁好车门,胖子已冲过来,扯住他一条胳膊,当他是死鱼般拼命往下拖。

这三人说话不算话,之前警告秦宝来,如果他不能按期还钱,要卸他一条胳膊,现在压根不听他解释,小个子捡起地上一块砖头,蹬蹬奔过来,对准秦宝来膝盖就是猛地一敲。秦宝来发出杀猪般的叫喊。

志兴在隔壁院中,听到秦端公的凄厉呻吟声,他是先跑去扶秦端公的。秦端公不顾自己身体痛楚,手指颤巍巍地指了门外,说不出囫囵话来。好在小星和虎头两个孩子也跟着跑了过来,志兴叮嘱他俩照顾好秦爷爷,自己又撒腿往门外跑。

志兴刚好看到小个子砸断秦宝来腿的残忍一幕。多少年了,他也是血性男人,有脸面有自尊,他怎么会不恨秦宝来?秦宝来和邱桃香的事,闹得落凤坡人尽皆知,这是将志兴的脸面摔到地上狠狠践踏!但不管多恨秦宝来,志兴都没想过打断他一条腿。此刻见到秦宝来蜷缩在地,五官扭曲,嘴里发出了非人的惨嚎,他大喝一声:"住手!"那三个施暴者一愣,不知从哪又冒出来一个程咬金。

大年三十,远秀和简书记、小方他们拎着牛奶、米油等挨家去看"脱贫摘帽"的村民了,当她回到家,两个孩子告诉她,志兴去了医院,她吓得心差点跳出嗓子眼,小星赶紧补充:"妈莫担心,不是舅舅出事,他是送隔壁秦爷爷秦叔叔去了医院。"远秀这才稍稍放下心来。

志兴开车送秦宝来父子去医院的路上,秦端公坐在后座,抱着儿子伤腿,呜呜地哭。秦宝来如同虚脱般,大汗淋漓,脸色惨白,口鼻血污,脑袋靠在车窗上,像一只斗败的鸡,他咬紧牙关,尽力抵挡疼痛排山倒海一般袭来,不肯从嘴里哼出一个"痛"字。秦宝来内心复杂得要命,他打死都想不到,最后救下他的,竟是他的仇人许志兴!

许志兴答应帮秦宝来还钱,他说一不二,小个子不相信是吧,志兴很快用手机转了账,小个子便交了欠条给他。秦宝来撞坏小个子车子是要赔钱的,不过问题不算太大,而且小个子不愿再纠缠下去,若报了警,他也脱不了"故意伤人"的干系,反正欠款已经收到,小个子也就不再计较,带着手下,一溜烟而去,人家还急着回家过年呢。

许志兴好事做到底,送佛送到西。打发走要债客,他赶紧送秦家父子去医院,他虽不是医生,也估摸这秦宝来腿骨伤得不轻。

秦宝来自从挨了小个子的黑手,便紧紧咬住牙,一声不

第十八章

吭,他老父亲哭得涕泪横流,他能皱眉不语,医生剪开他裤腿给他检查,他疼得额头冷汗珠子密密如黄豆,也不吐一个字,直到上了厚厚的石膏,包扎完毕,志兴气喘吁吁地去医院收费处交了钱,拿了药,返回病房,俯身给秦宝来掖了掖被角,秦宝来才仿佛是一条从冬眠中骤然苏醒的蛇,哇的一声,哭喊声撕破了病房的宁静。

"你咋了?是不是哪里痛?我帮你叫护士。"志兴抬手想按床头的铃,秦宝来已拉住他的手,痛哭道:"我……我不痛,志兴,我对不起你……爸,我也对不起你……"

接下来的半个小时,秦端公身体一直在筛糠,他坚定不移地恨着许家人,恨了几十年,因为他们与秦家,有着不共戴天的杀妻之恨啊,当年,若不是他们,宝来妈怎么会死?宝来啊宝来,秦端公一辈子只有这么一个宝贝疙瘩,到了今天,他才肯说句实话:当年,原本是他下毒想要害死许家的兔子,却阴差阳错地被自己母亲吃下,"木匠戴枷,自作自受",举起钉耙打到自己的脚,想要害人却毒死了自己亲妈!

秦宝来一直把这个秘密藏在心底,原先是他小,心里害怕,不敢承担这么严重的后果,后来藏着藏着,他竟然慢慢认定了这才是"事实",事实就是许家害死了他妈妈,他应该和父亲一道,恨许家每一个人,连许家的猫猫狗狗花花草草都一道去恨!这么多年,他几乎要将幻梦当作真相了,志兴这么不计前嫌地帮他,救他,他像是一条僵死的蛇,冬眠了这么久,竟被"仇人"的无私温情给融化了。

秦端公一步一步挪到儿子病床前，父子俩泪眼相向，秦端公还在抖，他浑身上下控制不住地发抖，忽然，他高高举起手，重重落下一巴掌，打在秦宝来脸上。志兴吃惊地看着秦端公，正思忖不知该不该劝时，秦端公抬起两手，左右开弓，啪啪啪给了自己几耳光。志兴赶紧去拉住秦端公的手，喊他："秦叔！"秦端公转过一双浑浊的泪眼，抖抖索索道："志兴，对不起，我们全家都对不起你，当时你爸生病，我还幸灾乐祸，觉得是老天有眼，我多年来诅咒显灵，活该苦根受这样的报应……我真不该啊，我不是人，不是宝来，是我，是我心眼太小，才害死了他妈妈……"

志兴眼睛湿湿的，过往岁月已经远走，但悲痛记忆从未褪色，在心中滚一滚，立刻带来锐痛。志兴不愿沉湎往事，他擦了擦眼角，深呼吸一口，对秦家父子说："以前的事，我们都不要再计较了吧，只要人好好活着，比啥都强。"

志兴不再说什么，他放开秦端公的手，大步走出病房。他没有看到，身后病床上，那个绑着石膏的病人，奋力从床上撑起半个身子，对着大门方向，脑袋极力往下点，磕了几个头。

志兴一直快步走到医院门外，连连喘了几口气，才觉得胸腔里的钝痛稍稍平复了一些。他向着苍茫星空望去，除夕之夜，阖家团圆，他的视线仿佛又看到了几十年前，那时他的亲生母亲因病逝去，几个月后，有人告诉他，爸爸要再给他娶一个后妈进门。那时他小，不太懂得后妈是什么意思，来嚼舌的人便哏哏笑，说你连后妈都不晓得啊？就是一心一意打你骂你

第十八章

不准你吃饭的老巫婆,到时可有你苦日子受了!志兴懵懵懂懂的,也有一点害怕,直到素琼妈妈带着远秀进门,他还悬着一颗心。可后妈对他多好啊,和外人说的完全不一样,素琼舍不得吃,舍不得穿,要先让他吃饱穿暖,才会考虑到女儿,在家里,她永远将自己排在最后面,他们是最重要的人,个个都比她优先。

志兴又重重擦了下眼皮,他是到了今天才明白这件事的:为什么秦宝来会行差踏错,将自己人生弄得一塌糊涂呢?他许志兴不也曾有过歧路彷徨的时刻吗?他们之间最大的不同,是秦宝来小小年纪就失去了母亲,而志兴何其幸运,他的后妈爱他、护他、养他、教他,直到生命最后一刻,素琼妈妈还在担心志兴能否浪子回头。是妈妈,令志兴从深渊边缘收回脚步,让他在黑暗中守住了做人的底线,从堕落浪子,一点点变好。

想到这里,秦宝来纵有再多的不好,行过再多的恶事,志兴现在都不恨他了,取而代之的,是内心一片如羽毛般柔软的怜悯与伤感。志兴痛痛快快舒了口气,远处天空有烟花盛放,真美啊,红红绿绿的花,如同流星的火焰,他脸上浮出一朵微笑来。

有微信进来的"叮"声,志兴掏出手机,原来是小星发来的微信,俩孩子是在催他快回家吃年夜饭吗?志兴打开微信,竟是一条挺长的文字信息:

舅舅,我一直都叫您舅舅,但在心里,我早就想改口了。改口叫您什么呢?您明白的,是不是?

舅舅，我晓得秦宝来叔叔曾经欺负过您，伤害过您，但当他遇到麻烦遭逢困难时，您毫不犹豫地出手相助，舅舅，我现在终于明白了，明白妈妈十七岁的日记本里，为什么会有那么多个您。因为您是好人，不管在何种境地，您都持有一颗善良正直的心，我妈妈也是好人，这一点，舅舅您比谁都清楚吧？那么，两个好人，为什么不能在一起呢？

舅舅，我和虎头都长大了，我们不再是不懂事的孩子，这些年，您对妈妈的关心，妈妈对您的情意，我们都看在眼里，私下，我问过虎头："如果有一天，我变成你亲姐，你愿意吗？"您猜虎头怎么回答的："姐，我太愿意了，如果有那么一天，我睡着都要笑醒！"

舅舅，现在您懂了，我想要改口叫您什么了吧。

手机屏幕花了，志兴以为天上飘落起雪花来，他伸手擦了擦，原来不是，是他眼睛湿了。很多很多的泪，汹涌地奔到眼眶，然后失重，仿佛他这一辈子的委屈都微不足道，只要有小星这个微信，这个想要"改口"的希望。

志兴握着手机，怔在那儿时，又有电话打了进来，这次是周小方，后面还有周幺鸡在争着说话，周小方大概已经喝上了，说话时明显有些大舌头："哥，明晚，咱们落凤坡的首届农民春晚，我可帮你报名了哦，你有一首独唱歌曲的节目，什

第十八章

么?你怕不会唱?简单得很,你读书时就会唱了,我都听你唱过好多次,闭着眼睛就可以。"

志兴还未回过神来,周幺鸡大概抢到了手机,他大声说道:"志兴,就是那首《月亮代表我的心》啊,上次咱爷俩喝多了,你不是随口就来吗?别说,还真好听,像个明星样儿……"

手机再度被周小方争夺成功,周小方大声道:"哥,别耽误了!现在你的农家乐已经走上正轨,咱们落凤坡一天更比一天好!你还担心自己不能给远秀好日子吗?如果你再这么犹犹豫豫的,可别怪我要正式追求远秀喽,简书记年纪大了,远秀接下来会任村支书,我会一直和她搭档,支持她工作,说不准哪天远秀就会被我的真情打动……唉,哥,大过年的,不作兴骂人啊,就晓得你舍不得放弃,那你就上啊,明天晚上,记住了,对着话筒,唱出你的心声!"

开车回落凤坡的路上,志兴拧开车里的音响,歌声如月光般铺泻:你问我爱你有多深/我爱你有几分/我的情也真/我的爱也真/月亮代表我的心……他不由自主地跟着轻轻哼唱起来:轻轻的一个吻/已经打动我的心/深深的一段情/教我思念到如今……

志兴眼前出现了十七岁的远秀,伏在他背上,他们一起过河,他故意使坏,站在河水最湍急的中央"逼"她,不准她叫哥,要叫志兴。志兴,志兴,他为什么不肯相信她呢?从十七岁开始,她已经将心给了他呀。

落凤坡

歌声依旧流淌着,真好,落凤坡已经近在咫尺。

新春佳节,落凤坡外出求学的、打工的都回来了,有些人家,原本父母子女都接到城里生活了,今年他们也回来了,为啥呢?为了参加或者观看明天的春晚!比如张达标,他是志兴的中学同学,毕业就去了广州,现在在广州已经拥有一家制衣厂,算得上成功人士,父母也早早被接到广州的大房子去。今年他们一家人坐飞机回来,父母说回到落凤坡才真的回到了家,达标也兴奋,之前贫瘠穷困的落凤坡,都能自己办一台春晚,实在是没想到的事!

志兴停好车,达标正在帮小儿子点烟花棒,笑嘻嘻走过来,给了志兴一个大大的熊抱。达标给志兴敬了一支烟,他们吸着,说着明晚的盛会,彼此都有点激动。达标虽说离乡多年,过往的记忆都铭刻在脑子里,他忽然想起志兴小时候的一件糗事,自顾自笑得肩膀直耸。他说志兴,你还记得不,你妹妹比我们小几岁,有次他们小屁孩在一边玩,当时在放一部电视剧,叫《戏说乾隆》还是咋的,你记得不?里面那个乾隆皇帝,郑少秋演的,可帅了!也不知咋的,小屁孩也要模仿人家乾隆演戏,说让现在的毛县长演乾隆,远秀最好看,她演程淮秀,本来就是小屁孩闹着玩的嘛,你竟然黑着脸冲过去,将远秀拉起就走,像是哪个欠了你粮食。那时我就想,呵,这个许志兴,这么护着妹妹,是不是他想来演乾隆啊?

志兴也记起这件事来,那时自己多大,十一岁?十二岁?肯定不如现在的虎头大,他哪里是护着妹妹呢,他是不愿让远秀成为任何人的程淮秀！这么久远的陈年旧事都被达标翻出来，志兴和他分手，往家走时，心中甜丝丝地想着：也许这就是命运最好的安排！

春晚安排在八点钟准时开始，六点，坝坝宴正式开吃。几十张大圆桌，在广场上整齐摆开，一声"上菜了"，响亮吆喝之后，卤猪头、蒸烧白、龙眼肉、豆瓣鱼、麻辣棒棒鸡、酸辣猪蹄汤、大刀回锅肉等农家菜陆陆续续端上桌子，美酒已斟在杯中，娃娃们端起了装着豆奶、橙汁等饮料的杯子，兴奋地满场跑，追着和大人碰杯。

"志兴，你赶快吃，吃了咱们演员要到后台去，各就各位！"一个鼻子涂白，眼睛又用油彩画得像个乌眼鸡的男人忽然蹿过来，将志兴吓了一跳，定睛一看，才看到原来是余大海。他今天可是全场最忙的人，忙得早早上了妆，顶着一张大花脸来吃饭。

远秀和简云开、周小方在主桌陪毛谷川等县上领导吃饭，县上和镇上都来了领导，这么热闹的场合，唐之蓝自然也来了，她明明是来捧自家老公的场，但她已经习惯"忽视"方明生了，勾住远秀脖子笑嘻嘻说："我是来看我的好姐妹到底有多能干，不但将落凤坡治理得这么好，精神文明建设也是拔了全县头筹，创了一个双丰收！"

远秀敬了一杯酒给方明生、唐之蓝，诚挚说道："我哪里敢专功？都是大伙儿的功劳呀。特别是方书记，这几年非常辛苦，为落凤坡做了很多贡献，今天的农民春晚，也得益于方书记的好点子呢。在春晚节目演出前吃上一顿全村团圆的坝坝宴,得感谢唐之蓝唐总,一气就赞助了十万元,谢谢啊!"

唐之蓝一杯酒下肚,脸蛋红扑扑的,凑近远秀耳朵轻轻说:"我晓得,今天你们落凤坡这饭,是要'杰出村民'才有资格赞助,我就对我家老方说,我咋不能算落凤坡的杰出村民?我十几岁就和落凤坡结缘,将这里当作自己第二个家!请大家吃点喝点算啥?不都是请自家人吃饭吗?对吧?"

对对对,对对对。远秀不胜酒力,醺醺然地笑着,一连说了六个"对"。

随着《走进新时代》的歌声激昂响起,落凤坡首届农民春晚正式拉开了序幕。两位主持人款款走上舞台,男的西装笔挺,女的穿一身拖地长裙,志兴仔细一看,这男的是在外面打工归来的大学生,这女的,不就是大辣子吗?

村人自然也发现了大辣子搽脂抹粉、徐娘半老地当主持人,都哄的笑起来,急得大辣子忘记了她的椒盐普通话,直接用当地话大声说道:"笑啥笑?笑啥笑?没见过这么漂亮的主持人咋的?"众人再度大笑,现场气氛欢乐得如同能掀翻舞台。

怪不得作为"春晚副策划"的余大海,一直神神秘秘不肯公布女主持人的名字,原来他是"肥水不流外人田"呐,大伙原先猜测女主持也是请在外面打工的落凤坡女孩担当,毕竟女

第十八章

孩子出去见了世面,不怯场,哪晓得直接搬上来一个熟脸熟面的老娘们,大辣子选了最宽大的一件晚礼服,都得用布条儿紧紧勒住肚子,这才塞得进衣服去。她多辛苦啊,刚刚眼馋地看着桌上的红烧肉、凉拌鸡、炖大骨,一口都不敢吃,现在这些人还敢笑她,哼!

余大海赶紧跳上舞台帮他亲亲的老婆忙,双手往下按了按,操着一口椒盐普通话讲"肃静,大家肃静",笑得东倒西歪的群众,见到一个描着白鼻梁、穿着戏服的小丑跑来解围,于是笑得更厉害了。和毛谷川一道来的县上领导指着舞台,笑着评论:"气氛好得很嘛!"

虽说被打了岔,大辣子主持人的素质还是很可以,接下来和年轻男主持一唱一和,虽说普通话不太标准,但人家胜在声音大,洪亮如敲钟,就算站在场外的观众,都能震得耳朵嗡嗡响,看来"春晚副策划"找他老婆当主持,倒也不是一味偏亲,还是有着选个"大喇叭"的考虑。

大辣子胖脸上每个褶子都堆着笑:"尊敬的各位领导,各位来宾,父老乡亲,活跃在乡村文化最前沿的文化能人们,大家晚上好!"

看到大辣子台风稳健,周小方在台下捅了捅余大海胳膊肘,表扬道:"真不错,大海叔,咱辣子婶这能力杠杠的,身板也好,声量也好,扎得住场子哦。"余大海生平最喜欢人家夸他老婆,听到这话自然高兴,但高兴了几秒钟,又觉得哪里不对,侧耳问道:"你刚刚喊我什么?你不是一直喊我大海哥的吗?"周小方有点不好意思地嘿嘿两声,他朝余大海挤挤眼睛:"这不是想让大海叔帮我留意留意吗？不晓得辣子婶还有没有个大学生的远房侄女,待字闺中呢？嘿嘿。"

余大海瞪了瞪周小方,心想以前好心给你介绍,你一点不上心,哼！但余大海就是余大海,"海纳百川有容乃大"嘛,人家有胸襟,立马就热心肠地表示:"之前那个侄女早就嫁人了,没关系,叔给你张罗下一个！"

志兴紧张地站在幕布后面,透过细细一道缝往外看。

台上的节目表演精彩纷呈,大家都拿出了看家绝活,真想不到,余大海竟然挑战的是川剧折子戏,只不过他唱到一半忘了词,只能"咿咿呀呀"地糊弄过去,台下笑声如同海浪,一浪高过一浪,整个落凤坡,都沉浸在欢声笑语的海洋中。

蔡包子参加了群舞,是《红色娘子军》的选段,她在演出前差点放弃,为啥呢,因为所有舞蹈演员都要穿统一的大红舞蹈服,她却怎么都穿不进去,没有适合的衣服穿,犹如将军到了战场上少了件战袍,那怎么行呢？没想到周幺鸡一辈子和老婆争来吵去,关键时刻倒非常给力,让周小方开车,爷俩到市区转了一大圈,最终买到了适合蔡包子尺码的衣服。现在,蔡包子骄傲地站在台上,抬胳膊踢腿地跳舞,心里的欢喜和骄傲,满得几乎要溢出来。

虎头跳了一个街舞,他那娴熟的舞步,炫酷的动作,引得台下掌声雷动,大家都掏出手机拍照、录视频,夸这孩子舞跳得真好！周小方不是演员,他坐在台下安安心心看演出,听了

第十八章

这话,回头嘻嘻一笑,挤挤眼睛说道:"虎头舞跳得好,他爸歌唱得更好,等下,我们就等着欣赏志兴哥的精彩演出吧!"

许志兴看着这一个个节目,这些人,儿子、乡邻、长辈,他怎么会不熟悉?他们都是落凤坡的一部分,熟得不能再熟了,可为什么,今天他们都如此新鲜活泛、生机勃勃?他们脸上洋溢着真心的笑容,歌着,舞着,笑着,乐着,无比欢快、无比喜乐。

快了,快了,就快到自己出场了吧?周小方说一切都给他安排好了,唱完歌,对远秀求婚,这是一场迟到数年的求婚,这枚金戒指,在裤袋里装了多久呢?久得仿佛已温热,已滚烫。

七岁的远秀,扎着两个小羊角辫,她扑闪着两只大眼睛,愣愣地盯着志兴,忽然,咧嘴一笑,露出缺了门牙的粉红牙床;

十七岁的远秀,她犹豫不决地看着潺潺流淌的小河,志兴弯下腰,将宽阔的后背露给她时,她羞涩一笑,左右望望,趴在他背上时,她心跳得好快,仿佛同一根血管连着他们,一头拴着远秀的心,一头绑着志兴的背;

二十二岁的远秀,初为人母,疲惫地靠在沙发上,抱着小星,冲他微微一笑,他心里猛然被锥子一扎,不无苦涩地想着:如果那个粉团团的小人儿是我的孩子,该有多好……

二十五岁的远秀,鬓边别着一朵白绒花,臂上系着黑绸带,神情哀冷欲绝,眼中泪光点点;

落凤坡

二十八岁的远秀，大辣子造谣说她和简云开有暧昧，志兴冲动地去找大辣子说理，回家后远秀却冲他发火，怪他多事，他刚愤怒转头，她的泪就滚滚落下；

三十二岁的远秀，已是落凤坡的种枣带头人，她种出的贵妃枣，经专家评比，拔了头筹，她在领奖台上，笑得那么羞涩，又那么迷人……

远秀，我的妹妹，我的亲人，我永生永世唯一的爱，我该对你说出心中的情意吗？我有资格对你表白吗？远秀……

灯光亮了，人潮静了，《月亮代表我的心》优美的前奏，已轻轻缓缓地响了起来，聚光灯，打在了舞台中央。

你问我爱你有多深……